U0107729

ZHI LIAO DONGJI

生理－心理－社会视角下的心理治疗动机

—— 以厌食症为例的个案研究

徐文艳　著

天津社会科学院出版社

图书在版编目(CIP)数据

生理—心理—社会视角下的心理治疗动机：以厌食症为例的个案
研究/徐文艳著 . 一天津：天津社会科学院出版社，2010.8
ISBN 978-7-80688-594-9

Ⅰ.①生… Ⅱ.①徐… Ⅲ.①厌食-精神疗法 Ⅳ.①R749.92

中国版本图书馆 CIP 数据核字（2010）第 168392 号

出 版 发 行：天津社会科学院出版社
出 版 人：项 新
地 址：天津市南开区迎水道 7 号
邮 编：300191
电话/传真：(022) 23366354（总编室）
　　　　　　(022) 23075303（发行科）
网 址：www.TSSAP.com
印 刷：天津市汇鑫源印刷设计有限公司

开 本：889×1194 毫米 1/32
印 张：8.25
字 数：250 千字
版 次：2010 年 8 月第 1 版 2010 年 8 月第 1 次印刷
印 数：1—1000 册
定 价：24.00 元

目　录

第一章　导　言

厌食症（Anorexia Nervosa，简称 AN）是一种常见于青少年女性的典型的身心综合征，症状表现兼具生理和心理两方面，生理异常主要为极度消瘦，限制或拒绝进食，心理上则表现为对肥胖的极度恐惧，情绪抑郁，行为退缩，人际交往减少等。

基于其历史发展和疾病表现特点，有关 AN 的诊断仍然采用生理医学传统下的精神病学诊断标准。目前国际临床与研究领域普遍延用美国精神病学会制订的美国精神疾病统计手册第四版（DSM－IV－R）的诊断标准，将 AN 列为进食障碍（eating disorders）的一种类型，在临床中如果个体符合以下四条标准，则可被诊断为 AN（APA，1994）：

1）明显消瘦，体重低于标准体重的 85%。

2）对体重增加有强烈的恐惧。

3）歪曲的体象认知障碍。

4）女性出现闭经。

依据病程中个体是否出现过规律的暴食或者引吐行为（抠喉或者服用泻药或利尿剂清除已摄入的食物），可以将 AN 划分为两种类型：限制型（restricting type）；暴食/引吐型（binge eating/purging type）。前者以单纯的限制进食为控制体重的手段，不伴有暴食或引吐抠喉现象；后者则出现过暴食或引吐抠喉现象，但在整个病程中以限制进食为主要表现。

与厌食症相关密切的另一种病症是暴食症（Bulimia Nervosa，简称 BN），它们同为进食障碍的两种主要类型。暴食症的疾病特点是无法控制的进食大量食物与事后的抠喉呕吐。尽管有理论认为 BN 与 AN 的病理机制并不一样，但在临床中，常常可见 AN 与 BN 在同一患者的病程中交替出现。对于这样的个案,临床工作者通常是依据当下时间段内占主导地位的症状对其进行诊断(Treasure,2003)。

一、AN 对个人、家庭和社会均造成严重后果

AN 作为一种精神疾病,如果没有得到及时治疗,无论对于患者个人及其家庭还是对于社会都会造成严重的损害和沉重的负担。AN 对于患者造成的生理损害涉及多种不同的生命系统,如内分泌紊乱、肝功能异常、低血糖、甲状腺功能异常、骨密度减低、牙齿松动、消化道功能异常和电解质紊乱等(Lask et al. ,2000;Dziegielewski & Murray,2002)。AN 直接导致严重营养不良而死亡以及因极度抑郁而自杀的情况并不少见。研究者基本认同平均死亡率在 10%～15%左右(Lask et al. ,2000)。如果 AN 患者长期得不到恰当的治疗,或是病程持续很长之后才开始接受治疗,即使病愈后,仍然可能遗留一些不良的后果,如慢性病(Sullivan,1995),认知上的抑制和较低的 BMI(Body Mass Index)指征[1](Bulik et al. ,2000;Srinivasagam et al. ,1995;Strober,1980;Sullivan et al. ,1998)。除了生理上的损害,AN 还会严重影响到患者的心理功能和社会性发展。AN 患者通常伴有强迫性观念,突然的人际退缩,封闭自己不与外界交流,个性改变,对情绪的控制变弱,全心专注于体重和形体而忽视任何关于人生的发展性课题如将来要从事何种行业,有什么想实现的梦想等。由于 AN 多发于青少年时期,这些心理发展上的障碍不仅影响她们当前的心理社会功能,更大的损害在于严重阻碍了其将来的人格和社会性发展,后果深刻而持久。

AN 对患者个体带来多方面的负性影响的同时,也对其家庭系统

---

[1]　身高体重指数(又称身体质量指数,英文为 Body Mass Index,简称 BMI)是一个计算值,计算方法为体重(kg)/身高(m)^2。当我们需要比较及分析一个人的体重对于不同高度的人所带来的健康影响时,BMI 值是一个国际通用的中立而可靠的指标。BMI 在 18～25 之间为正常,低于 18 为偏轻,超过 25 为偏重。而在 AN 临床工作中,若患者 BMI 低于 15,则通常被视为症状严重个案(Treasure,2003)。

造成极大的冲击和影响。首先疾病通常会明显加剧家庭内的冲突。AN 是一种与"食物"和"吃"有直接关联的疾病,围绕着"孩子不吃"和"父母要她吃"的问题,有 AN 患者的家庭经常一日三餐中充满了对抗和争执,引致父母高强度的愤怒、悲伤、焦虑以及无助的情绪。甚至因为处理孩子的疾病问题而引发夫妻之间的矛盾,并因此更加剧家庭的困局(Eisler,1995);另一方面,孩子的疾病也会影响到父母的工作状况。当 AN 发展到一定严重程度,父母被迫不断请假照顾无法继续上学的孩子,并四处奔走寻求治疗。我们在临床工作中常见有父母尤其是母亲为了受 AN 之苦的孩子而辞去优越的工作,全天留在家中,与孩子因为进食或者就医的问题而争执和纠缠,甚至父母长远的职场发展计划也因此而不得不放弃或改变。因此,AN 带来的阴影,不仅笼罩于患者个人的人生,也笼罩于家庭整个生活空间。

　　AN 疾病的发生,除了对患者个人及其家庭造成严重影响外,还会造成整个社会的沉重负担。家庭是社会的基本构成单位,家庭系统内因疾病而加剧的冲突和改变本身就是对社会系统稳定运行的冲击,并且如果 AN 患者长期未接受有效的治疗,将会造成社会公共卫生的沉重负担。尽管与抑郁症等疾病相比,AN 的发病率并不是很高,在女性群体中的发病率约为 $0.5\% \sim 1\%$(Doldbloom,2000)。但是由于 AN 的损害涉及生理和心理等各方面,对该疾病的干预也涉及生理医学手段、心理干预手段和社会服务措施,专业人员的队伍也通常包括内科医护人员、心理学家、社会工作者、职业治疗师等多专业人员;同时 AN 如果治疗不及时,很容易发展为长期困扰患者及其家庭的慢性疾病(Sullivan,1995),因此社会经济成本相当之高。而且,随着社会经济的发展,AN 的发病率有不断上升的趋势(Doldbloom,2000;Hoek & Hoeken,2003)。所以,AN 给个人、家庭和社会带来的严峻后果提醒我们必须要对 AN 患者进行及时、有效的治疗。

二、AN 患者治疗动机水平低是精神卫生社会工作者常遇到的难题

对疾病的否认和对疾病改变的矛盾态度是 AN 患者的典型心理特征之一（Buch,1973；Palazzoli,1978；Vitousek,1996；Shafran & Silva,2003；Silva,1995）。它所导致的治疗动机水平低对相关临床工作的有效开展造成严重阻碍。临床工作中 AN 患者的低动机水平通常体现为对治疗的抗拒（不愿接受治疗）和在治疗过程中容易发生脱落（不能持续治疗）（Treasure,2003）。如果患者不愿意接受和继续治疗，纵使有再高明的专业人员也无济于事。对于精神卫生领域的临床社会工作者来说，与 AN 患者进行工作时，如何提高来到治疗室的患者的治疗动机，预防过早的脱落（drop out），发生脱落后如何激发他们回来接受治疗是最为常见的棘手难题（Eisler,1995；Treasure,2003）。而学校或者小区工作者也会面临同样的问题。AN 患者在疾病早期通常主要生活于学校，如休学则通常呆在家里。基于及早识别及早治疗的原则，学校或小区的社会工作者在识别潜在的 AN 患者之后的首要任务是鼓励他们来到专业的医疗机构进行确诊和接受系统治疗。但是 AN 常见的对治疗的阻抗是社会工作者要面对的挑战。想要有效地激发 AN 患者接受或者维持治疗的前提条件，是我们作为社会工作者，先要理解有哪些因素会对患者的治疗动机产生影响。唯有这样对症下药，才能有效地鼓励 AN 患者留在必要的治疗环节之中。

三、本研究者的个人经验与研究兴趣的产生

本研究者早前接受的是心理学的专业训练，获得硕士学位后在北京一间综合医院从事了五年临床心理相关工作。之后在香港中文大学社会工作学系攻读博士期间，长期跟随导师马丽庄教授在香港与深圳两地开展 AN 患者的家庭治疗实务与研究工作。这些经历激发和维持了本人对于临床心理相关问题的研究兴趣，也因而逐渐把博士论文研究范围聚焦于 AN 患者身上。在与 AN 患者及其家庭共同工作时，本人不断体验到很多 AN 患者身上时刻存在中途退出/脱落的可能性，这种倾向给临床工作造成的极大的挑战；同时我们通过比较发现，深圳和香港两地尽管是一桥之隔，但 AN 患者的临床脱落率（患者中途退出的比例）却有天壤之别，深圳显着高于香港。这些经验激发了本研究者探究 AN 患者与治疗动机有关的心理过程的兴趣，并提示了研究者患者的治疗动机水平低不仅与 AN 疾病的特点有关，还可能与特定的地域文化特点有关。

以上理论思考与临床观察，促使本研究者对以下问题产生兴趣：对于 AN 患者来说，哪些因素会促进其动机水平提高？哪些因素会阻碍她接受治疗？这些因素又是如何产生影响的？对于中国大陆的 AN 患者，有哪些与特定社会文化相关的影响因素存在？

而社会工作者的角色特点和人类动机的特点，又提示本人从过程研究而非结果研究角度对 AN 患者的动机变化的动态过程进行系统探讨的重要性。

四、如何理解 AN 患者的治疗动机问题：整合（holistic）和动态（dynamic）视角的重要性

精神卫生工作是典型的多专业人员相互合作的领域，AN 亦不例外。不同的专业处理的是患者不同方面的问题，如临床医生应对患者的生理安全，心理学家处理患者的心理冲突和困局，营养学家提供均衡饮食的建议，职业治疗师协助患者在愈后快速适应职场生活。社会工作者在其中的角色是多种的，但其独特性在于，他不是孤立地关注患者某一方面的需求，而是全面考察患者的生理、心理和社会需求，并应其不同的需求提供或协助患者寻求不同的服务（Holosko，1992）。换言之，社会工作者的角色决定了他必须把个体当作兼有生理、心理和社会需求的整体来看待，这种全面和整体的视角（holistic）是社会工作者在精神卫生服务中的多专业人员队伍中得以立足的独特价值所在。同

样,在理解 AN 患者的治疗动机的问题上,我们不能片面地停留于某个单一角度,而是要综合考虑患者有哪些生理、心理和社会的需要驱动他拒绝或接受治疗,这些不同的需要存在于同一个个体身上,它们之间的关系又如何,进而如何影响到他的治疗动机。

动机(motivation)是人类行为研究中一个经典概念,指发动并且维持个体的行为指向某一目标的驱动力(Russell,1995,P3)。它最基本的构成成分是个体内部的生理或心理需要(如饥饿产生的进食需要或对成就的渴望)和外部环境中存在的诱因即能满足个体需要的客体(如桌上放的面包或者将要来临的某项竞赛),分别被认为是动机的内部来源(internal source)和环境性来源(environmental source)。无论是内部来源还是外部诱因都是随时有可能发生变化的,这种变化可能是原本内部需要或外部诱因的强度的变化,也可以是新的需要或诱因的增减。这些变化会带来个体行为动机水平的变化。因此,从本质上来说,人类行为的动机水平并非是一个固定不变的点,而是一个不断变化的过程(Deckers,2001;Graham & Weiner,1996)。这种认识对我们理解 AN 患者的治疗动机问题具有重要意义。首先,有变化才有干预的可能,这为我们临床工作者的研究和临床工作提供了意义基础;其次,它启示了我们,要研究 AN 患者的治疗动机问题,需把它看成一个过程而非结果,探讨过程中动机水平是否有变化,变化因何引起和如何发生。也就是说,我们从过程研究的角度而非结果研究的角度来探讨AN 患者的治疗动机发展变化过程中发生了什么与动机水平变化有关的事情,对于 AN 的临床社会工作具有重要贡献和意义。

五、现有 AN 治疗动机研究的贡献与不足:本研究的起点

本研究者通过文献回顾发现,前文所提出的问题在现有关于 AN 的研究文献中未得到充分回答。

自上世纪 90 年代以来,患者的治疗和行为改变的动机水平在 AN 研究领域获得的关注不断增加(Treasure,2003)。引进自成瘾行为研

究领域的跨理论模型①（Trans-theoretical Model）目前成为 AN 动机
研究领域的主要理论参考框架，它系统阐述了患者行为改变的动机水
平②的阶段（stage of change）与过程（process of change）。目前西方的
经验性研究多为通过动机水平的评估研究来验证和丰富跨理论模型中
的"动机水平阶段"的概念（Geller & Drab，1999 ；Cockell，Geller &
Linden，2002；Rieger，Touyz & Beumont，2002；Gusella，2003），而关
于动机的过程的研究相对较少。这些对于 AN 治疗动机研究领域的知
识积累具有独特的贡献，但由于它们多数采取实证主义的横断研究，因
此尚有很多不能回答的问题，比如是什么因素影响了 AN 患者的治疗
动机水平？ 它们是如何发挥作用的？ 前面提到，人类行为动机有内部
来源和外部环境性来源之分。跨理论模型指出个体的认知决策过程决
定了患者的行为改变的动机水平，那除了个体内部的认知观念之外，还
有什么其他的内部因素也会产生影响？ 影响 AN 患者接受或拒绝治疗
的环境性因素又有哪些？ 比如人与人之间的互动是否也会对患者是否
愿意接受治疗产生影响？ 社会文化观念如对精神疾病的歧视是否会削
弱 AN 患者的治疗动机？ 现有的精神卫生服务政策对此有何影响？ 内
部因素与外部因素之间又有何关联？ 只有回答了这些问题，我们才可
能理解 AN 患者在"是否来接受或继续治疗"这个问题上的心理过程，

---

　　①　跨理论模型（Trans-theoretical Model of Behavior Changing）是 Prochaska 等人
（Prochaska & DiClimente，1983；Prochaska et al，1988；Prochaska et al，1994）在成瘾行为研
究领域提出的关于患者行为改变动机阶段的理论，上世纪 90 年代后被引入进食障碍领域，目
前已成为 AN 患者行为改变动机研究领域最为重要的理论框架。该理论有三个主要概念，分
别为改变的阶段（stage of change）和改变的过程（process of change）。它认为患者行为改变
的动机水平是一个可分为五个阶段的连续变化体，五阶段分别为懵懂期（pre-contemplation
stage）、酝酿期（contemplation stage）、准备期（preparation stage）到行动期（action stage）和维
持阶段（maintenance stage）；而在阶段之间的变化之中，有几种基本的行为改变的机制，即为
改变的过程。文献回顾部分将对此进行详述。
　　②　跨理论模型原本采用的概念是"行为改变的准备程度"（readiness for behavioral
change），后被认为可以用来表征患者想要改变现有行为的动机水平（Treasure，2003）。

也才有可能提供相应的有效的干预手段,减轻疾病对患者个人、家庭和社会的伤害。

另一方面,中国大陆目前关于 AN 患者治疗动机水平与过程的研究尚是一片空白。西方的研究结果在多大程度上适用于中国大陆仍有待验证。由于 AN 本身是一种具有社会文化意义的精神疾病,那在中国现今的社会文化环境下 AN 对于患者来说具有什么样有别于西方的意义,只有通过本土的经验研究才能找到答案。同时因为心理治疗在中国大陆是来自西方世界的舶来品,一般民众对于心理治疗的接受程度可能与西方人并不相同,对于心理治疗的概念也可能存在与西方人不同的理解,对心理治疗的概念会不会在某种程度上对接受治疗的动机水平造成影响,如果是的话又是如何产生影响的,这些待回答的问题都促使我们带着国外关于 AN 和治疗动机的理论,回到我们自己生长的社会文化环境中,通过与研究对象的直接接触理解他们的心理世界是如何的情景,西方相关理论在多大程度上解释了中国大陆 AN 患者的治疗动机的变化过程,而在哪些方面是它们难以解释的,需要建立中国特定社会文化环境下的描述与解释体系。

六、研究问题的提出、目的与意义

基于以上分析思考,本研究采取社会建构主义的研究取向,结合治疗录像分析与深入访谈的质性研究手段,对中国本土 AN 患者的治疗动机的发生发展过程作探索性研究,主要研究问题如下:

1. 治疗初始阶段 AN 患者的治疗动机水平有什么特点? 随着时间的推进,他们的治疗动机水平是否会发生变化;如果有变化,是如何变化的?

2. 患者初始的治疗动机水平受到哪些因素影响? 如果其后动机水平发生了变化,是哪些因素引起了这些变化?

—患者及其家庭对于心理治疗的概念是否对其治疗动机有影响?

—患者如何看待自己的疾病带给自己的正性与负性后果? 这些观

念是否对治疗动机产生影响？

— 家庭系统中的人际互动有哪些因素影响 AN 患者的治疗动机？

— AN 患者的学校环境或者工作环境中有哪些因素影响其治疗动机？

— 中国现有的社会文化观念中，有哪些因素会鼓励或阻碍 AN 患者接受或继续治疗？

— 中国现有的精神卫生政策或其他相关社会政策中，有哪些因素会鼓励或阻碍 AN 患者接受或继续治疗？

— 此外还有哪些重要的影响因素？

3. 这些因素是如何产生影响的？

4. 不同因素之间是否存在相互关联或影响？ 如果有，关联或影响的模式是怎样的？

研究目的在于了解本土 AN 患者的治疗动机水平的特点和动态变化过程；识别 AN 患者治疗动机的影响因素，理解这些因素产生影响的过程和机制；并基于以上发现，就如何从临床干预和社会政策制定的角度增强 AN 患者的治疗动机建议初步的工作模型。

七、本研究的开展在以下三方面具有重要意义：

1. 增进对本土 AN 患者治疗动机的动态变化过程的理解，拓展关于 AN 患者治疗动机的知识累积。本研究对 AN 患者的治疗动机进行纵向的数据追踪和分析，可以帮助研究者和临床工作者更好地理解 AN 患者的治疗动机是如何变化的，受哪些因素影响，这些因素如何产生作用；这些研究结果是对现有 AN 患者治疗动机研究的知识补充；同时本研究也是首个从整合的理论角度对中国大陆的 AN 患者的动机影响因素和影响过程所做的初步探讨，在中国的社会文化环境下 AN 患者的治疗动机的变化过程与西方患者有何异同，有哪些与中国特定社会文化有关的因素会影响到 AN 患者对治疗的接受程度，现有的精神卫生服务和政策对患者接受心理治疗的意愿程度有何种影响，为中国本土 AN 研究的理论发展和知识累积提供开创性的经验,并有利于促进与西方对应的理论和研究实践的理性对话。

2. 对 AN 的临床工作具有重要的参考意义。本研究的开展有利于促进研究者和临床工作者对 AN 患者的理解,为增加 AN 患者的治疗动机,减少临床脱落率提供重要的参考和研究依据。前面已经提到,AN 如果未能得到及时有效的干预,对患者个人、家庭及其社会都会造成深远的损害和沉重的负担。要做到有效干预,前提是患者愿意接受干预。如何鼓励以否认疾病抗拒治疗为典型特征的 AN 患者可以持续地停留于必需的治疗进程中,避免中途脱落而造成对个人发展的阻滞以及社会医疗卫生资源的浪费,是精神卫生领域的社会工作者的重要工作职责之一。作为专业人士,社工对服务对象所做的有效干预必须建立在科学依据基础上(evidence-based),而不是对理论进行想当然式的套用。西方的理论和研究发现在多大程度上适用于中国大陆,我们也必须通过系统的研究实践找到答案。本研究针对中国大陆 AN 患者的治疗动机的影响因素和过程的探索和理解,可以为我们在临床实践中有效提高患者的治疗动机水平以取得良好的治疗效果增加基本的知识准备,并提供重要的参考和依据。

3. 加深对 AN 患者的心理与社会需求的全面理解,为相应的精神卫生服务政策的出台和制订提供理论依据和参考。因其可能导致的广泛而深远的社会性后果,AN 的问题不仅是患者个人的问题,同时也是一个家庭和社会问题,因此在宏观的社会政策和社会服务层面上如何制定更为合理有效的政策和服务模式是预防疾病造成沉重社会负担的更根本性的途径。政策的出台和制订必须建立在了解政策受用方真正的需要的基础之上。换言之,在中国什么样的精神卫生服务政策是有利于 AN 患者主动接受治疗和维持治疗的好的政策,就必须先了解中国的 AN 患者在是否接受和持续治疗的决策过程中他们的需要是什么?哪些需要未被满足?影响因素有哪些?在什么样的情况下他们会更乐于接受治疗?只有对这些加以了解,才能制定出有针对性的有效的服务政策。为中国未来的精神卫生服务政策如何可以更好鼓励和强化 AN 患者的治疗动机，预防脱落，本研究的研究结果与发现可以在一定程度上为此提供基于研究实践的理论参考和依据。

八、基本概念澄清

本研究中会出现若干与动机密切相关的概念，为明晰起见，本研究者有必要在此先做澄清。

行为改变动机/行为改变的准备程度（motivation for behavioral change/readiness for behavior change ）。研究者在本研究中对此概念的采纳主要源于跨理论模型（Prochaska & DiClimente, 1983; Prochaska et al, 1988; Prochaska et al, 1994），意指个体对于自己改变现有模式的必要性、迫切性和可能性的主观评估。

心理治疗动机（motivation for psychotherapy）：指患者出于主动意愿寻求心理治疗的行为强度，表现为对接受治疗的接受程度（是否愿意来接受治疗）和接受治疗的维持程度（是否能坚持接受治疗）（Orlinsky & Howard, 1994; Treasure, 2003）。本研究"治疗"主要指包括家庭治疗在内的各种心理治疗手段。

本研究者认为，行为改变动机/行为改变的准备程度与心理治疗动机在在涵义上有重叠部分，即都可以表征患者愿意放弃现有的疾病或行为模式的动机水平；但当他决定改变现有行为模式的时候，他可能通过自我改变和求助他人两种不同的途径实现（Prochaska & DiClemente, 1983）。因此只有当患者希望通过心理治疗师的帮助改变现有行为的情况下，我们才可以把他"行为改变的准备程度"（readiness for behavior change）等同看待为他的治疗动机。换言之，心理治疗动机所涉不仅只患者本人对于自身疾病的评估与改变意愿，还包括他对心理治疗手段的接受程度。如果患者希望有行为改变（有一定程度的行为改变动机水平），但因为各种内在或外界原因他并不愿意通过接受心理治疗来改变，而是希望借助其他途径（如求助于友人或自助）实现改变,我们仍然不能说他有高水平的心理治疗动机。但另一方面,对心理治疗动机的探讨难以回避对行为改变动机的探讨,因为如果个体没有内在的想要有所改变的动机,我们很难想象他会去寻求心理治疗。因此在本研究中,对 AN 患者心理治疗动机的探讨将涵盖两个主要部分:

1. 患者在多大程度上认为自己目前的进食模式需要改变,即"行为改变的动机";

2. 患者在多大程度上接受通过心理治疗来实现改变,这种接受程度会体现在他对心理治疗的认知观念(如心理治疗是否有用或必要)、在治疗过程的外在行为表现(是否发动和持续接受心理治疗)和情绪体验(如对心理治疗的感觉良好)。

下文主要分为四个部分。

第一部分为文献回顾,包括第二章,研究者系统回顾了关于 AN 的动机问题的理论与经验性研究,以此确立本研究的起点与理论基础。

第二部分为研究设计,包括第三章与第四章。第三章详述了本研究以跨理论模型为基本结构的概念框架的形成过程,第四章则介绍了研究开展的方法学问题,包括社会建构主义的研究范式的选取、研究对象和研究场景的选择,以及治疗录影分析和深入访谈的实行、质性资料的分析过程。

第三部分为研究结果与发现,包括第五、六、七章。第五章报告了 AN 患者动机水平的基本特点。第六章分别报告了对其动机水平产生影响的促进因素与阻碍因素,突出强调了人际互动与社会文化因素的重要影响。第七章则以个案报告的形式,对不同的影响因素之间的相互关联与作用模式进行详述。

第四部分为分析讨论。包括第八、九、十章。基于研究发现,第八章着重从"关系本位"的中国人际交往观念与模式、女性价值的社会建构角度和精神疾病病耻感与社会歧视的产生过程和严重后果探讨了 AN 患者治疗动机的人际互动与社会建构过程,第九章则对中国目前的青少年精神卫生服务体系进行回顾分析,针对如何促进 AN 患者治疗动机水平的提高,对社会服务工作未来可能的发展方向提出建议。第十章研究者对本研究的理论贡献、临床意义、研究限制做出反思,并在此基础上提出未来可能的研究方向。

第二章　文献回顾

第一节　关于 AN 的相关背景简介

一、AN 发病机制与临床处理

AN 多发于青春期女性,发病人群中女性比例基本上在 90％以上 (Doldbloom , 2000)。早年 AN 作为一种疾病在西方社会被识别和确 认之时,一度被认为是中上阶层家庭白人女孩的特有疾病,但随着时代 的变迁,来自贫穷家庭的 AN 患者开始出现在临床工作者和研究者的 视野之中(Le Grange et al,2004; Ma,2007),也有研究者开始反思当 初贴在 AN 上特殊的社会阶层的标签也有可能源自临床样本偏差造成 的错觉(Gard & Freeman,1996; McClelland & Crisp,2001)。但是, AN 多见于青春期的女性,这一特征在不同的时代始终维持稳定。

作为一种典型的身心综合症,生物医学因素在 AN 的发病和临床 表现上无法被忽视。有研究者认为 AN 的出现脑垂体或其他与进食有 关的腺体损伤有关,另有研究者则发现部分 AN 患者存在程度不同的 脑部功能障碍(Lask et al. ,2000)。临床上常见 AN 与抑郁障碍共病 的现象,有研究者认为二者共病的主要原因来自共同的家庭遗传的病 因,并采用结构协方差模型检测的方法加以数理上的验证,二者共病的 效应中有 58％由家庭遗传因素带来(Wade et al. ,2000)。AN 引起的 生理症状会表现在人体各个生理系统,如内分泌紊乱,肝功能异常,低 血糖,甲状腺功能异常,骨密度减低,牙齿松动,消化道功能异常,电解 质紊乱等(Lask et al. ,2000; Dziegielewski, & Murray, 2002)。严重者更会直接导致死亡。因此在临床上如果患者的生理损害达到威胁生命安全的严重程度,以营养补充、进食管理和预防自杀为目标的生理治疗手段是必不可少的(Treasure,Todd,& Szmukler,1995)。

AN的发病与心理因素有深刻的联系。临床观察与研究均证实AN患者多具有追求完美的强迫性人格特征(Fairburn et al.,1997,1998),而疾病症状所具有的心理功能对于疾病的产生和维持有重要作用。这种功能或者是对负性生活事件和体验的转移(Dare & Crowther,1995),或是自我与同伴认同和道德优越感的重要来源(Bruch,1973)。这种功能的衍生与体现往往与患者所处的家庭系统环境有关。Bruch(1973)发现AN患者在其父母眼中通常是非常听话的"完美孩子",父母尤其是母亲对孩子生活的过多介入导致孩子的个体化出现障碍,患者与其母亲之间形成既爱且恨的矛盾的情感联系。Minuchin(1978)则发现AN患者的家庭系统存在共同的特性,如家庭成员间的互动模式僵化,缺乏弹性,回避冲突,父母对孩子过度保护等。Bruch(1973)的观察更是直指AN症状与家庭系统互动的关系的内核,她认为对于AN患者来说,对自己进食行为的控制,是她与父母互动过程中可以获得自我控制感的唯一来源,她除此以外的生活均是被他人设计和安排,因此坚持不吃或少吃使她体验"自我"的存在而具有重要的功能和意义。

另外,AN疾病的产生与患者所处的社会文化环境也被认为有密不可分的关系。以瘦为美的流行文化观念无论在东西方都被认为与AN在当代社会逐渐攀升的发病率息息相关(Hans & Daphne,2003;Leung,2001),而相关的女性主义理论更认为两性在社会权力结构中的不平等是AN产生的社会文化根源和维持因素(Orbach,1982;Lawrence,1984;MacSween,1993),也在某种程度上解释了为何患者多为女性的现象。

由此可见,AN是一种兼具生理、心理与社会因素的综合症,因此在临床治疗上也需结合多种手段进行。鉴于它可能导致的恶性后果,如前所述,在患者出现危险的生理指征时,生理治疗是重要和必不可少的。但单一的生理治疗模式已被证明对于 AN 的治疗效果不理想,需结合心理治疗和营养指导等多种干预手段(Garner & Garfinkel,1982;Treasure,Todd,& Szmukler,1995)。认知行为治疗是较早运用于 AN 治疗的心理治疗流派,但兴起于上世纪六七十年代的家庭治疗因证明对 AN 的治疗有效率高达 85% 而成为目前业界广泛采用的心理治疗方式(Minuchin et al,1978;Russell et al,1992;Ma & Lai,2006)。无论采取何种心理治疗手段,AN 的临床治疗从理论上来说都应是包含临床医生、专科护理人员、营养咨询师、心理治疗师、社会工作者甚至职业指导人员在内的多专业人员的团队合作,协同处理患者的生理、心理和社会适应问题(Treasure,Todd,& Szmukler,1995;Treasure et al,2003)。

对疾病的否认和接受专业治疗的动机水平偏低是 AN 典型的疾病特征之一。这直接导致专业人员在临床处理上的困难,也激发了研究者对于 AN 患者康复过程的探讨兴趣,因此以探索个体的主观体验过程和内在心理世界的意义建构过程为目标的质性研究在 AN 的研究领域开始出现,并呈现增多的趋势。它们中多数从患者角度出发,了解她们自己如何看待自己的疾病,"食物"和"节食"对于个体来说有何象征意义,有哪些因素促成疾病的康复(Button & Warren,2001;Serpell et al,1998;Rosenvinge & Klusmeier,2000;Ma,2000;Noordenbos,1992),也有个别研究关注治疗师对 AN 患者的疾病康复过程的认知和理解(Odom,1997)。这类研究对于增加 AN 临床工作的针对性和有效性具有重要的参考价值,因此被认为是未来研究需要加强的主要方向之一(Vitousek,1998)。

二、中国大陆的 AN 临床与研究工作

中国大陆 AN 的临床与研究工作相对滞后于西方发达国家和地区。上世纪八十年代以来的经济体制改革带来的不仅是经济发展状况

的迅速改变,同时还有社会价值观念的急剧变化、混乱与冲突,因此产生了大量与人的社会适应与精神健康有关的问题,并引起社会关注。在此背景之下,精神卫生问题开始得到比以往更多的重视(张明园等,1999)。AN的情况亦是如此。

在临床诊断中,中国大陆目前基本上沿用美国的诊断标准DSM-IV。由于中国大陆心理治疗师的职业化进程尚未规范和成熟,更缺乏社会工作者职业角色和专业人员,并且不同专业之间的转诊体系没有建立起来,因此多专业人员的团队协作目前在国内的AN临床工作中并不多见。临床治疗基本上仍以生物医学模式为主,AN患者多就医于综合医院的消化科或内分泌科,部分主动求助精神专科;药物治疗在门诊治疗中占主要比重,而住院治疗也通常以营养补充和进食管理为基本手段。但有个别机构已经开始尝试在医学系统的支持下将心理治疗尤其是家庭治疗引入AN的治疗过程中。如深圳南山医院临床心理科与香港中文大学社会工作学系于2003年在深圳合作建立的深圳青少年家庭治疗中心,几年来一直在做此种尝试,成为华南地区中国首家以AN为临床工作重点、以家庭治疗为主要心理治疗手段的综合治疗机构。目前在全国范围内这种工作模式尚未普及,但相信会成为未来的发展趋势。

从数量上看,关于AN的研究也以传统的生物医学模式为主导。关于AN的生理机制、生理治疗手段和药物疗效的研究仍然是主流(戴王磊,2001;张文忠等,2003;朱志高,缪金生,2003;陈玉龙,王霞,2005)。这些研究结果与西方同类研究的结果基本一致。但是AN是具有心理和社会文化因素的综合征,我们更关心的是我们有哪些与西方不一样的研究发现。此类研究目前为数不多,但仍有研究者对AN的心理和社会文化因素进行了开创性的探讨。如有研究发现中国内地的AN患者与普通人群相比,人格特征上内倾和不稳定的特点更为突出(任榕娜等,2000);而同伴之间的竞争压力和不良心境与节食和减肥行为的产生有密切关系(肖广兰等,2001)。我们在肯定这些研究的可贵价值之余,还需在此基础上对中国大陆的 AN 患者的相关问题做更深入和更广泛的探讨。

总体上来说,中国大陆的 AN 临床和研究工作尽管相对落后于西方发达国家与地区的同类工作,但已经开始从单纯的生物医学模型转向"生理—心理—社会"的综合模型的过程。当然此过程之中仍存在大量缺陷与空白,为未来中国大陆本土的 AN 相关研究提供了广阔的发展空间。

第二节　关于 AN 患者治疗动机的理论回顾

如何理解 AN 患者的治疗动机问题,与如何理解 AN 这种疾病的特性与本质有密切关系。西方文献对 AN 的研究持续了漫长的几个世纪,关于 AN 疾病的理论阐述也形成不同的理论流派。从这些不同流派的阐述中,我们可以从不同的角度理解 AN 患者为什么不愿改变现状接受治疗。

一、精神分析流派

从理论发展的传承来看,精神分析理论大致可分为三个发展阶段,代表性学说分别为本能冲突说,客体关系理论和自我心理学。在对 AN 疾病的理解上,同样可以看到这种继承与发展。

1. 本能冲突说

本能冲突说认为,进食行为具有某种性意味,代表着个体某种性幻想和受孕幻想。个体在本我的层面上因本能欲望的驱使产生这些欲念和幻想,但内化的社会规范和理想自我会警示其不被容许,因而自我要发挥功能压抑这些幻想。在这样的机制作用下,个体通过拒绝/限制进食达到对这种幻想的否认(Grimshaw,1959;Rowland,1970;Margolis & Jernberg,1960)。因此拒绝进食是对某些为社会价值观所不容的观念和欲望的压抑,是对内心冲突的调节;同时,拒绝进食也可能与早期经历的创伤有关,是个体下意识里试图用对进食的过度关注和焦虑来替代和转移创伤事件带给自己的伤痛体验(Dare & Crowther,1995)。将痛苦转移到与创伤事件无关的方面如进食行为,可以帮助个体从创伤带来的强烈痛苦中暂时分离出来;

2. 客体关系理论

客体关系理论的贡献在于将视野从对生命早期个体内在心理冲突的关注扩展到个体与其重要他人(通常是母亲)之间的互动关系上(Bruch,1973;Dare & Crowther,1995;Goodsitt,1985;Kernberg,2005)。Mahler(1968)基于对婴幼儿从出生到6岁的行为观察,发现个体与外界的交往会经过以下几个发展阶段:

(1)自闭阶段(autistic stage)后经她本人修正,自闭阶段在正常的个体发展中并不会出现,是一种病理性的表现阶段。

(2)共生阶段(symbiotic stage):个体与养育者(通常为母亲)就像是共生体,所有生理的满足和喜怒哀乐均与母亲相联系,从她的哺乳行为,微笑和目光接触中建立对母亲的基本信任。

(3)分离-个人化阶段(separation-individual stage):个体开始在母亲适度的保护下探索外面的世界,并在母亲适当的反应之下,逐渐形成自体与母体的分离,建立关于自己和外在客体的表征(representation)。

(4)客体稳定阶段(object-constancy stage):个体形成内在的、稳定的关于自己和外在客体的表征,建立不易受外界影响的自我调控机制(self-regulatory)和自尊(self-esteem)。

如果发展过程中的某一环节受阻,个体形成自己和客体的表征时就会出现某种偏差,导致分离焦虑,不安全感,抑郁,无价值感等多种心理障碍的产生。

Palazzoli(1978)结合多年临床观察,借用 Mahler 的理论来讨论 AN 患者的早期母婴互动经验与疾病发生之间的关系。她认为在分离-个人化阶段(separation-individual stage),母亲的过度控制使个体丧失了通过与外部的互动实现自我分化的机会,从而形成了错误的自我和母亲客体的表征,将自己的躯体与母亲这样一个过度控制和具侵略性的客体等同起来。对于母亲,个体常常抱有非常矛盾的态度:一方面,因为没有形成独立的自我,个体常常要依赖母亲;另一方面,又不接受母亲管制太多。因此,AN 患者通过自我饥饿来抵御母亲的侵入和终结自己对母亲充满矛盾的认同。

在客体关系理论的框架下,AN 患者之所以要自我饥饿,是因为她们错误地把自己的身体等同于母亲的象征,自我饥饿是出于对自我的保护和对母亲侵入的抵御。

3. 自我心理学

自我心理学是精神分析理论在上世纪后半叶的另一种发展,它认为个体能否健康地承受某些必要的分离,取决于她是否完成某些心理功能的内化过程。这些功能包括形成自己的内聚力,为自己减轻痛苦和寻找心理平衡,对压力和自尊的调节能力。谁能提供这些功能,便会成为个体良好感觉和安全感的来源(Goodsitt,1985)。在理想的成长过程中,这个来源从最初的养育者(通常是母亲),到某种特定的转换客体(如毛毯之类母亲的象征物),然后在母亲恰当的养育行为影响和“镜像”作用(mirroring)下,逐步内化为自我心理结构的一部分(Tolpin,1971)。Bruch (1973)对 AN 尤其是原发性 AN(primary anorexia ner-vosa)的实质的理解,至今仍被视为经典。她认为,AN 不是进食功能障碍,尽管患者出现严重的生理问题,但从本质上来说它是更深层次的与人格发展、自我感觉、自我认同和自主感的缺损有关的心理障碍。在 AN 多方面的症状之下,共同的核心是自我的缺损(deficit of self),这种缺损分别表现在:

(1)躯体感觉障碍:失去饥饿的感觉,极少进食也不觉得饿。

(2)无效感:Bruch 发现在 AN 患者对食物和体重的强迫性关注,对体重增长的极度恐惧,以及对目前的极瘦体形强烈坚持的症状下面,深藏的是内心强烈的无效感。与 Palazzoli 的发现相似,Bruch 在临床中遇到的 AN 患者常常是父母眼中非常出色和完美的孩子,但在完美的表像下,她们觉得不能左右自己的生活,只是听命于外部(父母)的指令,一切都是为了满足他人的期望和需要,甚至觉得自己的身体是属于父母而不是自己的。这通常会使个体觉得极端无助、空虚和缺乏自我认同,生活没有意义,并丧失自主性的动机和行为。

(3)失控感:AN 通常会以一种令人吃惊的力量坚持维持目前超轻的体重和他人严重异常的进食模式。Bruch 发现,在这种坚持背后,隐藏的其实是对失去控制的深深恐惧,因为对于她们来说,这已是自己控制感的唯一来源,身体和食物是与外界的控制进行斗争的最后战场,所以她必须死守领地。Bruch 认为,AN 患者是用吃或不吃来解决生活中遇到的冲突和困难,这种僵化和表面化的处理问题的方式是个体内在的自我调节功能的缺损的体现。这种缺损不仅表现在对体重的控制上,更为深刻的是对她自己生活的调节和掌控。

因此,AN 的疾病表现是个体自我结构缺损的表现,带来的后果就是对躯体感觉尤其是饥饿感的麻木,自我效能感的缺乏,和对节食行为的高度依赖。同时这些疾病表现也成为个体试图去维护和发展自我的一种错误的方式,因为对食物的限制和体重的控制成为自己控制感的唯一来源,所以她要坚守这个最后的阵地。

4.精神分析理论对 AN 的治疗动机研究的贡献与局限

无论是本能冲突说,客体关系理论,还是自我心理学说,西方的精神分析理论为临床工作者理解 AN 患者的治疗动机问题提供了一种经典的个体心理学思路。如果因为早期经验造成的影响,现有的疾病症状对患者来说具有某种功能或意义,那么要患者放弃这些症状自然存在阻力。因此,我们要理解 AN 患者为什么愿意或不愿接受治疗来改变现有行为模式,一种有效的途径就是要理解这些症状与行为模式对于患者具有什么正性意义和功能,背后反映了患者内心里什么样的需求。心理冲突理论启发了我们探询患者内心的冲突,客体关系理论引领我们从早期的人际交往经验探讨疾病的形成和维持过程,自我心理学则揭示疾病症状是一种个体维持自我功能的努力，当他在生活其他方面找不到自我控制感时，对进食的控制是其自我功能的唯一体现，因此他自然会否认疾病的存在而不愿求医。总之，精神分析理论为我们理解 AN 患者的求治动机问题提供了一扇窗，透过这扇窗，我们可以从AN 患者的过去生活经验着手探究其试图改变或求助专业治疗的动机水平低下的内在心理根源。在此前提之下，我们才有可能通过为患者寻求更为健康的行为方式作为 AN 行为所代表的意义替代品。例如当我们确知患者之所以要控制自己的进食行为和体重，是因为在父母的过多干涉之下，这些行为是患者唯一可以自我掌握的方面，那么包括社会工作者在内的临床工作者就可以通过帮助患者从父母手里争取其他方面更多的自主权的方式，以满足他对自我表现控制感的需求，而不必再固守于病理性的进食模式。这样患者就有可能增加接受治疗的动机以放弃原有的疾病行为。

　　然而，精神分析理论的局限也很明显。首先，精神分析理论只在个体个体心理层面为我们提供参考，在人际和社会文化层面的贡献有限。显然，心理冲突学说的视野只停留在个体化角度，我们几乎看不到他所存在的外在环境对他的心理冲突有什么影响，又是如何发挥影响；客体关系理论和自我心理学理论稍有拓展，将个体与养育者之间的关系纳入考察框架，但是仅限于主要养育者和生命早期的经验。

　　其次，精神分析理论的基本论调是"早期经验决定论"，探讨集中于个体的早期经验，对于儿童期以后的生命过程基本上是忽略的。患者目前的生活世界中有哪些因素与他是否想要改变和求治有关，除了主要养育者（母亲），他生活中出现的其他人对他的行为决策过程是否完全没有影响？如果有，是怎样影响的？这些问题，精神分析理论难以做出完满的回答。

　　最后，作为中国的研究者和临床工作者，我们必须要对精神分析理论在中国 AN 患者身上的适用性抱审慎的态度。精神分析理论是西方社会以个人主义为基本价值观的思维框架下形成的理论传统，它对于个体的"自我"的理解和阐释是否同样可以解释中国关系本位的文化环境下的个体？中国的 AN 患者看待"自我"的方式，对"自我"的追求是否同西方的患者有所不同？疾病对于患者所具有的功能和意义是否也因此而在东西方的 AN 患者身上呈现不同的形态？精神分析理论对于人际关系的理解如母婴之间的客体关系和中国人对此的理解是否有不同？这些不同如何影响患者看待自己的疾病的方式，进而影响他们的治疗动机？这些疑问我们不能通过照搬现有的来自西方的精神分析理论得以澄清，而必须通过对本土文化观念的省思和对本土 AN 患者的深入探索才能了解。

二、认知行为理论：

上世纪六七十年代认知理论的兴起为人们理解和处理精神障碍提供了新的思路，它关注个体的认知加工过程如何影响和维持人的情绪和行为选择。

Garner & Bemis：歪曲的认知特征

Bruch(1973)强调了 AN 患者的思维方式和对事件意义的特定的解释方式在疾病中的重要性。Garner & Bemis(1982)在继承这一理念的基础上，将 Beck 的抑郁症模型应用于 AN，认为 AN 患者抱有顽固的"我必须要瘦"的信念，这是疾病得以维持的关键原因。他们总结了 AN 患者存在一些典型的认知特征，如：

歪曲的信念：瘦具有非凡的意义，我必须要保持瘦的体形；吃一点点就会长胖，胖了以后后果十分严重。

错误的认知加工模式：如二元论的价值判断：凡事非黑即白，非好即坏。

在歪曲的信念和认知加工背后，具有非适应性的潜在假设：迥异的事物之间可以并且应该保持一种完美的平衡；体重、体形或者纤瘦是判断个人价值的唯一依据；人应该获得彻底的自我控制。

这些认知因素促使个体在面临压力时选择用节食减轻体重的方式

应对,而减重成功后获得的自我控制感带来的外在强化和自我强化效应,使得瘦与个人价值之间的认知联系变成一种封闭的观念,不受任何外界因素甚至是惩罚性的经验所影响,并决定了她对事件的解释,对进食模式的选择和相应的情绪体验。我们在临床中不难见到,AN 患者在与其父母交谈时原本顺顺从从,而一旦提到有关食物和进食的问题,她则是坚守自己的方式,寸土不让,并表现得易激惹,显示对她来说,食物和进食确是一个"意义非凡"的主题。

Vitousek 基于 Garner & Bemis 的理论阐述,借用认知心理学的"图式"概念来描述 AN 的核心认知障碍。所谓图式,是指关于特定的人/事物或事件的核心认知观念的结构化组合。AN 患者认为,体重和体形是个人价值的关键来源,而来自社会文化影响的"女性以瘦为美"的信念则决定了她在体重和体形上的选择倾向(Vitousek,1996;Vitousek & Hollon,1990;Vitousek & Manke,1994)。这些有关自我和审美的信念使 AN 患者形成了一个以体重和体形为中心的关于自我价值的图式,这种图式使个体相信,当自己觉得没有价值感,不完美和绝望,唯一的解决方式是变得瘦削和减轻体重。图式的另一种重要功能是,决定了个体对信息的提取和选择性注意,这个过程会进一步加强原有的图式和依据图式采取的节食行为。因此,AN 的症状得以持续。

2. Vitousek 的认知图式说

Vitousek 亦总结了病人的厌食信念和行为可以通过四个方面得到强化:其一,减重后获得的成功感,道德上的优越感和控制感导致的正强化;其二,避免了肥胖的可能性,这是一种负强化;其三,个人以体重和体形的自我图式会产生一系列的认知加工的偏差,因此维持了 AN 的信念和行为;其四,社会观念对纤细体形的肯定,体重减轻后家人关注程度的增加,会强化节食行为;而以体重体形为中心的个人认同模式形成后,个体因而变得更为封闭,失功能的思维和行为构成其人格的核心部分,这些因素会促使个体更加沈浸于自己的 AN 世界里(Vitousek & Manke,1994)。

因此,在认知行为理论框架下,个体歪曲的认知观念如"我必须要瘦","瘦才会美","瘦才有价值",是个体采取并维持限制进食行为模式的根源,同时成为激发患者通过自助或求助他人的方式寻求行为改变的最大障碍因素。

3. 认知行为理论对 AN 的治疗动机研究的贡献与局限

认知行为理论对 AN 症状维持的解释力被广泛认同(Shafran & Silva,2003;Silva,1995)。它所提出的个体认知信念影响个体对外界信息的选择,而外界信息又会对 AN 导致的后果(消瘦)产生正强化或者负强化作用,加强症状的维持,这些概念已广为人所接受和运用。当临床工作者想借用认知行为理论来了解患者为什么不愿来接受治疗或不再继续治疗,它可以为我们提供以下两方面的启示:

如果患者不愿接受治疗或者有脱落的倾向,临床工作者就需要重新审视 AN 患者的相关认知观念,例如对于患者来说进食行为意味着什么? 她如何看待自己现在的体型? 体型对她的意义是什么? 跟自我价值感的关联是什么? ……通过对这些相关信念的了解,我们可以看它们是否或者如何影响患者的治疗动机,因此制定针对性的干预方案。

鉴于精神疾病遭受的社会歧视在各种社会文化中都是普遍存在的现象,除了与进食和体型有关的观念可能会影响 AN 患者的治疗动机之外,患者对待心理治疗的态度也有可能与他们是否愿意来接受或者继续治疗有关。在他们的观念里,接受心理治疗是否是一件有损颜面、需要克服来自外界的压力和内心的挣扎来做的事情,很自然会影响他接受治疗的意愿。此外,患者对心理治疗的期望,他觉得心理治疗的目标是什么,如何才能达到目标,和生理治疗如打针吃药相比,心理治疗会有什么不同,这些关于心理治疗本身的认知也有可能会影响到患者在连续的心理治疗过程中的持续程度。由于中国大陆目前的心理治疗模式与理念完全引进自西方,对于普通民众来说还不是一个熟悉的概念,因此在中国进行有关 AN 患者的治疗动机研究时,这些认知观念上的探讨是尤其不能忽略的部分。

但是和精神分析理论一样,认知行为理论为我们理解 AN 患者的求治动机问题提供了一个独特的审视角度,同时单一的角度也会造成视野的局限。错误的认知观念使患者继续维持现有的进食模式,但是这些错误观念是如何形成的,有哪些因素参与到观念形成的过程中,个体所生活的环境如学校,工作机构,同辈群体,包括社会流行观念等等,在这个过程中扮演什么样的角色,认知行为理论的框架没有系统阐述。对于社工来说,专业的特点决定了我们必须将人放在他所生活的环境之中对他的需求进行全面的审视,因此在运用认知行为理论对影响 AN 患者治疗动机的相关认知观念进行探讨的时候,必须有意识地对与认知形成的环境性因素以及它们之间的相互关系进行深一层的考察,这之中就可能需要借助家庭系统理论和社会文化理论等不同理论视角的补充。

三、家庭系统理论

如何看待家庭系统与 AN 疾病之间的关系,在理论和临床实践上基本上有三种不同的取向,也是三个不同的发展阶段,我们可以分别称之为家庭病因论,家庭环境论和家庭资源论。

1. 家庭病因论

顾名思义,家庭病因论认为是家庭系统中某些因素和 AN 疾病的产生是一种线性因果关系。这些因素可能是家庭的社会经济地位(Crisp,1980;Garfinkel & Garner,1982;Eisler & Szmukler,1985),负性的家庭生活事件(Eisler,1995;Oppenheimer et al,1985),父母的人格特征(Bliss & Branch,1960;Palazzoli,1974;Alberto Espina,2002;Kalucy,Crisp & Harding,1977),或者早期的亲子关系(Bruch,1973;Kobak & cole,1994)。

2. 家庭环境论

家庭环境论则是将系统理论引入家庭理论与研究中的开端,改变了过去孤立地和单向地看待家庭中的某些因素对 AN 发生的影响的局面,而是从家庭成员之间的互动模式出发探讨家庭与疾病之间的相互塑造的关系。

家庭系统理论持有的基本理念是(White & Klein,2002)：

(1)家庭中所有的构成部分是相互联系的；

(2)家庭应该当作一个整体来理解；

(3)家庭内子系统之间以及家庭与外界环境之间通过环境的反馈实现影响和被影响,该过程是循环的非线性；

(4)家庭系统不是一个客观实在。

基于这些理念,家庭系统理论关注的不是家庭中某些静态的因素,而是相互之间的作用,它讨论的概念是系统、界限、运行规则、反馈、平衡和子系统等诸如此类。

家庭系统理论不是单一的一种理论,而是一类以系统理论为概念框架的对家庭内现象的理解和解释。因此,不同的研究者和治疗师在从系统角度理解 AN 时会表现出对不同方面的侧重。尽管各有侧重,仍有一些共同的描述和观点：如家庭成员间过度紧密,代际间的界限不清,回避冲突和不同意见(Eisler,1995)。在早期用家庭系统理论理解 AN 并与 AN 家庭共同工作的先驱中,Palazzoli 和 Minuchin 是两位代表性人物。前者基于她多年与 AN 家庭工作的临床经验,为我们描述了 AN 家庭中一个顺从的,"完美的",优秀的女孩如何由家庭成员共同建构起来,家庭/父母的需要如何成为女儿的需要；家庭内的互动模式表面上看来是一种交流,实际上是对对方信息的拒绝和缺乏回应。Palazzoli 亦提及原生家庭与现在的家庭之间有关家庭忠诚问题的冲突(Palazzoli,1974)。Minuchin 的工作是全面性和总结性的,他与同事在总结了多年的研究和临床工作后,提出了一个影响深远的概念"心身失调的家庭(psychosomatic family)",并把 AN 作为其典型代表。这种家庭模式有三个重要因素：首先,孩子的生理上虚弱,易生病；第二,家庭有四种典型的特征：家庭成员过度纠结；过度保护；家庭互动模式僵化不变；回避冲突或不解决冲突。第三,生病的孩子在家庭回避冲突的模式中有重要作用(Minuchin et al,1975/1978)。Minuchin 的理论为后来的研究者观察 AN 家庭提供了一个重要的参考框架,其中的很多概念如过度保护,回避冲突等至今仍然被许多研究者和临床工作者沿用。更为重要的是,他的框架性的工作使研究者和治疗师的关注焦点从过去的家庭经验对 AN 的影响转移到现时的家庭动机。在他的影响下,大量测量家庭功能的问卷开始问世,并被广泛应用于各类有关 AN 的家庭研究中。

3. 家庭资源论

在家庭系统论的基础上,家庭资源论不再专注于探讨家庭是否是 AN 产生的病因,也未必有某种共同的家庭互动模式,而是更多地把家庭当作克服 AN 疾病可以借用的资源。这也是目前关于 AN 疾病与家庭系统关系的主流的理论取向。它所倡导的基本理念是:

(1)家庭是一个系统,AN 症状与家庭的反应相互影响,形成一种循环的模式,很难区分原因和结果,因此不应责备某个或某些家庭成员(Eisler,1995)。

(2)把现有的家庭模式看作 AN 疾病导致的后果,而不是原因。家庭究竟是否是 AN 产生的原因之一,现在没有定论,但是无论是或不是,如果家庭中有患有长期的严重精神疾病的成员,在长期的压力之下,整个家庭很自然会调整原有的生活轨迹,形成以疾病为中心的新的模式,一旦女儿开始沉醉于 AN 的症状,整个家庭都会不由自主地加入她的"舞蹈"(Colahan & Senior,1995)。

(3)不同的 AN 家庭有不同的模式,但不同模式有相同的地方:AN 逐步成为家庭的中心,所有家庭成员围绕着 AN 逐步调整各自的生活和相处模式,最终形成 AN 的中心位置。

(4)AN 会对家庭造成影响:对病人本身的影响:失去社会交往,朋友和长远的个人发展;同时加剧对父母尤其是母亲的依赖和冲突;对父母的影响:父母的工作和个人生活;对夫妻子系统的影响:婚姻关系让位于孩子的疾病问题;改变夫妻相处模式和生活模式;加剧婚姻冲突;

对兄弟姐妹子系统的影响：其他的兄弟姐妹失去正常的同辈兄弟姐妹子系统；AN 患者夺取父母更多的关注。

（5）并非所有的 AN 家庭都是一样的，他们在家庭结构，互动模式，家庭气氛，问题解决方式等方面可能各不相同（Eisler，1995）。

（6）家庭是资源而不是问题，他有内在的资源可以用以帮助患者克服 AN。

4. 家庭系统理论对 AN 的治疗动机研究的贡献与局限

家庭系统理论的最大贡献在于对原有的线性思维模式的挑战和补充。在系统理论的引领下，我们不再纠结于家庭中的哪些因素导致疾病的产生，而是透过疾病看家庭这个最为重要和基础的人际关系系统中不同个体之间的互动模式。在探讨 AN 患者的治疗动机时，家庭系统理论的视角可以为我们提供一个独特的考察角度，看家庭生活中成员之间的互动模式如何，有什么特点，是否影响/激发患者治疗动机，如何影响，患者愿意或者不愿接受治疗又对其他家庭成员的生活造成何种影响。这种视角与精神分析或认知行为等理论的不同之处在于，它以整个家庭而非患者个人为观察和分析单元，这帮助我们看到患者个体与家庭背景之间的动态的关联。另外，现代的家庭系统理论的资源取向的新趋势，重新框释了我们看待问题的角度。其他理论多数脱胎于病理取向，因此我们对理论的借重在于探讨有什么问题导致了 AN 患者不愿接受治疗。但是资源取向的家庭系统理论帮助我们寻找家庭中有哪些积极因素可以激发患者的治疗动机。这种转化可以淡化来访家庭的病理化标签，有利于患者及其家庭更积极地参与到疾病改变过程中来。例如，在精神分析理论框架下，患者现有的进食行为和模式被视为自我控制感或自我价值感的来源；而在家庭系统理论的视角下，我们可能看到患 AN 的女儿经常因为进食和体重问题与家人发生争吵，曾经非常亲密的姐妹关系或父女关系开始变得疏离甚至对立，因此进食的问题不再是患者个人的问题，也是关乎女儿可能失去了家庭中一个或某个"好朋友"的问题。在这种情况下，我们可能将 AN 患者的症状重新解释为破坏患者与家人的亲密关系的"恶魔",将患者个体的症状和家庭关系联系起来,并利用家庭系统内的互动关系使之成为鼓励和激发 AN 患者积极治疗改变现有行为模式的重要资源。

家庭系统思想带给我们诸多教益的同时,我们也必须意识到,没有一种理论是绝对完美和放之四海而皆准的,它有优势的同时也有局限的。家庭系统理论侧重探讨家庭系统内的动机和成员间的相互作用,对人际间因素的关注就容易造成对个体内心世界深入探讨的不足。但是其实两者又是不能分割开的,如果我们不能很好地理解个体内心的动机,也就不可能真正理解他与其他人之间的动机,反之,了解人际之间的动机,我们最终要了解它对个体的内心动机造成什么样的影响,二者其实是相辅相成的。因此,我们还需借助其他理论如动机心理学理论,认知理论,女性主义批判理论等等,从不同视角认识和理解家庭中的 AN 患者的治疗动机问题。

四、社会文化和女性主义理论:

精神分析理论和认知行为理论认为 AN 的疾病行为源于个体的心理病理,而社会文化及女性主义理论则强调 AN 的产生与维持有深刻的社会文化根源。

1. 女性的身体与自我认同

研究者普遍认为,AN 的产生与目前逐渐增多的趋势,与源于现代西方社会而后风行全球的"女性以瘦为美"的社会观念有关(Garner & Garfinfel,1980；Nasser & Katzman, 2003)。在这种压倒性的观念影响下,女性对于控制自己的体重非常在意,容易产生各种歪曲错误的认知观念。至于这种观念为何会成为统治性的理念,或者说女性自己为何会认同这种观念,女性主义理论对此有丰富的论述。

Lawrence 认为,在我们的社会文化中,女性能否被他人所接受,外表是至关重要的因素,而时下的风尚是苗条的女性更具有性吸引力(Lawrence,1984)。因此,控制体重和体形,成为女性寻求自我接纳和被人接纳的重要途径。这既反映了女性对文化定势的遵循,又体现了一种观念,即如果女性在社会中遇到问题,她们应该改变的是自己而不是社会。而对自己的定义和感觉,则取决于来自外部的评价和线索,不能自主。Shorter 也在 Women's Bodies 一书中指出,在我们的社会文化中,人们在对女性做价值判断时,外表是一个极为重要重要的因素,而外貌在男性的个人价值中所占比重则要小得多(Shorter,1997)。Orbach 指出,在父权社会中,女性的身体是"终极的货品",被外部世界视为欲望满足的对象和客体。这种身体客体化导致两种效应:其一,控制自己的身体以使它最大限度地被"消费者"接受,成为女性不变的主题;其二,女性与自己的身体之间缺乏直接的联系,女性的认同依赖于她的身体,而她对于身体的主观经验又受外在的社会文化因素和社会性意义所影响(Orbach,1986)。

不同的女性主义理论家在对 AN 的理解上有不同的表述,但共同点是认同 AN 是女性个体在现有的社会处境下为自我的存在和发展而做的一种抗争和努力(Chernin,1985;Lawrence,1984;Orbach,1982)。在 Lawrence 的论述中,AN 是女性在无法在外部世界获得控制感的社会前提下将控制感的需求内向化,指向个人生活中可以控制的部分:进食和自己的体重(Lawrence,1984)。Orbach(1982)则认为 AN 是没有主体感的个体试图通过控制进食和身体来形成自我的边界,寻求建立自我的概念。因此,AN 成为女性寻找和确认自我的存在的一种方式(Orbach,1982;MacLeod,1981)。

2. 父权社会中女性身体的社会建构

在批判和继承早期理论的基础上,近年的社会文化与女性主义理论对 AN 的阐释主要集中于对以下几方面的强调:

①有关什么是独立的个体,什么是母性,什么是完美的女人等等概念,不是一种客观存在(reality),而是一种社会建构(social construction),是父权社会为了控制女性而建构起来的社会观念。有观点认为,社会文化定义的独立性和个人化的标准是与他人与环境分离的,理

性而非情绪化的(Moulding,2003),这些定义基本上是遵照男性特点而设的,而对女性来说,与他人的亲密感和联结感恰恰是获得认同感的重要来源(Gilligan,1982)。因此,男性气质如与他人分离,个人化就比女性气质如联结感,人际亲密等更有价值,后者几乎就等同于"不完整的"和"有缺陷的"(Gilligan,1982;Moulding,2003)。女性主义理论强调,这种区分和差别并不是一种客观存在的真实,而是父权社会为了控制女性的发展,维护男性的"优等地位"而建立的社会定义(MacSween,1993;Hepworth,1999)。同样的建构可见于中国古代以"三寸金莲"为女性美和如今横扫东西方的"以瘦为美"的时尚之中(Lawrence,1984;Wang,2000)。

(2)AN是个体以个人化 的方式进行的对自己女性身体的转换,因为在父权社会里女性的社会地位相对于男性而言是低等的和从属的。父权文化中,女性是被消费和使用的,没有可操控的环境和对象以满足自我的需要,而只能成为他人尤其是男性满足欲望的对象,因此从根本上不具有主体性和个人化(MacSween,1993 Hepworth,1999;Orbach,1982,1986;Lawrence,1984)。AN对自我需求的否定(不需要食物,拒绝进食)意在建构一个封闭的、完整的、自主的和不容外物侵入的自我。女性的需要则意味着被人使用,被侵入,对外界是开放的,没有安全感(MacSween,1993; Hepworth,1999;Moulding,2003)。

(3)父权社会中,女性气质与自主性之间是不可调和的两个方面。AN是女性个体在个人水平上试图重新建构一个社会性的产物,注定是失败的,最终仍为它所控。因此,要从根本上治愈 AN,须有社会整体意义上的行动,而非个人的努力。

3.社会文化与女性主义理论对 AN 的治疗动机研究的贡献和局限

社会文化与女性主义理论提示我们,AN 的产生和维持因素并不仅是个人的心理病理因素,来自社会文化传统和价值观念以及社会制度与结构的诸多因素也不容忽视。换言之,由于在某种程度上 AN 的症状是个体为了对抗现有的社会制度下女性所处的劣势地位而做的抗争，那么在社会文化因素没有发生深刻的变化之前，AN患者的症状仍然具有一定意义上的心理和社会功能，因而行为改变的动机水平也会在一定程度上受到负面影响。精神分析理论和认知行为理论基本上都是从个体心理的角度看AN患者的求治动机问题，社会文化理论则着眼于探索患者所生活的社会文化背景对其求治动机的影响，而女性主义理论更可以为我们提供独特的性别视角，它对于AN这种有明显性别倾斜倾向（患者绝大多数为女性）的疾病来说是不能忽略的一个审视角度。从社会工作的专业角度来看，AN的社会文化理论也为社会工作者在多专业合作的服务人员体系中的独特作用提供了理论基础。如前所述，AN是一种兼具生理、心理和社会文化因素的综合征，尽管总体上说来多专业人员在AN的治疗过程中是一种相互合作的关系，但不同专业人员会在不同的方面发挥其主导作用。患者进入治疗情境后，通常生理医学的问题由临床医生主导，心理治疗的实施由心理学家主导。而在患者决定进入治疗情境之前，可能有很多障碍性因素横亘在两者之间造成距离。这些因素中很多是社会文化性因素，而如何缓冲社会文化因素对AN患者接受治疗可能造成的阻碍作用，则是社会工作者的专长所在。如患者因为贫穷无法支付治疗费用而无法就医，社工要试图通过现有的社会福利制度或其他可能的资助渠道为患者寻求经济上的支援；为避免患者因信息闭锁不知道何处寻求及时的治疗，社工要通过积极的社区外展和咨询工作让患者了解相关情况；如果是社会对精神疾病的歧视阻碍了患者迈向治疗机构的脚步，那更需要社工通过大规模的社区宣教工作，发起消减社会偏见和歧视的社会运动，去影响与精神卫生有关的社会政策的制定，从而达到消除患者顾虑及时就医的目标。因此总的说来，AN的社会文化视角一方面为社会工作者在多专业服务人员体系中的独特作用提供了理论依据，同时也为临床社会工作者提供了特别的考察AN患者治疗动机的角度。

　　但是，社会文化与女性主义理论因为专注于社会文化因素的探讨，因而容易忽略社会环境中的个体性因素。因此，对同一社会环境下的个体差异的解释力不足。这种局限同样体现在对 AN 患者的求治动机的理解上。为什么生活在同样的社会环境中，有的 AN 患者治疗动机高，而有的却根本不愿看医生，这是用单一的社会文化或女性主义理论无法解释的。

另一方面，现有关于 AN 的社会文化与女性主义理论主要来自于西方文献，关于中国的社会文化环境下 AN 的社会文化和女性主义理论探讨并不多见。不同文化之间有相似的地方，但也必然有不同之处。这些不同会不会体现在与 AN 有关的社会文化观念上？中国文化看待女性的身体和女性的美的方式和西方有没有不同？这些不同在 AN 这种疾病上有何体现？它们如何影响 AN 患者接受治疗的动机水平？这些问题现有的来自于西方的社会文化和女性主义理论无法回答，我们需要借助中国本土的相关文献加以理解和借鉴。华人社会有研究者探讨过"以瘦为美"观念在中国封建社会的历史文化渊源(Leung, 2001)，贫穷对 AN 发病的影响以及中国传统的"孝道"观念在疾病康复过程的作用(Ma, 2007)，这些研究对于华人社会的 AN 研究具有开创性意义和重要的借鉴价值。以上研究者均来自香港，中国大陆与香港尽管共享源远流长的中国文化传统，却在近现代史上走着不同的社会发展轨迹。因此，我们在肯定和借鉴香港同道的研究的同时，仍需在日后的研究中加强探讨在中国大陆的社会情境中，来自于历史传统和当代社会变革带来的社会文化因素对于 AN 疾病的发生发展有何特别的影响。

4. 中国文化下的生身体与社会认同分析

尽管中国目前并没有专门关于 AN 的社会文化视角的理论阐述，但在丰富的历史文献中，我们仍然不难看到有关女性的社会地位和女性美的标准的文字。

(1)华人社会中女性的从属地位：从久远的父系氏族建立开始，女性就因为劳动分工的原因在两性地位上处于劣势。在中国，到春秋战国前后，随着农业社会形态的稳定，一些典籍对男女两种性别的描述将"男尊女卑"的格局文字化，标示着女性的低下地位正式被确认和被合理化(潘绥铭,1995)。其后在整个漫长的封建社会中,统治阶级进一步通过典籍的编撰和颁发将女性的从属地位和行为规范制度化。"三纲五常"是中国封建社会的基本道德原则和规范。三纲、五常这两个词,来源于西汉董仲舒的《春秋繁露》一书。但其渊源可以追溯到先秦时代的孔子。孔子曾提出了君君臣臣、父父子子和仁义礼智等伦理道德观念。孟子进而提出"父子有亲,君臣有义,夫妇有别,长幼有序,朋友有信"的"五伦"道德规范。董仲舒对五伦观念作了进一步的发挥,提出了"君为臣纲,父为子纲,夫为妻纲"的三纲原理和"仁、义、礼、智、信"五常之道,以此确立君权、父权、夫权的统治地位。从中我们可以看出,在两性的地位对比上,女性是低下的,被支配的,对男性是绝对的服从。而见于《礼记》中的"三从四德"更是加固了女性终生为男性所控制的命运枷锁。所谓"三从"为女子"未嫁从父,即嫁随夫,夫死从子",四德为"妇德、妇言、妇容、妇功",前者确定了女性的从属地位,后者则通过对女性日常生活的言行举止加以详尽的规定来巩固女性卑下的社会地位。在这种情况下,女性在对男性的从属关系中实际上已成为一种客体而非主体,根本谈不上有什么独立的自我价值,对女性的价值评判要取决于她在与男性关系之中的表现是否符合"三纲五常"、"三从四德"的标准。在无数中国古典小说和历史传奇中,优秀男子的代表是十年寒窗考取功名衣锦还乡的书生,而对女子的最高褒奖却是意味着终生忠于丈夫的贞节牌坊。封建社会结束后,中国社会在制度规范上结束了"男尊女卑"的格局,1949年后的新中国更是在法律条文中明确规定男女社会地位的平等。但是这是否意味着在社会生活中,中国的女性真的已经获得与男性同等的社会地位? 有学者指出,社会的转变有三个层次,分别是物质层次,制度层次和观念层次,在转变的难度上这三个层次是依次递增的,也就是说,观念的改变要远远滞后于物质和制度上的改变(金耀基,2002)。中国五千年封建社会积淀下来的"三从四德"的观念在短短的几十年里很难彻底消除。从一些我们现在熟悉的俗语如"男怕入错行,女怕嫁错郎"中,我们不难看出尽管现在中国的物质形态与封建社会已完全不同,社会制度上也早已废除了"男尊女卑"的不平等关系,但在我们的观念里多多少少还存有旧有的痕迹,认为女性的价值体现于她和男性之间的关系之中,而不在于她的主体性表现。

(2)女性的美以取悦男性为基础:在统治与从属的两性格局中,女性的美的标准也取决于男性的眼光和需要。在封建社会里的不同朝代,关于女性的美的标准各有不同,如春秋楚国以细腰为美,唐代推崇丰腴,而"三寸金莲"则在明清时代盛为女性美的最高标准,并极端化为一种"妇德"(Wang,2001)。看似不同的标准之下,传承了一致的男性本位的女性审美观:男性需要什么样的女性,什么样的女性就是美的。女性要通过取悦男性的方式来获得自身所谓的"美丽",这也是她们获得自我价值和社会地位的唯一途径。因此女性的美,在中国漫长的封建社会中,实际上是男尊女卑的不平等关系下的一种社会建构。(Wang,2001)因此便有"楚王好细腰,宫中多饿死"的典故,有"女为悦己者容"的古语,有盛行不衰的几近于酷刑的"缠足"习俗。如前所述,当今的中国在制度层面已经废除了男女社会地位上的不平等,但在观念层面上尚未完全更新的"男尊女卑"的价值观念是否也会体现在社会对于女性美的看法和女性本身如何看待自己的身体上,都值得我们进行深入探讨。例如与 AN 密切相关的"以瘦为美"的时尚风潮,表面上看来是全球化背景下西方文化观念入侵中国社会的结果,但有学者提出其实在古代中国,早就有过类似的审美观念(Leung et al,2001)。那么现代女性纷纷追求瘦削的体型,她们的观念跟古代的前人有什么关联和区别,这种对美的观念来自何处,是否受到传统的男性本位的男尊女卑思想的影响,对美的追求和她对自我价值的追求之间有何关系,这种关系会如何影响她对疾病的看法并进而影响到接受治疗的意愿。目前尚没有研究针对 AN 患者系统地探讨这些问题,但是鉴于关于体型的体象认知和自我价值感是对 AN 的探讨中重要的主题,那么我们在对中国的 AN 患者进行相关研究时,将患者置于其生长的社会环境中,看传统的社会文化观念和现有的社会风气如何影响患者看待自己的身体和自我价值的方式,并因此影响到她对疾病的认知和对接受治疗的看法,这个角度的探讨对于全面地理解处于特定社会环境下的患者是必不可少的部分。

以上回顾是关于 AN 疾病发生发展的经典理论,它们并非是特别针对 AN 患者求助行为和求助动机的理论阐述,但我们仍能从其中得到诸多启示。从上世纪 90 年代开始,进食障碍的治疗动机问题开始得到研究者的特别关注,在此背景下有专注于 AN 患者行为改变动机或求助动机的理论和研究相继出现。

五、行为改变的跨理论模型(Trans-theoretical Model of Behavior Changing)

前文已经提到,跨理论模型(Prochaska & DiClimente,1983;Prochaska et al,1988;Prochaska et al,1994)是起源于成瘾行为研究领域的关于患者行为改变动机的理论,在上世纪 90 年代后被引入进食障碍领域,目前已成为 AN 患者行为改变动机的研究领域最为重要的理论框架(Treasure,2003)。它主张在研究人类的行为改变问题时,研究者和临床工作者应跨越经典理论之间的界限,在不同阶段用不同的理论侧面去理解(Prochaska & DiClimente,1983;Prochaska et al,1988;Prochaska et al,1994)。经过研究者几十年持续不断的理论发展和经验研究的验证修正,它目前已成为成瘾行为和其他病理性行为包括进食障碍的行为改变动机研究最为重要的研究框架(Treasure,2003)。

该理论模型有三个支撑性的核心概念,分别是行为改变的阶段(stage of change),行为改变的过程(process of change)和行为改变的水平(level of change),以下将分别对其主要观点加以简介。

1. 行为改变的阶段(stage of change)

该理论模型认为,患者从完全不愿意放弃现有的病理性行为,到愿意改变,是一个可以被划分为以下五个阶段的连续体,这五个阶段分别是：

(1)否认期(Pre-contemplation Stage)：在这个阶段，患者本身否认自己的现有行为模式是需要改变的问题，因此没有任何改变的动机。

(2)酝酿期(Contemplation Stage)：患者开始考虑自己的行为模式是否有问题，是否需要改变，但仍未确定要改变，因此对行为改变的准备性呈现出矛盾冲突和反复变化的情况。

(3)准备期(Preparation Stage)：患者处于想要改变与开始付诸实践之间的一个阶段，需做一些心理上的准备。改变的动机水平已经足够，但未到外化为行为的阶段。

(4)行动期(Action Stage)：患者采取具体的行动，改变原有的行为方式

(5)巩固期(Maintenance Stage)：在这一阶段，患者的行为改变得以持续和巩固。

研究者认为，个体处于不同的阶段，代表了他对改变某种特定行为的心理准备程度的不同，也可视为他想要改变该行为的动机水平的不同。很显然，在这个变化连续体上位置越靠后的阶段，反映了个体越强烈的行为改变的动机强度。

该理论特别强调，这五个阶段是一个连续体，但并不意味着个体的行为改变过程是一个线性的依序发展的过程，更多的时候是螺旋式的推进过程，即个体在改变行为的过程中有可能不是顺势进入到下一个阶段，而是重新回到上一个阶段。比如处于准备期的戒烟患者在经历某些生活事件或认知冲突后又打消了戒烟的念头，他在戒烟这个问题上的动机水平由准备期回落到否认期，可能重新经历从否认期到酝酿期再到准备期的过程，或者停留于现状。

2.行为改变的阶段与治疗效果的关系

相关研究表明，个体在行为改变的准备程度上处于不同的阶段，往往与心理治疗的效果和预后状况有相关关系(Prochaska & DiClimente,1983; Prochaska et al,1988; Prochaska et al,1994)。在治疗中

中途退出的患者,多数在治疗初始阶段处于否认期或酝酿期。而处于准备期或者之后的阶段的患者,治疗中断的比例显着低于否认期的患者。治疗结束后的追踪调查结果表明,他们的预后情况也显着好于后者,治疗效果的维持更为稳定。

3. 行为改变的过程(process of change)

所谓改变的过程,是指个体为了实现行为改变而采取的所有外化和内隐的行为和努力,包括认知与情绪的变化。换句话说,如果行为改变的阶段回答的是关于"何时"(when)发生改变的问题,那么改变的过程回答的是关于"如何"(how)的问题:变化是如何产生的,期间发生了什么促成了变化的产生。(Prochaska & DiClimente,1983; Prochaska et al,1988; Prochaska et al,1994)

这个概念最开始源于跨理论模型的建构者对不同流派的心理治疗理论的比较分析。

从根本上说,心理治疗理论关注的根本性问题就是人如何产生改变。基于对个体产生改变的原因和基本机制所作的不同的理论假设,心理治疗领域形成了不同的理论流派,并由此在临床工作中生发了形形色色不下百种的具体操作技术。跨理论模型的特点在于,它希望打破理论流派间的藩篱,寻找不同治疗背景中普遍存在的促使患者逐渐放弃原有的病理性行为的因素和过程。构成理论的基础性假设太抽象,而在此基础上发展起来的技术又过于具体,因此如何从这两个层次入手,我们都很难找到理论之间的共同属性,实现它们之间的整合。但在关于行为改变的理论假设与技术之间还存在一个中间层次,即关于行为改变的过程(process),或者说关于改变的基本原则(principle)。研究者认为,就抽象程度而言,过程的概念位居于基本理论假设与具体干预技术之间,可以成为承载不同理论背后的共性的一个平台。也就是说,跨理论模型认为不同理论尽管对人类的行为改变问题有不同的理论假设和临床干预手法,但这些不同背后存在一些共通的原则。基于对不同心理治疗理论体系间的比较分析,结合多年来对成瘾行为的戒断者的康复过程的主观经验研究,跨理论模型最终提出人们行为改变的过程有以下几种基本的类型,而基本在每种类型中我们都可以看到不同的经典理论流派之间的不同程度的重叠。

(1)意识水平的提升。研究者发现,提升患者的意识水平,是促使其发生行为改变根本性的重要途径,这是不同的心理治疗理论间最大的共识(Prochaska,1992)。所谓的意识水平,是指个体对与特定病理性行为有关的信息的认知。这种认知可以包含对自我与环境的重新评估。如果个体对信息的认知加工过程发生了变化,那么自然地他的行为就会发生变化。比如吸烟者一旦开始认为吸烟行为的确会给自己造成严重伤害,那他就很有可能决心要戒烟。研究者强调,他们在此采用"意识水平"而不用"认知加工"这个概念,一是因为"意识"一词的历史远深厚于"认知加工"一词,另一方面是避免人们误将这个行为改变的过程局限于单一的"认知"方面,事实上过程中发生变化的还可能有情感情绪的变化。跨理论模型提出,这里所指的信息有两种类型:一种是来自于个体本身,一种来自于外界环境。作为旁人(专业助人人员或患者身边的亲友)可以通过一定方式加强或改变个体对这些信息的认知,如果这些信息属于前一种情况,这个过程就叫"给予反馈"(feedback);如果属后者,就是"进行教育"(education)。比如说一个人意识不到自己刚才说话的语气咄咄逼人,旁人可以通过告诉他自己刚刚的感受,或者在他面前重复或描述当时的情景给他看,这样他有可能突然意识到自己原来是这样一种形象,这是对信息的"反馈";又比如一个青年人认为吸烟是一种个性和时尚的体现,但是如果有人通过某种方式让他意识到吸烟行为对他人和自己都是一种损害,而一种不健康的行为在现代社会不可能成为真正的时尚,他可能就会开始考虑自己是不是继续要做一个烟民的问题,这个过程即为"教育"。跨理论模型指出,作为一种行为改变的过程和原则,意识水平的提升在心理治疗的多种流派中都占有一席之地,包括精神分析治疗,认知行为治疗,存在主义治疗,人本治疗,格式塔治疗,叙事治疗等等。

(2)宣泄/戏剧治疗。宣泄同样是一个由来已久的概念。它所基于的理念是如果个体一些不被接受的情绪情感未能得到直接表达的话，就会变化方式在人体中表现出来。比如愤怒被压抑，变成了头痛的症状。因此通过某种方式将被压抑的情绪情感释放出来，是个体情绪和行为模式得以改变的一种重要的过程。这种宣泄可以是通过个体本身完成的，如痛痛快快发脾气，把对某人的愤怒或不满直接表达出来，也可以通过观摩他人表演的方式间接完成，因而充满情感张力的戏剧历来被人们认可有心理治疗的作用。这种过程可见与精神分析治疗、人本主义治疗、格式塔治疗(Gestalt Therapy)以及家庭治疗等多种心理治疗流派中。

(3)选择性增加。多数经典的心理治疗理论认为个体感觉到自己可以有所选择是接受心理治疗的结果，但跨理论模型认为，它其实也是促成这个结果的一种过程。如果个体开始意识到的某种决定其实是有多种选择的，或者为自己创造了更多的选择的可能性，那他所做的行为选择可能就会发生变化，这种情况跨理论模型称之为"自我解缚"(self-liberation)；如果是社会环境为个体提供了更多的选择，因而影响个体的决策过程，则被称之为"社会解缚"(social liberation)。存在主义治疗、女性主义治疗、叙事治疗、认知行为治疗等治疗流派等均有类似的主张与临床应用。

(4)去条件反射：如果个体改变对某个特定的刺激源的反应方式，那么他的行为反应模式也随之而发生改变。这在行为治疗中最为常见，在理性情绪治疗、认知治疗也常被采用。

(5)刺激源控制：个体通过对环境的控制和改变降低导致其出现某种病理性行为的刺激源出现的几率，从而降低该行为出现的可能性。它与去条件反射的原理一样，只不过前者调整的是环境，后者调整的是个体本身。同样经常出现于行为治疗、理性情绪治疗和认知治疗当中。

(6)机率控制：强化和正性的奖励会增加个体特定行为在以后出现的几率，反之惩罚会减低行为再次出现的可能性。但是个体可以通过对这种外部环境的反馈进行重新评价（reevaluation）的方式实现在外部环境的反馈不变的情况下改变自己的行为模式。对外部刺激的评价变了，对自己行为后果的评估自然有所不同，因此其后的行为反应也有可能发生变化。多见于理性情绪治疗与认识治疗。

（7）助人专业系统的介入：即个体借助专业人员的协助发生行为改变。精神分析治疗、存在主义治疗、人本治疗、格式塔治疗等均有不同角度的涉及。

如果对这几种过程进行粗略的归类，跨理论模型认为前三种可以视为体验的过程（experiential process），后四种可视为行为的过程（behavioral process）。

除此以外，跨理论模型还提出"决策平衡"（decisional balance）的概念，视之为影响患者想要改变行为的动机水平的重要纬度。它所指的是患者在决定是否要改变时的认知决策过程，他根据预期对行为改变产生的利弊结果进行权衡，如果利大于弊，则选择改变的动机增加，反之则更倾向于保留原有的行为模式。

4.行为改变的阶段与过程的相互关系

作为跨理论模型两个最核心的概念，行为改变的阶段与过程之间存在一定的对应关系。理论提出者通过多年来对成瘾患者的阶段过程进行经验性研究发现，患者在准备阶段之前，多采用体验性的过程，如增长对问题的意识水平，改变对环境和自我现状的评估，增加自己行为的选择性。而在准备阶段之后，行为性的过程相对增多和重要，如控制刺激源，寻求专业帮助，远离成瘾行为的诱发环境，建立新的条件反射等等。基于这一发现，跨理论模型提出，针对行为改变的问题，心理治疗干预方案的制定不能忽略患者在想要改变的动机水平处于何种阶段这个重要的变量。只有针对个体的不同阶段水平的特点，采取不同的适应性的干预手法，才能取得理想的疗效，不存在放之四海皆有效的治疗技术和手法。比如说对于一个处于否认期的烟民来说，再精心设计的行为治疗方案可能也是事倍功半，因为个体在体验和认知的层面上根本不认为自己的行为需要改变。也就是说,治疗手段与患者所处的准备阶段之间要相互匹配(match)。这个主张也得到研究者多年在不同类型的成瘾行为领域的研究发现的有力支持。(Prochaska & DiClimente,1983;Prochaska et al,1988;Prochaska et al,1994)

5.行为改变的层次(level of change)

跨理论模型认为,对成瘾行为的治疗看似针对特定的症状,但由于人的复杂性,这些症状通常与一些复杂的,可能相互关联的不同情境存在密不可分的关系。比如酗酒者他的问题可能不仅仅是对酒精的依赖,还有由此引起的家庭冲突与暴力问题,人际关系问题,甚至失业问题等等。所以对成瘾行为的干预还要考虑到他的成瘾行为与哪些不同层次的问题相关联,需要改变的行为涉及哪些范畴和内容,即为行为改变的层次(level of change)。常见的层次有:

①症状层次/情境性问题

②失功能性认知

③当前的人际冲突

④家庭冲突/系统内冲突

⑤个体的内心冲突

但跨理论模型对此未做进一步的具体阐述。

6.跨理论模型对 AN 的治疗动机研究的贡献

对于 AN 患者的心理治疗动机的研究来说,跨理论模型可以在以下几方面提供理论借鉴作用:

首先,"动机"本身是个非常抽象并且情境色彩非常浓厚的概念,研究者认为,就本研究的主题而言,跨理论模型是目前为止较为切合和具有可操作性的理论模型。关于人类行为的动机理论非常多,但因为动机问题的复杂性,不同领域的动机研究会在概念的操作上发展出不同的体系,如研究患者的心理治疗动机问题无法直接套用成就动机的理论。跨理论模型探讨的是有成瘾行为的个体改变特定的病理性行为的动机水平与过程,AN 的疾病特点与成瘾行为存在一定程度的类似,这使得将跨理论模型移植到 AN 研究领域具备了前提条件和依据,并因其适用性和开创性已经在 AN 的理论与经验研究领域都得以肯定(Treasure,2003)。另外,跨理论模型对于患者对行为改变的动机水平5 个阶段的划分,为心理治疗动机概念的操作化提供了一种可行的途径。相对于简单地用高或者低来讨论患者行为改变的动机水平,跨理论模型的五阶段论无疑更为合理和更为精细。

第二,跨理论模型为我们提炼了个体的行为改变动机的提升中通常会经历的心理与行为过程,这对我们探讨有哪些因素影响 AN 患者的治疗动机问题有极大的启示作用。跨理论模型对几种普遍的行为改变的过程的归纳,提示我们可以从以下方面探索什么样的因素和过程促成了 AN 患者心理治疗动机水平的提升:

①患者对疾病的意识水平:跨理论模型认为个体自己行为的性质和后果的意识水平的提高,有助于增加他改变现有行为模式的意愿。那么在 AN 患者身上,探索患者如何看待自己的节食行为,对这种行为可能产生的后果的认知,以及她目前是否觉得有改变的必要性和迫切性等等,将是我们探讨她们接受心理治疗的动机水平的影响因素的一大主要方向。而跨理论模型对于超越理论流派的界限的主张,提示我们对患者的"意识水平"这同一考察对象,可以采取不同的考察角度。比如我们可以借助精神分析理论探讨 AN 的症状对于患者所具有的心理功能和意义,了解这些功能随着治疗进程的推进是否发生变化,或者被其他的行为方式所替代,进而增强了患者放弃现有进食模式的动机水平;也可以从认知行为理论的角度探究消瘦的体型或者进食模式与患者的自我价值感之间的关联,这种关联是否发生变化,如何变化,从中探寻她发生行为变化的影响因素。

②患者所处环境的变化:跨理论模型所归纳的几种行为改变的过程中,有多次涉及外界环境的变化或者对环境评估的变化,比如"选择性的增加"和"对刺激源的控制"。我们从中受到的启发是,动机水平的变化,尽管是通过个体内在的心理过程的变化得以实现,但外界环境对

个体心理的影响是重要和不可忽视的。如果 AN 患者换一个生活环境，或者换一个治疗环境，甚至是社会文化观念构成更为抽象的环境如果有所改变，她看待疾病的方式会不会不同，治疗动机水平会不会发生变化，这也是一个值得探讨的角度。从这个角度，我们或者有可能把关于 AN 的社会文化理论阐述、AN 的家庭系统理论与认知行为的理论结合起来。

③跨理论模型提出情绪情感的宣泄是患者行为改变的一种重要过程，它给我们的重要提醒是我们要看有什么因素影响 AN 患者的治疗动机的变化过程，不仅要看她们的认知方面，还要看情绪情感方面。AN 的症状承载着个体什么样的情绪情感，这些情绪情感是否通过其他的可替代的途径得以表达，从而使得患者不再需要依赖 AN 的症状。

④跨理论模型的相关研究发现，医患关系的建立对于已处于准备期或行动期的患者的行为改变是有帮助的。当我们把研究对象转向 AN 患者时，我们就要试图去探索接受心理治疗过程中，专业人员的哪些作法和医患之间的哪些互动可以增加患者继续接受治疗以改变现有行为模式的决心和信心。

总而言之，跨理论模型为我们提供了一种知识上的准备，即 AN 患者对于改变现有症状的动机水平是一个动态的变化过程，这个过程中存在一些重要的影响纬度和心理过程。我们在对 AN 患者的治疗动机问题进行研究资料的收集、整理和分析过程中，这些知识准备有助于我们保持从不同的视角提取相关信息的敏感性和丰富性。但是，在我们用它作为本研究重要的理论参考时，还必须同时意识到它所存在的局限，以尽量避免对研究造成的限制。

7.跨理论模型在 AN 的治疗动机研究上的局限

首先，在对行为改变的影响因素和过程的讨论上，跨理论模型着重的是促进个体发生行为改变或者说改变的动机水平提高的因素，相关的研究也主要针对个体在动机水平五个阶段的连续体上有所推进时所经历的过程。但是对于没有进展或者进展微小的个体来说，是什么样的过程和因素阻碍了个体的动机水平往前推进的进程？由于 AN 患者对于行为改变和治疗动力水平低是普遍存在的难题，对阻碍因素的探讨在某种程度上比对促进因素的探讨更具临床意义和应用价值。有时候所谓阻碍因素与促进因素是一个硬币的两面，是同为一体的关系，但研究者认为，单看一面难免有偏颇和遗漏之患，只有两面都加以考察，才能更好地看到硬币的全貌。对于动机水平始终不高的 AN 患者来说，他们除了没有实现跨理论模型所提到的几种行为改变的过程之外，是否还有一些该理论没有覆盖的过程和因素在阻止他们寻求改变和专业帮助？这是本研究不可缺少的一个探询的角度，也是现有的跨理论模型未能全面回答的问题。

其次，从整体上说，跨理论模型着重于探讨行为改变过程中个体内部的心理过程，如认知与情感情绪的变化，对人际之间的因素对个体的行为改变的动机水平的影响未做专门讨论。它提到过个体对环境的控制与评估，但仅停留于个体对外界的认知评估，而并未论述和强调个体与外界的互动如何影响这个评估过程；它也提到过对于处于准备期或者更高动机水平阶段的个体来说，专业人员的介入是帮助他们戒断成瘾行为的重要过程，但它同时认为这种过程在处于准备期之前的患者身上比较少可能发生，因此从这个意义上说，专业人员被视为是外在于个体的一种工具，而没有被看作会与个体产生互动关系、参与到个体的认知、情感和行为变化的一个系统。Miller(2002)认为，成瘾者的动机水平的变化过程也是一个人际相互作用的过程，而在临床工作中，治疗师与患者之间的互动过程不同，很大程度影响了患者是否愿意改变现有行为，继续接受治疗，进而影响治疗的效果。他甚至认为，从治疗效果上看，因治疗师的个体差异造成的疗效上的差异甚至要大于理论流派和治疗技术的不同带来的差异。这种对治疗师的个人特点的强调或许会对专业人员造成压力甚至有失公允，但它给我们的重要提醒是，患者与其生活中相遇的人之间的互动，都有可能会对他的求助动机、行为和认知产生影响。所以我们在考察 AN 患者的心理治疗动机的影响因素和过程时,不仅要借助跨理论模型的思想对个体内在的心理过程进行探讨,还要关注患者生活中重要的人际互动过程对她内在心理过程造成的影响。在这方面,我们可能需要借助家庭系统理论和社会文化理论等不同理论体系来拓展我们的考察视野。

第三,跨理论模型为我们指出了个体在行为改变中通常会经历的几类过程,分别涉及到个体的认知、情绪情感和行为调节等不同方面,但它没有进一步探讨这些不同的方面可能以什么样的方式统合到一个个体身上。如果说它所描述的各种行为改变的过程(process)是不同的组件(component),这些组件会以何种方式在个体身上组合起来?因为我们的研究对象是个体而不是分离的组件,所以我们更为关心的是个体的认知观念、情绪情感体验、人际关系、社会文化观念等等因素是如何相互作用从而形成个体存在的背景,在此背景之下个体在面对心理治疗问题时表现出什么样的行为选择。因此,我们必然要关心这些组件,又不能停留于各自分离的组件。

最后,尽管 AN 与成瘾行为有一定的类似,因此我们可以将跨理论模型引入 AN 的研究领域,但毕竟 AN 不等同于传统的成瘾行为如酒精依赖,药物依赖等,它在疾病的发生发展上有自己的独特性,因此我们在借用跨理论模型研究 AN 患者的心理治疗动机问题时,必定要借用大量关于 AN 的经典理论的思想,才能弥补跨理论模型在对 AN 疾病的针对性上的不足。比如与吸烟人士戒烟的动机变化过程相比,AN 患者改变进食行为的动机变化过程有何特点?AN 患者的内心世界里,她为什么认为自己的疾病不是问题?疾病对她带来什么好处?瘦弱的体型对于 AN 患者来说有什么特殊的意义?这些信念与意义如何影响 AN 患者行为改变的动机水平?这些关于 AN 疾病和症状的独特性的理解和思考在跨理论模型当中几乎没有,而 Bruch(1973)等从精神分析角度阐述 AN 为患者在自我价值感和自我控制感方面具有重要功能和意义,这些经典论述是跨理论模型所欠缺和值得借鉴的。

从以上理论回顾中我们可以看出,每一种流派的理论都有其独特的视角,对我们理解 AN 患者的治疗动机问题有各自不同的借鉴价值。但是理论视角为我们提供观察和分析的框架的同时,也容易将我们的视野限制在特定的范围之内而忽略其他的方面。个体的生命过程中会同时或相继经历不同的环境,会受到来自不同方向因素的影响,同时也对这些因素产生影响,比如年轻的 AN 患者生病过程中会出现于各种不同的场合如家庭、学校、医院或者其他治疗机构,以及一些社交场合,会与各种不同的人交往,如父母家人,学校老师,同学,自己的朋友,医生或治疗师等等。所有这些经验都有可能和他内在的心理过程产生互动。因此,要考察一个人为什么愿意或不愿看接受治疗,这看似一个非常个人化的问题,但是却牵涉个人、家庭、学校教育系统、同辈群体、社会服务政策甚至整个社会的文化观念。以上回顾的理论分别从上述某个特定的角度为我们提供了备受肯定的参考价值,但是如果我们对 AN 患者的治疗动机问题采取依此从不同的视角逐一分析的话,则很容易造成对环境中的个体的整体性的人为分割,形成古训中"瞎子摸象"的错觉。因此研究者应采用一种整合的方式,探讨个人的内心冲突,认知信念,家庭互动模式,以及社会文化观念,这些不同的因素如何在个体身上相互影响相互塑造,最终体现在个体的治疗动机水平上。

第三节　国外关于 AN 患者治疗动机的经验研究回顾

一、心理治疗动机的经验性研究回顾

心理治疗动机问题是心理治疗研究中的重要课题(Treasure & Bauer,2003)。在此我们对近年来的相关研究做一简单回顾,作为 AN 患者治疗动机研究的基本背景。研究者用"psychotherapeutic motivation"或"motivation for psychotherapy"关键词搜索 PSYCHOINFO 数据库,发现近期关于心理治疗动机的经验研究主要集中于以下几方面:

1. 心理治疗动机与治疗效果的相关研究。Timmer 等人以有多种生理症状的心理治疗患者为研究对象,以量表法进行为期12个月的追踪,发现对心理治疗有较高期待和接受度的患者,与期待水平和接受度较低的患者相比,接受心理治疗一年后的治疗效果更为积极(Timmer, Bleichhardt. ,& Rief,2006)其他的研究也有类似的研究发现(Schneider & Klauer,2001;Rumpold et al. ,2004;Pace,2006)。

2. 心理治疗动机的影响因素研究。有研究者和临床工作者致力于探讨哪些因素会影响患者的求治动机。这些因素可能与个体的认知观念有关,如患者对治疗的期待以及医患双方在期待上的差异,会影响患者持续就医的动机(Best,2004);个体的认知控制点和行为的归因风格也与心理治疗动机的水平相关(Amann & Demarle,2004);也可能涉及患者的家庭互动过程,有青少年心理治疗的主观经验研究发现,如果父母过度参与心理治疗过程,包括与治疗师之间保持一种不必要的、与治疗无关的联络关系,青少年通常会觉得无益于治疗,治疗效果通常不好(Bruni,2005);还有可能与社会因素有关,有研究结果发现享有社会资源少的患者对心理治疗的持续状况相对较差,但对最初的是否要参与治疗的决策过程没有影响(Self et al. ,2005)。

3. 心理治疗动机的心理测量学研究。这类研究专注于发展和评估测量心理治疗动机的标准化工具。目前研究者常用的测量心理治疗动机的主要工具是《心理治疗动机问卷(Questionnaire on Psychotherapy Motivation)》(Schulz et al,2000),主要由四个纬度构成:对疾病的负性后果的认知;心理社会性的病因归因(psychosocial lay etiology);对心理治疗的期望;对治疗的开放度。分别有不同的评估研究结果证明它具有良好的信度和效度指标(Dohrenbusch & Scholz,2002; Schulz,Lang. ,Nubling. ,& Koch,2003)。

4. 提升患者的心理治疗动机的干预性研究。理论文献中一直有主张在心理治疗正式开始前为患者提供动机性访谈或相关的心理教育,以便提升患者的治疗动机(Treasure & Bauer,2003)。有经验研究采用前瞻性设计,对旨在提高患者的治疗动机的工作坊做评估,看它是否在一定时期之后对患者的心理治疗动机有提升作用(Daviva,2002)。

二、关于 AN 患者行为改变动机的经验研究

鉴于 AN 患者普遍存在的治疗动机低和否认疾病的特点,自上世纪 90 年代开始陆续有研究者对 AN 患者改变其疾病行为的动机问题进行研究。但到目前为止,专门关于 AN 患者心理治疗动机的经验性研究并不多见,多数是在跨理论模型(Trans-theoretical Model of Behavior Changing)的影响对 AN 患者的行为改变的动机研究。前文已经提到,行为改变的动机和心理治疗动机二者并不能等同,但在后者研究缺乏状况下,我们对现有的 AN 患者的行为改变的动机研究进行回顾仍然有重要的借鉴意义。目前的相关研究基本上集中于以下几方面:

从研究目标上来说,已有研究主要集中于以下几方面的探讨:

1. 发展测量工具:现有的 AN 动机研究中相当多致力于发展测量 AN 患者行为改变动机的工具,以资临床之用。由于 AN 的动机研究深受 Prochaska 等人(Prochaska & DiClimente,1983;Prochaska et al,1988;Prochaska et al,1994)的成瘾行为改变的跨理论模型(Trans-theoretical Model of Behavior Changing)的启发和影响,因此在测量工具的发展上也多借用该理论模型的原理与结构,将之运用于 AN 患者。如 Gusella (2003)在该模型基础上发展了一个评估青少年进食障碍患者的行为改变的预备程度的简明问卷(Motivational Stages of Change for Adolescents Recovering from Eating Disorder, MSCARED),Cockell 等人也有类似的研究(Cockell,Geller & Linden,2002)。他们关注 Prochaska 模型中"决策平衡"(decisional balance)的重要概念,制定了一个 AN 患者的决策平衡量表(Decisional Balance Scale,DB),以评估 AN 患者对改变目前的进食和相关病理性行为的利弊权衡状况。

与以上研究者致力发展测量 AN 患者行为改变动机的问卷或量表不同,Geller& Drab(1999)发展了一套标准化的访谈流程,试图通过这种访谈工具评估 AN 患者关于疾病症状的主观经验及其对症状的依赖程度。该工具有别于以上问卷和量表之处在于它反映了访问者与被访问者之间的互动过程,被访者的回答决定可访问者下一个问题的方向,因此评估不是通过纸张上千篇一律的问题完成,而是由评估者和被评估者双方的合作实现。

2. 评估测量工具(对测量工具性能的评估):已发展起来的 AN 患者改变动机的测量工具在不同群体中是否具有广泛的适用性,是关注心理测量的研究者致力探讨的重要主题。Rieger,Touyz& Beumont(2002)在其研究中对在行为改变的跨理论模型(Prochaska & DiClemente,1983)基础上发展起来的厌食症患者行为改变的阶段问卷(Anorexia Nervosa Stages of Change Questionnaire,ANSOCQ)的心理测量品质进行检验。以 AN 患者的对改变的考虑(Concerns About Change Scale);决策平衡(Decisional Balance Scale)和自我效能感(Self-Efficacy Scale)作为效标,考察 ANSOCQ 的效标效度水平。同类研究还有多项(Cockell, Geller, & Linden, 2003; Geller, Cockell& Drab,2001)

3. 验证理论模型:前文提到,目前关于 AN 患者行为改变动机的理论与研究多数源自对行为改变的跨理论模型(Prochaska & DiClemente,1983)的借鉴。因此我们也可常见有研究试图用实证数据验证 Prochaska 的行为改变的跨理论模型在进食障碍患者身上的适用性。Hasler 等(2004)采用在 88 个进食障碍门诊病人身上采集到的数据对该理论模型进行验证。同类的工作可见于 Ward 等(1996)和Blake,Turnbull & Treasure(1997)的研究。

4. 不同测量手段之间的比较:鉴于进食障碍症状的复杂性,有研究者开始关注在评估患者在多大程度上准备改变时,对评估的行为目标如何进行操作更为有效。Dunn,Clayton & Larimer 等于 2003 年做的研究则旨在探讨评估 BN 患者的行为改变的准备程度时,对暴食行为和补偿性行为(抠喉,服用药物等)分开进行评估,是否比对进食行为进行笼统的评估更能解释病理性的 BN 症状。研究者采用进食障碍诊断量表,评定病人暴食与补偿性行为的程度;采用 URICA 测量行为改变的动机水平(准备程度),包括总体性的测量,即对一般的进食行为的测量;专门针对暴食行为的测量;以及专门针对补偿性行为的测量。然后对收集到的数据通过统计分析,比较笼统性的行为改变的动机水平(准备程度)与将暴食行为与补偿性行为分开测量的改变的动机水平,在对 BN 症状的解释率上是否存在显著差异。

　　5. 患者的改变动机与其他因素的关系,包括对疾病未来发展的预测和对治疗的反应等。临床工作人员对 AN 患者的行为改变的动机有高度关注,是基于以下理论假设:患者改变动机水平的高低,对患者能否实现病理改变和获得良好的治疗效果有重要影响(Prochaska & DiClemente,1983;Treasure & Bauer,2003)。有研究者对此进行实证研究,验证该假设在 AN 患者身上是否成立。Ametller 等人以问卷法为主,试图检验 AN 患者在治疗中的改变动机是否可以预测其后需入院治疗的可能性(Ametller et al,2005)。而 Gowers & Smyth 则在研究中检验一个动机性评估访谈对患者在随后的治疗中的反应的影响(Gowers & Smyth,2004)。研究通过统计分析比较访谈前后动机水平的差异显著性,并寻找和验证过程中的中介因素。Dunn 在其博士论文中则对以下理论假设进行验证:在暴食行为的自助性治疗计划中增加简短的动机性访谈的节段,有助于增加患者改变暴食行为的动机水平,提高计划的效能(Dunn,2004)。

　　6. 患者对改变动机及其影响因素的自我体验:Vitousek(1998)曾经指出,在已有的关于 AN 患者的动机研究中,很少有研究直接询问患者自己改变意愿如何。这种视角的缺乏令人遗憾。但仍然有研究者在这一领域做了有意义的探讨。如探讨患者本身如何看待自己的疾病,他们认为疾病康复过程中有哪些重要的影响因素(Button & Warren,

2001；Serpell，Treasure，Teasdale & Sullivan，1998；Rosenvinge & Klusmeier，2000；Ma，2000）。而此类主观经验研究中对动机问题有特别的关注的，则有 Noordenbos 于 1992 年关于 AN 患者康复过程的自我经验的研究。该研究的主要目标在于了解患者认为在其康复过程中有哪些重要的影响因素以及治疗过程中其改变动机如何变化，哪些因素促成了变化。该研究结合了量性与质性研究方法，一方面用问卷获取有关患者处于康复过程的何种阶段的信息；同时用开放性访谈了解患者在康复过程中的重要影响因素。应该说，这是从患者视角对 AN 的行为改变的动机进行研究的先行者，具有开创性意义，量性与质性研究手段的结合也可以弥补单纯的量性研究的不足。

7. 治疗师对进食障碍患者的改变过程的描述：与 Noordenbos 的研究类似，Odom 的博士论文研究也致力于主观经验的探讨，但他将目标定位于治疗师如何看进食障碍患者的改变过程（Odom，1997）。更为不同的是，该研究采取了纯粹的解释主义的研究范式，对治疗师如何理解进食障碍患者的改变过程做现象学研究。研究者对 10 个在此领域富有经验的治疗师进行质性访谈，依据现象学研究模型的阶段对访谈文本进行分析，寻找其中的意义结构。

三、现有经验性研究的贡献

从以上的回顾我们可以看出，已有的关于 AN 患者行为改变动机的研究，从研究问题说来主要集中于两个方面：行为改变动机水平的测量；动机水平与其他因素的相关关系。而从研究方法上来说，多为采用问卷或量表的方法，或者说，多采用心理测量方法的实证主义研究。

整体说来，以上以问卷和量表为主的实证主义研究，为初期 AN 患者的动机研究的发展做出了重要贡献。

从研究内容上来说，首先，由于此前关于 AN 的动机研究几乎是空白的，研究者大量借用了其他相关领域相对成熟的理论和研究成果，尤其是成瘾行为研究领域的行为改变的跨理论模型（Prochaska & Di-

Clemente,1983),通过实证研究验证该理论模型在 AN 领域具有相当的适用性,并据此发展多种测量患者行为改变动机水平的标准化工具,然后开展相关性研究,这有助于我们在空白的基础上迅速积累知识,了解一般意义上 AN 患者的行为改变动机的发展规律,理论和认识的进一步扩展才变得有可能。不容置疑,这些关于 AN 行为改变动机的开创性研究,对于丰富我们对 AN 患者的行为动机的理解有着不可替代的贡献。传统的心理治疗从治疗师或辅导者角度出发关注作为的治疗方法和技巧对患者的效用,而社会工作者关注个体的需要是否在这些过程中得到满足。对临床社会工作者来说,这些开创性的研究的出现提醒了我们影响治疗效果的不仅仅是治疗师/辅导者的专业技术水平,患者在进入到心理治疗情境时的心理准备状态同样是重要的影响因素,因此要帮助 AN 尽快摆脱疾病的困苦,关注他们接受治疗的动机水平是基础性的起点。

其次,AN 行为改变动机的心理测量学研究,对 AN 的临床工作具有重要的参考价值。行为改变的跨理论模型提出,临床工作需配合患者所处的动机水平阶段,提供适应性的服务,才能使患者发生真正的行为改变(Prochaska & DiClemente, 1983; Prochaska et al, 1988; Prochaska et al,1994;Treasure & Bauer,2003)。对临床社会工作者来说,这些心理测量学研究研发出来的有关测量工具,可以帮助社工在治疗开始阶段对患者行为改变的动机水平有快速和客观的评估,为治疗师等相关专业人员制定适切的治疗方案提供重要的参考依据。即便出于地域文化差异,有些量表并不适宜照搬过来使用,但现有的这些研究仍然为我们在临床中如何快速而有效地对 AN 患者的动机水平进行评估提供了可资参考的思路。

再者,现有的 AN 患者行为改变动机研究中,除了实证主义研究,也开始出现有质性研究的探索,如 Noordenbos 和 Odom 的研究(Noordenbos,1992;Odom,1997)。这些研究对于理解个人化经验和经验生成的过程,尤其对于临床工作具有重要的借鉴价值。在实证主

义范式下,因为研究者致力于抽象普遍存在于不同个体的一般性规律,
个体化因素在此过程中是被过滤掉的。但是临床社工是和每个具体的
病患个体打交道,他不仅需要了解 AN 患者的一般规律,同时需要了解
这个具体个体的独特性因素,才能形成双方的良好互动。因此,现有的
关于 AN 患者行为改变动机的质性研究,对于该领域知识的积累与发
展以及临床工作具有重要意义。

从研究方法上来看,如前所述,现有研究多采用实证主义范式下的
心理测量法。

首先,在理论模型建构和验证方面,心理测量法提供了有效而快速
的研究手段,这种功能是一般的质性研究方法难以企及的。同时,心理
测量学研究在 AN 患者的行为改变动机的测量方面具有难以替代的优
势。实证主义研究因其高度的概括性在描述和发现普遍性规律方面具
有不可替代的功能。如何定义和衡量 AN 患者行为改变的动机,是动
机研究中的基础性问题。在实证主义范式下,只有在对 AN 的行为改
变动机提供精确的操作化定义和稳定的衡量指标,才能对 AN 动机水
平与其他相关因素之间的关系进行验证,才能进一步发展理论模型。
因此在相关研究基本上处于空白阶段时,问卷和量表为主的心理测量
学研究对建构初步的关于 AN 改变动机的理论框架具有重要贡献。

四、现有经验性研究的局限

如前所述,以行为改变的跨理论模型(Prochaska & DiClemente,
1983)为基础的心理测量学研究对 AN 行为改变动机研究的理论发展
做出了开创性的贡献,但在研究内容和研究方法上仍存在局限和不足。

1. 研究内容上的局限:

(1)概念的定义和区分不够精细:对于成瘾行为者来说,行为改变
有两种基本途径:自我改变和通过临床治疗改变行为;相应也可将动机
区分为行为改变的动机和接受治疗的动机。前者泛指个体是否愿意改
变某种行为,而后者则特指个体是否愿意接受治疗以改变行为

(Prochaska & DiClemente,1983)。两者经常会出现不一致的情况,而在 AN 患者身上,这种情况可能会更为突出,因为通常来说,AN 患者在初期对于心理治疗和治疗师是强烈抗拒的(Bruch,1973)。或者说,即使个体有改变行为的意愿,但未必有接受治疗的动机。有研究结果指出有些成熟的工具对 AN 患者行为改变的动机的测量结果并未能如理论预期般对其后患者在治疗中的反应和疗效有很好的预测(Pryor,Johnson,Wiederman,& Boswell,1995),与对动机的定义区分不够也可能有关。因此,在未来的研究中,有必要在概念的定义上对此进行区分或确定。例如,我们要研究的是 AN 患者是否愿意改变还是更为特定的是否愿意接受并持续治疗(求助行为研究)。目前的研究多为标题上标称为"行为改变的动机研究",而在实际操作上经常混用"是否愿意接受治疗"与"是否愿意改变现有行为",容易混淆视听和模糊研究焦点。

(2)现有研究多为从患者个体角度探讨行为改变的动机问题,从人际关系和社会文化角度的探讨相对缺乏,更缺乏从整合角度来理解患者的行为改变动机问题的研究。这与目前研究多以跨理论模型为研究框架的现实有关。跨理论模型的局限在于从个体的认知过程来看患者的行为改变动机问题,这就造成现有研究把 AN 患者从他的生活环境分离出来单独讨论的现象。它可能导致的后果就是对 AN 患者动机问题理解的片面和不够深入。心理学中关于人类行为动机的基本理论告诉我们,个体要发动某种行为,其驱动机不仅来自个体内在的欲望和需要,同时环境中必须存在可以满足其需要的目标物,内在需要与外在目标物的相互结合,才能激发个体的动机(Deckers, 2001);从临床实践来看,AN 患者尤其是青春期患者是否想要调整现有的行为模式,不仅受其认知观念影响,很大程度上也会受其同伴文化和家庭观念影响。(Eisler,1995)有研究者指出,除了对患者的动机水平进行测量,同时对其关系密切的人群如亲友有多渴望看到患者的改变也进行测量,具有重要意义。这一方面有助于了解患者所处的社会情境,另一方面周围人的动机水平也会对患者的改变产生某种影响。例如,如果家人和患者在改变动机上的差异太大,就会导致家庭内的冲突。就 AN 而言,家庭成员多半会坚持要患者改变,这样可能会在动机水平不高的患者周围形成一个充满了冲突和负性情绪表达的环境,从而不利于促发患者改变的动机(Treasure & Bauer,2003)。因此,在以后的研究中,我们需要拓展研究的理论框架,将 AN 患者放在一个内涵丰富的社会和人际关系的背景之中,全面考察不同因素之间的相互作用以及对患者的行为改变的动机的影响。

2.研究方法上的局限

(1)前文已提及,现有研究基本上以跨理论模型为理论框架,以心理测量法为主要研究手段。有研究者指出,尽管从理论上来说,跨理论模型基本上可以应用于 AN 患者,即 AN 患者的行为改变基本上也可划分为懵懂期、酝酿期、准备期到行动期和维持阶段几个螺旋前进的阶段,但是在具体的测量上,沿用一般成瘾行为改变动机水平的量表的基本结构,可能存在一些方法学上的问题(Sullivan & Terris,2001;Treasure & Bauer,2003):

首先,目前的问卷或量表中无论是用连续或是分类的计算方式,都是以某种方式将 AN 患者的行为改变动机划分到某一个阶段水平,如处于 precontemplation 或是 action 阶段。这种划分方式对于一般的成瘾行为是适用的,因为它们多数是某种特定的单一行为,如酗酒、药物依赖、吸毒等。但是由于 AN 是一种综合征,是由一组复杂的而不是单一的行为组成,同一个体可能在不同的行为方面试图去改变的动机水平不同,因此不能用一个简单的阶段来描述 AN 患者复杂的症状(Sullivan & Terris,2001)。类似的质疑来自 Davidson 对 URICA 的批评,尤其是认为对阶段的划分显得随意(Davidson,1998)。

其次,在临床应用上,也有研究者对问卷或量表的测量手段提出质疑,认为通过一个简短的问卷或量表迅速捕捉到进食障碍患者对自己的病理性症状的态度,这种期望是不太现实的,可能会导致错误判断,

甚至导致患者的脱落而不是提供更适切的治疗给患者(Sullivan &
Terris,2001)。

　　另外,采用统计分析的实证主义研究以样本推断总体的特点决定
了它对研究样本的规模和构成结构上有严格要求。目前的 AN 患者行
为改变动机研究中,样本问题主要有两方面:其一,在进行差异显著性
检验时,不同组别的被试数目悬殊,影响统计检验结果的有效性。如
Ametller 等人的研究以问卷法试图检验 AN 患者在治疗中的改变动
机是否可以预测其后需入院治疗的可能性(Ametller et al,2005)。研
究者在对在追踪时期内已经入院治疗和仍为门诊治疗的患者在最初的
问卷上得分的差异进行显著性检验时,两组人数分别为 63 人和 7 人。
对如此分布的样本进行差异性检验,显然会损害统计推断的有效性。
其二,目前绝大部分研究以临床治疗机构的患者为研究对象。这可能
造成取样的偏差,因为来治疗机构的患者可能只代表了 AN 患者总体
中具有某种共性的一部分成员。这样的偏差在 AN 的分布特点的研究
中已经被人质疑和诟病(MaClelland & Crisp,2001;Gard & Freeman,
1996)。

　　(2)现有研究中为数有限的质性研究中也存在一些方法学上的问
题。Noordenbos 关于 AN 患者康复过程的自我经验的研究中,采用自
愿性的招募方式寻求研究对象,Noordenbos 本人对此进行了反思,认
为存在一些局限如未能了解未康复的患者对康复过程如何认识;并不
能确定这些研究对象是真正的"康复者",因为未来仍有复发的可能性;
研究对象的回答可能受多种主观因素影响。但必须强调的是,这些反
思并无损于这些质性研究的重要价值,它对于 AN 患者的康复过程的
深入探讨对于我们相关的知识积累与理论发展具有无法替代的贡献。
它的局限也不是完全无法克服,像 Noordenbos 本人也提出了一些可
行的应对策略,如加强数据的三角检验(Triangulation),增加临床工作
人员的信息(Noordenbos,1992)。这对于我们以后的研究是有益的参
考与提醒。

(3)总体上说来,目前研究中以实证主义研究为重,另类研究范式明显势微,体现在现有研究中质性研究方法的采用严重不足。实证主义的研究旨在揭示人类行为的跨越不同的个体、具有普遍性的规律。与实证主义相比,包括社会建构主义和解释主义在内的另类研究范式的优势则在于对人类行为的个性化因素和过程的理解(Guba & Lincoln, 1994)。如认知建构理论认为个体采取何种行为取决于他如何建构自己的认知,相应要改变行为则要改变他的建构体系(Kelly, 1970)。因此研究者关注的是个体的认知过程,目标是要通过研究理解个体如何认识和评价事物/事件,如何对它们赋予意义。也有研究者基于临床观察和研究经验指出,AN 患者的行为改变的动机是一个动态的概念,在整个疾病发生发展过程中是不断变化的,并非是稳定不变的,所以研究也相应要反映这个动态的过程。(Treasure & Bauer, 2003)显然,以心理测量学为主的实证主义研究难以实现这个研究目标,而需通过在建构主义或理解主义范式下的质性研究去理解 AN 患者的意义建构过程。

第四节 中国大陆关于进食障碍的经验研究概述

与西方国家相比,中国大陆对进食障碍的关注和研究起步较晚,直到近年来随着经济发展和社会变革的推进,进食障碍的发病率呈持续上升趋势;同时,精神卫生问题开始得到民众和社会政策制定者双方面较以前更多的认识和重视。在两方面因素的共同影响下,对进食障碍的研究在近年来逐渐出现。因为中国大陆关于神经性厌食症的研究不多,有关 AN 患者的心理治疗的经验性研究更为少见。因此在我们将研究回顾的范围适当扩大为进食障碍的经验性研究,作为本研究的研究问题提出的背景和参照。

一、中国大陆现有经验研究回顾

通过对中国学术期刊数据库的搜索,我们发现近十年内中国内地关于进食障碍的经验研究主要有以下几类:

1. 进食障碍的流行病学研究/状况调查。现有研究集中于北京地区,主要目的在于采用标准化问卷对在校女大学生或中学生的进食行为状况进行初步调查,发现限制进食的现象在女生中普遍存在(付丹丹等,2005;肖广兰等,2001;关丹丹,王建平,2003;钱铭怡,刘鑫,2002),更有研究者在问卷普查基础上结合结构性会谈,发现北京市中学生非典型性进食障碍的检出率为 11%(肖广兰等,2001)。

2. 进食障碍患者的临床特点与人格特征研究。有研究者采用艾森克人格问卷对被诊断为 AN 的儿童与健康儿童进行比较分析,发现 AN 儿童性格更为内倾和不稳定(任榕娜等,2000)。张大荣等则对 51例 AN 和 BN 患者进行对照比较,发现这两种进食障碍的主要亚型在怕胖心理、闭经方面没有显著差异,但是 AN 患者发病年龄更早,体象障碍更为普遍,而 BN 患者的抑郁主诉更多,病程更长(张大荣等,2002)。

3. 进食障碍的干预研究。旨在评估不同的干预手段对进食障碍的疗效。干预手段包括:

以药物治疗为主的生物医学手段:如营养治疗(金梅,2001),住院时期的护理(余腊英,王华平,2001;叶雪花,2003;袁家璐,孟霞,2005),药物治疗(戴王磊,2001;朱志高,缪金生,2003;张文忠等,2004;陈玉龙,王霞,2005)。

心理治疗手段:从现有研究报告的情况看来,认知行为治疗和森田疗法是目前进食障碍的心理治疗的主要手段。有研究者以进食障碍患者为对象,探讨认知行为治疗的疗效,并在 AN 与 BN 之间进行疗效比较,结果发现,认知行为治疗对两种亚型俱有效果,但是对 BN 的疗效优于 AN(丁树明,胡赤怡,2001)。同类研究有类似研究结论(韩美良,

2002)。另有研究采用前瞻性研究对 6 例接受森田疗法的 AN 患者的状况进行追踪,发现治疗后患者的体重和月经等生理状况均有好转(王心蕊等,2005)。

心理治疗与生理治疗手段结合使用:多数为心理治疗手段结合药物治疗,如支持性心理治疗合并氯氮平和百优解治疗儿童 AN(戴王磊,2001),心理治疗合并利培酮治疗 AN(张文忠等,2003),均报告有积极疗效。

4. 进食障碍的心理测量学研究。目前已有国际普遍采用的快速筛查进食障碍的标准化工具进食障碍调查量表(Eating Disorder Inventory, EDI)。但发源于西方的工具是否同样适用于中国患者和文化,有研究者对此做了相关的检验。张大荣 & 孔庆梅(2004)将 EDI 分别施测于北京的 30 名 AN 患者和 30 名正常对照个体,对 EDI 运用于中国情境中的信度和效度指标进行检验。结果发现,EDI 的中国版本在分半信度、同质信度、结构效度和判别效度上均具有良好的指标。另有研究发现 EDI 运用于香港华人文化中同样具有良好的信、效度指标(陈薇等,2005)。

5. 进食障碍疗效的影响因素分析。在搜索到的研究中有一项研究试图探讨进食障碍患者住院治疗疗效的影响因素(乔慧芬,张宁,2005)。它收集 36 例进食障碍患者住院治疗的临床资料并进行分析,发现疗效好的患者通常闭经时间短、住院时间长、体重增加明显,采用鼻饲治疗多。因此研究者的结论是进食障碍患者需要及早、长程的综合治疗,而对于治疗依从性差的患者,鼻饲治疗颇为有效。

另有一项关于 AN 的社会文化因素的研究,通过问卷调查发现女性 AN 的发生与同伴竞争产生的压力有关(肖广兰等,2005)。这类从社会文化角度探讨 AN 发生的影响因素的研究在国内尚不多见。

二、中国大陆现有进食障碍经验研究的贡献

首先,目前为数不多的探讨为中国大陆的进食障碍研究提供了开创性的基础。如前所述,进食障碍研究在西方已有几个世纪的历史,但在中国大陆从学术层面上对它的关注只是开始于近一二十年。在几乎是空白的基本背景下,目前的经验性研究对在中国文化环境下进食障碍的发病率、临床表现、治疗手段的效果等方面进行初步的探索,为该领域的知识发展奠定了基础。

同时,我们可以看到,现有的经验研究尽管数量不多,但对进食障碍的探讨已不局限为某一个单一视角,所涉及的有生物医学层面的探讨如对临床表现,住院护理,药物治疗的作用,有心理学角度的讨论如进食障碍问卷的修订,心理治疗手段的效果研究,同时也开始尝试跨越不同的专业领域对进食障碍患者进行临床干预,如对心理治疗合并药物治疗的疗效研究。这些研究的出现,意味着研究者把进食障碍视为兼具有生理心理因素的综合征,而不是单纯的生理疾病或精神疾病,这对我们全面理解这种疾病的本质有良好的指引作用。

三、中国大陆现有进食障碍经验研究的局限与空白

从对现有研究的具体评价上来看,研究设计上存在的问题会削弱研究结果的可信度和可推广度。前文已提及,进食障碍的研究在中国大陆尚处于起步阶段,这不仅体现在研究数量上的有限,也体现在研究设计上的粗略。目前的研究多为实证主义的研究,但在研究流程的设计和操作上存在很多细节不符合实证研究设计的基本标准。首先,多数的调查研究样本不大,不超过 300 人,并且并未遵循分层随机抽样的原则,因此并未到达严格意义上的流行病学研究的标准,调查结果的概化程度因此值得质疑。而在干预研究中,除了样本规模有限的问题外,绝大多数并没有控制组的设计,只是采取单一观察组的设计,这些研究设计上的缺陷同样会影响到研究结果的效度和概化程度。

从对研究现状的综观和展望上看,现有研究存在以下两方面的不足:

1. 理论模式的单一

从数量上看,目前中国大陆的进食障碍研究基本以生物医学角度的研究为主,如对药物治疗的探讨在干预研究部分占多数(戴王磊,2001;朱志高,缪金生,2003;张文忠等,2004;陈玉龙,王霞,2005),对疗效影响因素的探讨也主要集中于闭经时间、住院时间、体重增加程度以及鼻饲治疗等传统的医学概念和手段(乔慧芬,张宁,2005)。这反映了目前中国大陆进食障碍研究的现状,即生理-心理-社会模型尽管已经开始在医学尤其是精神医学领域被广为提倡,而且已研究者做初步尝试,但传统的生物医学模型仍然是主导性的理论模型和实践操作的框架,它在具有独特贡献的同时,会导致一些因视角单一而造成的局限。进食障碍是典型的身心综合征,而医学模型主导之下我们难以系统地了解患者的心理过程,如他们自己如何看待自己的疾病,这些看法如何影响生理治疗过程和疗效等等,也无从探索有哪些社会文化因素会对疾病的发生、维持和变化产生影响,更无法去探讨生理、心理和社会文化因素是如何相互影响。

2. 研究范式的单一

由于传统的生物医学模型成为仍然是主导性的理论模型,相应中国大陆的进食障碍研究多采用实证主义的研究范式。实证主义的弱点在于难以深入了解研究对象个性化的主观经验和意义建构。在患者心里,进食障碍是怎么一回事,对自己有什么好处与不好处,是否想放弃这个病,怎样才能放弃这个病,治疗的过程中自己的体验如何,对自己战胜疾病有何帮助和阻碍。这些来自于患者内心世界的认知过程不仅有助于加深我们对疾病的了解,更是我们提高临床工作效度和效率的重要参考。但是这部分是实证主义研究范式不能为我们提供答案的,而需借助其他范式如建构主义或解释主义等另类范式的贡献。另外,前面提到目前研究存在很多设计上的问题达不到实证研究设计的基本标准,这一方面是由于目前该领域研究阶段的粗浅而难以避免的漏洞,另一方面也是进食障碍研究领域存在的特定的困难。首先,与许多精神疾病如抑郁症相比,进食障碍在人群中的发病率并不是特别高,国际通认的数字为1.5%左右,也就是说,能被确诊为进食障碍的人数并不多,再加上进食障碍尤其是神经性厌食症患者的求治动机普遍较低而对疾病的否认程度较高(Treasure & Bauer,2003),所以无论是研究者还是临床工作者能直接接触到的进食障碍患者就更少。这些现实也为进行大规模的采用分层随机抽样的实证主义研究造成了困难。换而言之,除却研究目的的考虑,进食障碍的疾病特点也决定了在很多时候非实证主义的另类研究范式如建构主义和解释主义的研究范式更具优势。

总体而言,目前国外关于 AN 的治疗动机的研究集中于跨理论模型提出的动机水平的阶段评估上,对于动机过程的研究并不多见,而中国大陆则几乎是一片空白。显然,关于动机水平的评估与相关研究,对 AN 患者的动机研究是非常重要的,为研究的继续深化提供了概念和操作上的基础与起点:没有一个好的评估体系,我们则很难去定义和系统探索动机水平的变化过程。但另一方面,如果仅仅停留于动机水平的评估,而缺乏对其变化过程的理解,我们很难说已经全面了解了 AN 患者的动机问题。因此采用质性研究手段,对 AN 患者的动机过程进行深入探讨,是一个富有研究与临床价值的研究方向。这也是本研究确立以"AN 患者的影响因素与过程"为研究主题的原因与背景。

第五节　中国大陆青少年精神卫生服务体系的现状回顾

前文曾经提到,动机水平的激发是个体内在的需求与外部环境的满足两方面的结合。一个希望寻求治疗的 AN 患者,是否能得到适合的专业服务,是我们考察患者动机水平的一个不能忽视的因素。社会服务体系可能从专业治疗、社区服务、社会行动等各种层次在激发 AN 患者的治疗动机方面扮演重要角色。本节对中国大陆的青少年精神卫生服务体系进行回顾,以助于了解中国大陆 AN 患者所处的社会服务环境与背景。需说明的是,中国目前并无独立的青少年精神卫生服务体系,因此本部分讨论总体上以精神卫生服务体系为目标,在相关的部分则对与青少年有关的工作加以侧重。

四、精神卫生服务体系的分析框架:Caplan 的精神卫生三级预防体系

生理—心理—社会模式是目前国际公认的实施精神卫生服务的指导性原则,而在实践领域,Caplan(1964)提出的精神卫生三级预防体系,则是现代精神卫生工作尤其是精神卫生社会服务的典范模式。他提出完善的预防性精神卫生(preventive psychiatry)服务应在三个层次上全面展开,三级工作的主要目标分别如下:

1. 初级预防:(primary prevention)

通过对社会环境中可能引起精神疾病的消极因素进行干预,达到降低精神疾病的发病率的目标。工作重点在于以社会行动(social action)影响和改变政治和社会政策以及相关法律法规的制定,以更好地满足公民的生理、心理社会和社会文化需求;以人际行动(interpersonal action)识别可能发生精神疾病的高危人群(high-risk group),尽量避免精神疾病的最终产生。

2. 次级预防:(secondary prevention)

主要指通过早期识别和有效治疗缩短现有病例的病程,从而达到降低疾病发病率的目标。主要工作内容是精神疾病的生理治疗(包括药物治疗)和心理治疗,主要工作重点包括及早识别和治疗以及增加治疗服务机构的便利性。

3. 三级预防:(tertiary prevention)

最大限度地减少疾病对患者造成的社会功能损害,促进患者的康复。这个层次上的工作强调对康复期患者有效的随访服务和与社区工作机构的紧密联系。

二、精神卫生三级预防体系中医疗服务、心理服务与社会服务的相互关系

综观 Caplan 的精神卫生三级预防体系,我们可以看到以下特点:

其一,尽管有三个层级之分,但是无论在理念还是实践上,三级的工作之间并非截然分开、各自独立,而是一个连续并互有交叉的工作过程,每一个层次的工作都衔接上一级的干预,并部分包含其上层次上的工作(Caplan,1964)。

其二,该体系兼有医疗服务、心理(治疗)服务和社会服务,并且三者之间彼此补足,在不同层次的工作中形成不同的配合关系。我们可以看到不同类型的服务分别在不同层次的干预中扮演主要角色,如医疗服务和心理服务在次级预防中占据主导地位,而以社会行动和社区康复为主的社会服务则在初级和三级工作中扮演重要角色。但是每一种服务又必需其他服务的支持。

三、社会工作者在精神卫生服务体系中的角色

由于社会服务在精神卫生工作体系中占据重要位置,作为社会服务的传递者的社会工作者(Austin,1997),自然是专业人员体系中重要组成部分。事实上,在西方多数发达国家和地区,从数量上来看,社工通常是仅次于护士的第二大群体。(Callicutt & Price,1997)。从 Caplan 的精神卫生三级预防体系来看,社工在精神卫生服务中的主要功能有:

1. 初级预防工作:

社会行动的倡导者(advocator):了解并向社会传达精神病患者的声音;策划、发动和组织社会行动,以影响社会政策的制定朝向保障精神病患者权益的方向发展;通过社区工作改变社区对于精神疾病的歧视和偏见(Callicutt & Price,1997;Bransford & Bakken,2002)。

社会服务的联络人(broker):为需要物质性和社会性支持的个体

及其家庭寻找和联络社会服务资源；通过社区工作识别高危的有服务需要的人士，鼓励他们接受服务或转介相关机构提供服务，并跟进服务以确保服务的适当。

2. 次级预防工作：

对患者进行心理社会状况的评估：这既可以为治疗提供重要的参考信息，同时可以扩展专业人员的视野，从家庭和社会的层面丰富对患者的理解，并且削弱疾病的病理性标签（Ma，1999）。

帮助患者及其家庭解决物质性和社会性的困难（Ma，1999）。

提高精神疾病患者的社会功能：协助病人尤其是住院病人加强与外界社会的交往，减少其社会功能的损害（Au，1986）

3. 三级预防工作

三级预防工作中，社工扮演了核心的专业角色，他的职责包括：

行政管理：负责社区精神卫生机构的日常运作和管理（Kane，1983）。

社区组织和项目计划：在社区工作中扮演组织者角色，为有关项目制定行动计划（DeMoll，1983；Tarail，1983）。

个案管理（case manager）：对康复期患者的多种服务需求进行全面的计划和统筹管理（Callicutt & Price，1997；Mechanic，1999）。包括对个案的全面评估，服务方案的制订，发动相关服务机构的介入或转介，组织服务实施与跟进。

咨询者：提供精神健康咨询服务。（Callicutt & Price，1997）

四、社会工作者在 AN 精神卫生服务体系中的角色

综上所述，我们可以看出，无论通过三级服务体系中的哪一级工作，社会服务体系都可以对影响 AN 患者治疗动机的因素进行干预，而社工人员在其中可以扮演重要角色：

1. 初级预防：

（1）通过政策倡导促使反对精神疾病歧视和保障精神病患者权益

的相关立法尽快出台,从法律层面对精神病病耻感的产生进行预防和干预。如前所述,病耻感是阻碍 AN 患者及其家庭寻求治疗的重要社会文化因素。如果患者平等参与社会生活的权利无法从法律层面得到保障,社会对精神病患者的歧视难以消除,患者的病耻感因而难以消减。同时推动实质性保障女性权益政策的产生,为女性的自我发展和自我价值体现提供更多的机会,这无论对于 AN 疾病的预防还是患者的治疗动机的激发与维持都有根本性的意义。

(2)通过与大众媒体、教育机构和社区的合作,采用各种活动方式,改变大众对于精神病患者的刻板印象。既然媒体在塑造刻板印象上有重要作用,那么我们也可以通过媒体改变这种刻板印象。在学校与社区广泛开展活动,使青少年女生对于美和健康、自我发展与自我价值形成更多元的认识;使社区人群对精神病患者有更客观和全面的了解,改变歧视观念。

(3)通过社区工作使社区居民了解如何获得适合的专业治疗的相关信息,增加专业服务的可获得性。

2.次级预防:

(1)及时了解与追踪患者及其家庭的状况以及对于治疗的态度和反馈意见,将它传递给团队中其他专业人员,加强患者治疗双方的沟通;

(2)建立与社区、学校和其他相关机构之间的联络渠道,保障患者转诊过程的顺畅以及求治过程中的顺利(如避免因为请假难而无法就医)。

3.三级预防

(1)利用社区精神卫生工作网络,追踪患者的康复状况;

(2)持续的精神健康教育,包括关于审美的教育;

(3)帮助患者寻求更多的实现自我价值的机会。

通过这些追踪与鼓励性工作,社工可以掌握患者的康复状况和避免不利于患者康复或症状复发时积极寻求治疗因素的出现,如单一的以瘦为美和以漂亮为女性最高价值。

以下我们将以精神卫生三级预防体系为框架,对中国目前的青少年精神卫生服务体系做简要回顾,以探讨目前的体系是否是有利于促进 AN 患者治疗动机水平提高的服务体系。

二、中国大陆青少年精神卫生服务体系述评

我们可以从服务提供方将中国的青少年精神卫生服务粗略地分为两大类,第一类是专业精神卫生机构的服务,即前文所说的临床机构内的服务(institutional service),主要包括公立的省、市、县三级精神病医院和各儿童精神科门诊提供的门诊和住院治疗;另一类是机构外的精神卫生服务,主要包括社区精神卫生服务(community-based service)和学校内的心理卫生工作。在此我们借用 Caplan 的精神卫生三级预防体系来梳理现有的服务状况。

1. 初级预防工作

目前中国的青少年精神卫生服务中,这个层次上的工作开展得较少,主要有:

(1)学校开设心理健康教育课程:在教育部的统一要求下,不同地区的中小学校均开始结合本地实际状况为学生开设心理健康教育课程。但是由于地区差异悬殊,因此学校的心理健康教育课程在形式、内容和普及程度上均有不同。大中城市和经济发达地区,目前已普遍在学校课程中设置心理健康教育课,内容通常为关于心理卫生的一般知识,青少年心理发展过程中容易出现的困扰及其应对方式。但在偏远的城镇和农村中小学,由于物力、师资和观念所限,普及心理健康教育课程还是一个尚待努力达到的目标。

(2)通过对家长的教育为学生营造良好的心理成长环境。重视家庭在学生成长过程中的影响,是中国中小学教育的传统之一。在学校精神卫生工作中也不例外。有部分具备条件的学校会通过诸如家长学校这类的方式与学生的家长建立直接联系,请精神卫生的专业人员为家长群体授课,讲解心理健康教育和亲子互动的有关知识,协助家长了解和掌握心理健康教育的方法,注重自身良好心理素质的养成,营造家庭心理健康教育的环境,以促成对学生的正面影响。但是目前为止主要存在于一些大城市的部分重点中小学。

(3)共青团组织的心理健康宣传和教育活动:中国共产主义青年团(简称共青团)是中国最大的、高度组织化的、由14至28岁之间的年轻人构成的群众性组织,也是中国最具影响力和最大规模的青年组织。共青团发挥组织上优势在全国范围内开展各类与精神健康有关的活动,通过活动使更多的青少年关注和了解自身的精神健康问题。如2004年团中央学校部联合卫生部疾病控制司、教育部社政司和中国青年报社启动"心理阳光工程",呼吁公众关注青少年的心理健康和精神卫生问题。

(4)人际行动方面:高危人群的识别与干预

从总体上说,中国目前缺乏系统的针对青少年高危人群的初级预防工作。由于缺乏具有系统专业训练的社区工作者以及社区、学校和医院之间的合作体系,青少年高危人群的识别与干预难以实现。尽管我们并不能完全否定在某个地域某个时间点上有这一类工作出现的可能性,但是问题在于,这些青少年在走向精神疾病的边缘被挽救,是因为某些精神卫生工作者如医院的精神科医师或学校的心理辅导老师的职业敏感和工作热情,而不是因为我们的社会服务体系,这不能不说是一种遗憾。

在初级预防工作中,主要的实质性工作以单一的学校和社区的心理健康教育为主,缺乏系统的以影响社会政策为目标的社会行动。在工作人员队伍中,主要是共青团干部和学校心理辅导老师。前者通常缺乏系统的精神卫生专业训练,但在目前的服务体系中扮演主要角色。另外,在西方的社会服务体系中占据主要位置的具备专业训练的社会工作者,在目前中国的初级预防体系中基本上没有其角色。

2. 次级预防工作：

(1)精神专科的医疗服务：主要由医疗卫生部门提供。

精神病医院：卫生部在全国设立省、市、县三级设立精神病院，为所有居民提供门诊或住院治疗。

儿童精神科门诊：通常由精神病院附设。这是专门针对16岁以下的儿童与青少年的精神专科门诊，通常由接受过儿童精神病学专业训练的医生诊治。由于儿童精神医学是一门十分年轻的学科，问世不超过100年，在中国的存在历史更是只有半个世纪（李雪荣，2002）。目前的服务机构及人员与儿童精神卫生的需求相比还是有相当大的差距，并且主要聚集于大中城市或精神医学相对较为发达的地域如北京、上海、南京、长沙等。因此说，目前中国还有大量的精神疾病患者享受不到专业的儿童精神专科服务。上世纪90年代有研究者在湖南进行过一次大规模的城乡精神健康问题儿童就医现状的调查，发现仅5.79%的患儿曾到儿童精神科门诊就诊，9%曾就诊于儿科。换言之，约90%的患儿得不到及时有效的服务。（李雪荣，2002）

综合医院精神科/心理科：有公立的综合医院根据本地区和医院本身的需要设立临床心理科或医学心理科之类，一方面为医院内部其他临床科室提供临床心理学的专业支持，另一方面向民众提供心理咨询与治疗服务。

以上是属于卫生部系统的精神卫生机构提供的专业医疗服务，截止至2001年底，卫生部属下的精神卫生机构有513家，病床数有近6万张，现在仍呈不断增长趋势。

除此以外，民政部和公安部所属的精神病医院也提供特定的精神疾病的治疗服务。

民康医院：民政部开设的精神病医院。初衷是为复员退伍军人和烈军属中的精神疾病患者，以及社会上的"三无人员"即无法定抚养人、无劳动能力、无经济来源中的精神病患者提供救济性的收治。在市场经济体制的影响下，民康医院现在普遍开始面向社会收治自费病人。

只要支付治疗费用,所有公民都可以寻求民康医院的治疗。截止到 2000 年底,全国的民康医院或福利性精神病医院从解放初期的 33 家增长到 130 家,复员退伍军人精神病院和疗养院 127 家,共收养各类精神病人 3.78 万人。(李宝库,2001)

安康医院:公安部开设的精神病医院。基本工作内容是对严重刑事犯罪但因无责任能力而免于刑事处罚的精神病患者进行收治和监管。

目前中国公安系统共有 22 所安康医院,分布于 18 个省、自治区和直辖市内。总病床数有 8930 张,精神病床位有 6728 张。大部分安康医院都设有心理咨询门诊,配合住院治疗的工作(柳振清等,2002)。但未有资料表明有多少医院有专设的青少年心理咨询门诊。近年来随着社会整体的发展和理念的转变,安康医院也开始拓展自己的工作范畴,不再局限于在医院内部对精神疾病患者进行治疗和监控,还尝试加强社区防治工作,医院设置防治部门,与社区的派出所密切联系和共同工作,对已出院回到社区生活的精神病人和有危害可能的精神病人均注册在案,定期随访,减少精神病人肇事肇祸事件的发生或复发。

(2)学校的心理卫生工作

部分学校建立学生心理健康档案:目前在发达地区的部分学校中,有校方开始为学生建立系统的心理健康档案。这种档案的功能主要有几方面:了解和追踪学生心理健康状况,并对学生的心理行为问题进行早期识别;它构成学生整体发展评估的一个方面;在有需要向校外的专业精神卫生机构转介时,该档案可为校外专业人员提供有关的背景资料。

设立心理咨询室,提供个体咨询服务:目前在发达地区的中小学中,设置学生心理咨询室,由专兼职的心理咨询人员为学生提供辅导服务,已经开始较为常见。辅导多以个体方式进行,主要职责在于:首先是对学生在学习和生活中出现的问题给予直接的指导,排解心理困扰,并对有关的心理行为问题进行诊断和矫治;其次,对于极个别有严重心理疾病的学生,及时识别并转介到专业的精神卫生机构。

(3)共青团的心理卫生工作

开展心理健康教育师资的培训:在学校承担学生管理工作的主要是共青团干部。在鼓励所属干部积极参与学校的心理健康教育和辅导工作的同时,共青团也开始重视对教育和辅导人员的培训。2004 年 12月,"心理健康辅导远程培训试点工作"开始启动,共青团中央联合中国心理卫生协会等专业学术组织,在全国选取试点和受训人员,旨在建立一支高质量、懂专业的心理健康辅导员队伍。同时与教育部、劳动与社会保障部合作,分批对中小学现任心理健康教育老师进行心理咨询师基本知识与技能的培训与考核,逐步建立共青团系统的心理咨询师专业认证体系。其主要目标之一在于加强老师的心理健康基本知识的知晓率,在学校建立广泛的针对学生心理疾病的早期识别和早期处理的工作网络。

在次级预防的工作体系中,精神科医师、护士、学校心理卫生工作者、心理学家均在不同领域参与工作,但是基本局限于各自的工作领域,彼此之间没有常规的配合关系,如前两者留在医院,后者在学校,形成各自埋头工作,互不相扰的局面。因此在不同的领域,基本上仍停留于工作团队专业单一化的状态。这在一定程度上是因为医院、学校和社区内社会工作者角色的缺乏。

3.三级预防工作:

(1)社区康复工作

民政部在精神疾病的康复工作中扮演主要角色。(田维才,2002)民政部门则利用社区中有广泛的工作网络的优势,通过多种途径加强精神病患者建立和恢复与社会的联系,协助他们尽快回归社区:

社区精神病人康复工疗站:将康复期的病人安排到民政部门在社区里开设的福利工厂或类似机构中从事力所能及的工作,一方面让他们获得一定的收入,同时得到与社会接触的机会,促进其社会功能的恢复;

模拟社会生活区/家庭式病房:病人居住生活完全自理,安排恰当的工作,发放一定的工资,在职工食堂就餐,休息时间自行安排,病房24小时开放,可以请假上街或回家探望,为病人重新接纳社会并为社会所接纳奠定基础。

民政精神病院推行"住院职业康复治疗管理模式":即院方先定出岗位设置,面向病人招工,在病人自愿选择的前提下,经过主管医生同意和试工合格后录用,在院内承担各种工作。

在不同的名称和具体做法之下,共同点是民政精神卫生机构改变过去以封闭式管理和单纯收养的工作模式,开始利用社区资源主动积极介入精神疾病患者的康复过程。

(2)精神病防治康复领导小组

自上世纪60年代以来,精神卫生服务的发展趋势是工作重点由机构化服务转向社区化服务,强调社区背景下的疾病预防和康复工作。90年代开始,中国也开始重视精神疾病的防治工作,政府将精神病防治康复工作纳入国家经济社会发展规划,制订《精神病防治康复实施方案》,提出由卫生部、民政部、公安部和残联共同合作开展"社会化、综合式、开放式"的社区防治康复服务。国家成立由卫生部、民政部、公安部、中国残联等有关部门组成的全国精神病防治康复工作协调组;各省(自治区、直辖市)、市(县)、街道(乡镇)、居(村)委会及千人以上企事业单位层层建立协调机构——精神病防治康复领导小组,并指定专人负责日常工作。有关部门各司其职、卫生部门在疾病急性期的专业治疗和社区康复服务的技术指导方面发挥主导作用,民政部门通过所属的精神病医院和社区机构如家庭病房和工疗站等,在为慢性精神疾病人提供长期支持性治疗和康复性训练和就业机会方面承担主要角色,公安部门的职责重在通过派驻社区的派出所,预防和管制精神疾病患者可能会危害社会安全的破坏性行为;残联则专注于为患者的利益奔走,呼吁社会关注精神病患者的生存状况和权益,并对政府的残疾人事业发展提供建议和进行监督。

（3）中国残疾人联合会（简称残联）的社会服务

中国残联是中国政府批准的全国性的残疾人事业团体。其主要工作目标是维护残疾人的共同利益和合法权利；为残疾人提供社会服务；承担政府委托的任务，动员社会力量，推进残疾人事业（《中国残疾人联合会章程》）。残联专设精神残疾人亲友会，作为专为精神残疾病人提供服务的专门协会之一，它的主要工作任务如下：（中国残疾人联合会官方网站，2005）

密切联系精神残疾人及其亲友，反映他们的意见和需求，沟通他们与社会之间的联系，全心全意为精神残疾人服务；

促进精神残疾人的康复、医疗、学习、劳动就业、福利和社会服务，推动精神残疾预防工作；

团结精神残疾人及其亲友，动员社会各界增强人权观念，尊重、关心和爱护精神残疾人，反对歧视和虐待；

培养精神残疾人及精神残疾人亲友骨干，协助政府开展精神残疾人工作；

对残疾人事业及精神残疾人工作提供咨询和建议；

推动精神残疾的康复和预防研究工作。

从其宗旨上看，残联的工作着重于精神卫生的三级预防工作，即促进精神残疾人的康复和社会适应。但是由于残联只是一个非政府组织，在工作人员体系和行政能力上都非常有限，又缺乏外部系统（社会行政部门，医疗服务机构）的实质性的支持，因此工作开展的力度有限，我们很少从文献中看到关于其具体工作的报道，在某种程度上也反映了它的欲为无力的困境。

三、中国青少年精神卫生服务体系的专业人员构成

综观参与青少年精神卫生服务的人员体系，主要由几大类专业人员构成：

精神科/儿童精神科医生：主要工作于各个精神病院或综合医院的

精神专科,负责精神疾病的临床治疗;

　　护理人员:在精神专科门诊提供辅助性工作和部分心理测量的操作;精神科病床的日常管理和照料;

　　心理学家:在部分医院的临床心理科或类似机构提供心理治疗服务;

　　学校心理卫生工作人员:多为心理学、教育学或其他相关专业背景,在中小学校开设心理健康教育课程和心理辅导室;

　　政府公务员:各国家行政部门工作人员如民政部工作人员、警察等;

　　我们可以看到,在西方的社会服务体系中举足轻重的职业化的社会工作者,在中国的青少年精神卫生服务体系中基本上没有踪影。从Caplan 的理想式的精神卫生预防体系来看,这种空白的弥补是至关重要的。

四、政府在精神卫生服务上的财政投入

1. 大众是否可以普遍获得服务

　　一方面,中国政府目前没有青少年精神卫生服务没有独立的财政预算,另一方面青少年在寻求精神卫生服务时,费用支付通常由其父母或监护人承担,因此,我们基本上可以从政府在普通精神卫生服务中承担的责任水平类推它在青少年精神卫生服务中的责任承担水平。

　　(1)财政拨款在精神卫生服务总投入中的比重:我们通常以国家对医疗服务机构的财政拨款、社会医疗保险和居民个人的医疗卫生支出的总和作为全社会对医疗卫生服务的投入总量。那么,第一部分即国家的财政拨款或补贴在投入总量中所占的比例,可以反应政府在卫生服务上的责任承担水平。2001 年全国卫生统计资料表明,卫生部所属精神卫生机构的投入总量是 3,582,360,000 元人民币,其中来自政府的财政补助有 849,740,000 元人民币,占总量的 23.7%(全国卫生统计资料,2001)。也就是说,在社会对精神卫生服务的所有投入中,只有不到四分之一的责任由政府承担,剩余的大部分则由市场和个人共同承担。并且,以此法进行计算,省、市、县、乡级精神病院的政府财政补贴比重分别为 29.3％,21.4％,18.4％和 8.3％,也就是说,越是基层的精神卫生机构,政府对其财政承担的力度就越小。(石光等,2003)

(2)居民精神疾病的经济负担指数:普通居民目前在接受精神卫生服务(主要是精神专科的门诊和住院服务)时需现金支付一定数额的费用,该费用在个人总收入中的比重反映了对于个体来说,精神疾病带来的经济负担有多重。有研究以人均消费水平和收入均位居中上位置的河北省为例进行分析,估算精神病的经济负担指数在城市为 17.2％～51.6％,在农村则高达 40％～169％不等。并且由于精神病人大多是青壮年发病,病程迁延,反复发作,影响其收入水平,经济承受能力更差,经济负担则更为沉重(石光等,2003)。

3. 精神卫生费用在全国卫生总费用中所占比例:我国精神卫生服务的财政拨款占卫生拨款总量中所占比例远远低于发达国家的水平。(季建林等,2000;王祖承等,2000)以 2001 年为例,全国卫生事业的财政拨款总数是 373.64 亿元,其中精神卫生的拨款是 8.5 亿,只占2.7％,而澳大利亚新南威尔士州 2000～2001 年,用于精神卫生的财政拨款占卫生拨款总量的 7％(石光等,2003)。

2."单位"对所属职工的精神卫生服务的财政支持

"单位"在过去是国家所有制职工社会福利的主要来源和支持体系。但是自 80 年代以来,中国逐步开始实行市场经济体制,"单位"越来越多被要求"自负盈亏",职工的福利提供也越来越"市场化"。"单位"赢利多,职工则收入高,福利支持程度就高,否则就会福利水平低甚至没有。因此,许多大型国有企业因经济状况不好,对职工的医疗费用的承担或者拖延很久,或者承担比例低,甚至根本没有承担,完全靠职工自己解决。

第三章　本研究的概念框架

第一节　概念框架在质性研究中的意义

清晰的概念框架在量性研究中的重要性已毋庸置疑,并通常由现有的成熟理论组成(Maxwell,1996)。而质性研究中,因其取向和理论传统的多元性,研究是否应该有概念框架,它应该包括哪些成分,始终存在争议。有研究者认为,概念框架是研究者对所研究的主要问题的关键性因素,概念或者变量及其它们之间可能的相互关系的描述和预想,因此在一个好的研究设计中占有重要地位(Miles & Huberman,1994)。类似地,Maxwell(1996)指出,概念框架是人们关于研究对象正在发生什么以及为何会发生的假设性理论,为整个研究提供了一个理论性背景。这个背景可以对研究过程起到提示的作用,帮助研究者评估研究目的,发展和选择现实可行和恰当的研究问题和方法,识别可能影响研究效度的负面因素。换而言之,概念框架基本上是研究者看待自己所研究主题的基本视角。

传统上人们认为概念框架的主要来源是现有的理论与研究,也正因为这个原因,很多人将概念框架混同于文献回顾。Maxwell指出,除了现有理论与研究之外,研究者个人的经验性知识,前期的探索性预研究的结果,以及个人的相关思索,都是质性研究概念框架的重要组成部分(Maxwell,1996)。在此需特别提出讨论的部分是现有理论与研究。关于质性研究是否应该有概念框架的争论也多聚焦于现有理论与研究对当前研究的利弊权衡。有研究者(Becker,1986)提出警告,在质性研究中采用已有的理论有可能会限制研究者的视角,导致所谓的"意识形态的霸权"（ideological hegemony），使得研究者难以看到该理论不能涵盖到的现象和因素，从而失去研究原本可能有的独特贡献，这从根本上损害质性研究的特殊价值。但从另一个角度来看，现有的理论也能为我们的研究带来好处，Maxwell(1996)将它比喻为"衣橱"和"聚光灯"(Maxwell,1996)，前者意指理论可以帮我们迅速理解和整理当前看到的现象，并抓取它们的内部关联；后者则是强调好的理论可以凸显某些重要的事件或现象，帮助我们抓住重点。

所以，现在看来有无现有理论做研究的概念框架，都是各有利弊，所以我们需要关注的并不应该是"需不需要"的问题，而是"如何运用"的问题。运用不足则容易在数据的海洋中失去方向，从而缺乏对关键性信息的敏感性，难以从研究资料中建构起自己的理论；运用过度则将自己僵死于现有理论之中，无法看到现有理论解释和关注范围之外的、但可能对当前研究具有重要意义的资料，最终无法产生理论的贡献。要在这两者之间达致平衡，有学者提出几点建议：研究者始终要有一种强烈的意识，即对于你正在研究的现象而言，存在不同的理论解释和概念理解，这种意识对于避免研究者所采用的现有理论形成意识形态上的霸权至关重要。其次，从具体的操作层面上来说，研究者要一边从研究数据中建立理论，一边要不断地对它们进行检验，寻找一些有差异的资料，看是否存在一些可以对研究资料进行解释的不同途径（Maxwell,1996;Henrich,1984）。从这个意义上说，质性研究不是不需要理论框架，只是需要的理论框架是具有流动性的，可能发生改变的，即必须与研究数据之间保持一种互动关系，对其他理论与经验保持开放的姿态。这种互动性与流动性，在某种程度上是质性研究中多数研究传统的基本精神。

本研究有三个主要的概念，分别是心理治疗动机水平、心理治疗动机水平的影响因素和影响过程。研究者认为，跨理论模型的相关理论强调了患者动机水平变化的连续性及过程性，这与本研究以动态视角探索 AN 患者治疗动机水平的变化过程的目标与主张相吻合，并有助于我们发现动机水平变化过程中的情境性特征。但同时研究者通过临床观察与理论思考感觉到,跨理论模型在对于 AN 疾病的针对性上存在不足,需要借助关于 AN 的相关理论来补足。因此,基于以上考虑,本研究以跨理论模型为主,结合关于 AN 的相关经典理论和研究者的临床观察与个人思考,对这三个基本概念的基本界定和相互关系做一初步的设定,形成基本的概念框架。

文献回顾部分已经对跨理论模型的相关阐述做详细介绍,研究者认为跨理论模型对这三个概念的相互关系的描述可以简单图示如下:

如图所示,动机水平是一个五阶段的变化连续体,以对疾病行为的认知和努力改变的行为外化程度为基本划分标准;

从否认期到酝酿期,从酝酿期到准备期,推动患者实现这两个阶段的变化的影响因素主要是个体的认知和情绪因素,认知因素对动机水平的影响过程体现为个体意识水平的提升,行为选择性的增加,对环境评估的改变等;而情绪因素的影响作用则通过情绪宣泄途径的替代得以实现。

而在准备期以后的阶段,个体的动机水平的提升主要通过行为强化模式的转变和专业人员的介入得以实现。

第二节　本研究的概念框、扩展的跨理论模型

一、本研究对跨理论模型的扩展

研究者认为,跨理论模型的概念框架反映了行为改变动机水平的动态性和改变过程的多元化,因此在本研究中加以借用。但依据关于 AN 的各种经典理论的论述和研究者本人的临床观察和思考,研究者认为可能还存在其他方面的因素参与 AN 患者的治疗动机水平的变化过程,如人际因素与社会文化因素等,不同因素之间也可能会产生相互作用,对于这些尚不明朗的问题,研究者希望通过本研究的开展加以探

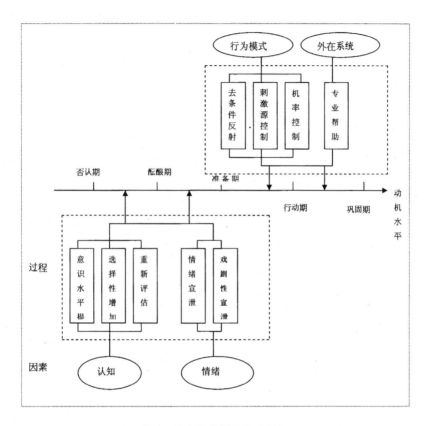

图 1 跨理论模型的概念框架

索和明确。因此,研究者对跨理论模型初步做了如下方面的扩展,形成一个开放的概念框架:

1. 对动机水平的考虑除了对疾病行为的认知和努力改变的行为外化程度为基本标准,增加对心理治疗的认知为第三项标准;

2. AN 的多种经典理论告诉我们,在疾病的发生、发展和康复过程中,除了个体内在心理过程的变化外,可能有多种人际因素参与到这个过程之中,比如家庭系统内的互动过程,社会文化观念甚至社会权力结构的不平衡,都可能与 AN 的疾病过程有千丝万缕的联系,因此我们不能把影响 AN 患者的动机水平的过程看作单一的个体心理的变化过程,而要兼顾个体的人际的因素以及它们之间的相互关系。因此本研究的概念框架在个体心理因素基础上加以扩展,增加人际互动与社会文化因素。

3. 在前两个阶段的变化过程中(否认期到酝酿期,酝酿期到准备期),加入专业治疗关系①的因素。跨理论模型认为专业人员介入的影响主要体现为个体较高动机水平阶段(行为期及其以后),但如前面文献回顾部分所说,这种看法出于研究者在此把专业人员视为外在于患者的一种帮助工具,而不是从人际互动的角度把他看作与个体发生互动,会参与个体的心理世界的形成的一个情境性因素。如上文所说,本研究中重视人际因素对 AN 患者动机水平的影响;加之本研究中所有研究对象均为接受过心理治疗的 AN 患者,也就是说,他们从被作为研究对象之初,就有过与临床心理治疗情境打交道的经验,这些经验已经成为他们的过往经验的一部分,是值得我们探讨的部分。

在以上考虑之下,本研究初步的概念框架被修正为如图二所示,其中灰底部分为研究者在跨理论模型基础上初步建议所做的扩展,有待研究结果加以明晰或补充修正。

三、本研究的概念、框架详述

1. AN 患者的心理治疗动机水平:他们有多愿意接受心理治疗

本研究中对"心理治疗动机水平"的定义,将借用跨理论模型中"行为改变的阶段水平"的概念,用否认期、酝酿期、准备期、行动期和巩固

---

① 专业治疗关系在此主要指 AN 患者(及其家人)与治疗师之间的工作关系。在中国大陆通常被称为"医患关系"。但研究者认为该称呼是传统医学模式的产物,它在心理治疗领域的沿用在某种程度上反映了目前中国大陆心理治疗领域仍为医学模式主导的现状。研究者在此希望通过以"专业治疗关系"的名称区分治疗师与"医生"的不同角色,以倡导生理—心理—社会模式对单一的医学模式的补充。研究发现也证实两种身份的不同的确会对 AN 患者的动机变化过程产生影响。

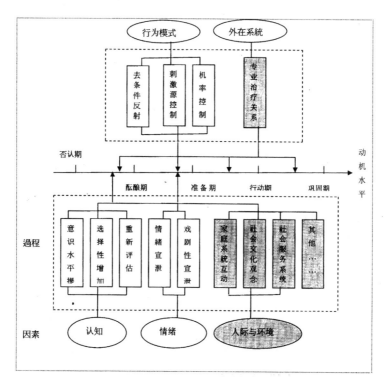

* 图中白底部分概念来自跨理论模型,灰底部分为研究者初步建议扩展的概念

图2 本研究初步建议的概念框架

期五个阶段来表征患者愿意接受心理治疗的不同程度。这五个阶段之间的本质区别在于关于疾病的认知的不同,即是否认为目前的行为模式是否有问题,是否需要改变,以及在行为表现上的差异,即改变的意愿是否已经有行为上的体现。但是在此借用该概念时需做适当修正。

首先,本研究不采用心理测量式的客观性评估手法。跨理论模型不仅提出患者的行为改变的阶段这个概念,并且在随后的研究中发展出系列的标准化量表,便于在临床工作中快速完成对患者所处阶段的评估。本研究将采用五个阶段水平的理论概念,但并无意采用其后续心理测量式的操作定义,是因为作为一项质性研究,我们的主要目标并不在于完成快速评估,而容许和主张研究者花费相对充裕的时间通过研究双方的深入互动(包括治疗录像的分析和深入访谈)了解患者的动机水平处于一种什么样的状态。

再者,本研究将适当扩展"行为改变的阶段"的概念。前面已经提及,行为改变的动机与心理治疗的动机是两个在涵义上有可能重叠但并不等同的概念。前者针对的是患者是否愿意改变某种行为,因此在水平划分上跨理论模型主要基于患者如何看待自己目前的行为模式,是否愿意改变,或者是否觉得需要改变;根据本研究主题对心理治疗动机的特别关注,研究者认为在借用跨理论模型这一概念的同时,需要加入"患者是否觉得自己现在需要接受心理治疗,心理治疗对自己有用吗"这一纬度,因为我们开始已经提到,患者完全有可能认为自己的行为是问题,需要改变,但并不认为心理治疗对自己有用,或者不愿通过这种方式来改变行为。在这种情况下,他想要改变的动机水平可能是高的,但心理治疗的动机水平并不高。

2.心理治疗动机水平的影响因素:什么因素影响他们的动机水平

本研究沿用了跨理论模型对行为改变动机水平的影响因素的论述,把它们归纳为(a)认知因素、(b)情绪情感因素、(c)行为模式的强化因素和(d)专业人员的协助。但基于现有 AN 的相关理论和动机心理学理论来看,可能还存在其他的影响因素。

动机心理学认为,人类动机的产生有两大来源:个体内部来源和环境性来源(Woodworth,1918;Warden,1931;Deckers,2001)。个体内部来源指个体内在是否有某种特定的生理或心理需要,促使个体要通过某种行为努力获得满足;而环境性来源则指他所处的情境中是否存在满足该需要的条件,即他所想要获取的目标是否是可获得的。仅有内在的推动未必使人发动具体的行为,因为还要看外界环境中是否存在能满足这种需要的客体(诱因)存在。早在上世纪 30 年代,已有研究者通过实验证明,当外界存在诱因时,个体行为发动的动机水平与没有诱因时相比明显偏高(Tolman & Honzik,1930)。有学者用"弓与箭"

的比喻来描述个体内在的需要与外在的诱因在行为产生的动机过程中的相互关系(Deckers,2001)。内在需要被激发后,就像弓往后拉,箭在弦上,已经储满了潜在的能量;但是箭是否要射出,射向哪个方向,却要看外界环境中是否存在可以满足其需要的对象,对象在哪个方向(用何种方式可以得到),射手才会把箭射出。这个比喻形象地描绘了内部需要和外部环境因素在行为产生过程中的共同作用,并在动机心理学研究领域得到广泛的认可(Tolman & Honzik,1930;Biner et al,1995,1998;Kintsch,1962;Schultheiss & Brunstein,1999)。这对本研究的启示是,在探讨 AN 患者的心理治疗动机水平的变化过程中,我们不仅要关注他的动机水平的改变与他对疾病的认识的情绪体验有什么关联,还要看他所处的生活情境中有什么因素在他寻求行为改变和专业帮助的过程中起到推动或阻碍的作用。因此,本研究的概念框架在跨理论模型的基础上,增加了以下人际和环境因素为影响 AN 患者的心理治疗动机水平的因素:

家庭系统:如前所述,AN 多发于青春期女性,因此与父母共处的家庭对于 AN 患者来说是重要的生活场景。AN 的家庭系统理论经历了病因论、环境论和资源论几个发展阶段,但无论哪个阶段,它们的共同之处是都强调 AN 不是一个人的病,家庭成员之间的互动模式与患者对疾病的认知的形成、对疾病的倚赖或者放弃都有密切关系(Crisp,1980;;Eisler & Szmukler,1985;Bliss & Branch,1960;Palazzoli,1974;Minuchin et al,1975/1978;Eisler,1995)。因此本研究中家庭系统被纳入 AN 患者的心理治疗动机的影响因素的考虑范围。

社会文化观念:西方关于 AN 的社会文化与女性主义理论认为有关什么是女性美和女性价值的社会文化观念很大程度上塑造了女性对于自己身体和自我价值感的认知。这与 AN 疾病的产生有密切关系,并可能在维持患者的现有进食模式方面有重要影响(MacSween,1993;Hepworth,1999)。华人社会亦有研究表明 AN 在中国文化中同样有深远的历史渊源和现实的社会文化意义(Leung,2001;Ma,2006,

2007；肖广兰等,2001)。这提醒了我们,在探讨 AN 患者心理治疗动机的影响因素时,不能忽略社会文化角度的考虑。

社会服务系统:如前所述,外在环境能否提供适当的条件以满足个体内在的心理需要,很大程度决定了个体产生特定行为的动机水平。因此对于 AN 患者来说,她即便有意愿要改变现有的进食模式,但如果她在环境中没有找到合适的资源来帮助自己改变,则有可能仍然维持较低的动机水平,回到原有的进食模式。这对心理治疗动机的研究尤其具有启示意义。包括心理治疗机构在内的社会服务体系在 AN 患者需要的时候能否提供恰当的专业服务,会与个体内在的心理需求产生互动,进而影响她的动机水平,因此我们把 AN 患者作为研究对象,但并不能把眼光局限于患者身上,还需将视野延伸到包括专业人员自己在内的专业服务提供者身上。尤其是 AN 患者与心理治疗师之间的互动状况,始终在影响患者在接受治疗过程中的体验,因此对于其动力过程是一个重要的影响因素(Miller,2002)。研究者在临床工作中也经常遇到一些关乎治疗关系的问题,如 AN 患者的家长希望通过请客吃饭或者送礼的方式试图与治疗师建立某种私人关系,以求为自己的孩子提供更好的服务。这样的现象在当代中国的专业服务尤其是医疗服务机构中非常普遍,学界过往的讨论主要是从职业伦理与道德的角度开展的,除此之外,这种现象对于 AN 患者的心理治疗动机是否也会产生影响? 以上理论观点与问题促使我们在本研究中对患者与治疗师之间的互动过程对治疗动机可能产生的影响保持高度的敏感性。

3. 心理治疗动机水平的影响过程:这些因素是如何产生影响的?

跨理论模型提出的"行为改变的过程"(process of change)归纳了促使个体的动机水平从一个阶段前进到下一阶段的过程。研究者认为,跨理论模型的提出的"行为改变的过程"主要是从个体心理的角度讨论个体的认知、情绪情感和行为强化模式如何影响他的动机水平,我们可以借用这些概念,并结合前面所回顾的关于 AN 的各种经典理论寻找 AN 患者动机水平发生变化的影响因素,理解变化发生的过程。

（1）个体的认知因素：关于认知因素如何影响个体的动机水平，跨理论模型提供了几种途径：意识水平的提升，包括患者对疾病功能和后果的认识的增加；行为选择性的增加，不再认为目前的行为方式是应对问题的唯一方式；对于环境评估的改变，即对于自己所处情境的评价发生了变化，相应自己的反应方式也发生变化。关于 AN 的精神分析理论和认知行为理论可以帮助我们更有针对性地探索这些认知过程是如何与 AN 患者的动机水平发生关联并产生影响的。

精神分析理论：Bruch（1973）认为，AN 患者的拒食行为是其在个人生活自我控制感的唯一来源，这种获益使她不愿承认现有的进食模式有问题，更不愿放弃疾病。结合跨理论模型所说，如果 AN 患者在意识层面增加了对这种症状与功能之间关联的认知，并在可以满足这种心理需求的行为选择上增加了可能性，患者则有机会改变对疾病的认知而增加放弃现有行为的动机水平。

认知行为理论：患者如何评价自己的进食模式和体型；体型与自我价值感有何关联；自己的行为模式在环境中是否是适应性的，它是否是自己唯一的选择；对于那些提升了动机水平的患者来说，他们之所以能发生改变，是否因为他们找到了某种方式回避了刺激他们产生节食行为的环境因素，或者他们对于自己的行为和环境的评估发生了变化，不再认为节食是他们唯一的选择。

（2）个体的情绪情感因素：AN 患者在节食或拒绝进食时，她的情绪体验如何，是积极的还是消极的；如果吃或不吃是她发泄心中情绪和压力的方式，有没有其他的替代性的方式？她的动机水平的升高或维持不变和她能否找到这种替代性的方式有没有关联？关于 AN 的精神分析和认知行为理论仍然能在这些方面为我们的探索提供可行的切入点。

（3）个体的行为强化模式。跨理论模型提出的行为改变的过程中的"去条件反射"和"刺激源控制"、"机率控制"（见文献回顾部分），即为归为个体的行为强化模式的改变带来行为改变动机水平的变化。在考察 AN 患者的心理治疗动机水平问题时,我们可以借此探索患者的心理治疗动机水平增高,是否因为对于她来接受心理治疗这件事情,外界环境给予了某种积极的反馈,因此增强了患者继续来的意愿;同样对于不愿再来的患者,不可忽略的探索角度是接受心理治疗是否给患者带来一些不良的外界反馈,从而阻止她坚持治疗;对于 AN 患者的节食行为,我们同样可以从这个角度对它的维持因素和改变因素进行探讨。

(4)AN 的家庭系统理论强调家庭成员之间的互动对个体认知、情绪和行为模式既可能有塑造的作用,AN 症状可能是家庭成员之间尤其是亲子之间僵化的互动模式的结果与体现,但是家庭系统也有可能成为促进患者康复的良性资源。我们在探讨 AN 患者的心理治疗动机的影响因素时要试图去探索患者关于疾病和心理治疗的认知与家庭成员之间的互动模式是否有关,有什么关系;家庭系统在患者的心理治疗动机的变化过程中扮演什么角色,是促进因素还是阻碍因素。

(5)从 AN 的社会文化与女性主义理论的阐述中,我们可以了解现代社会关于什么是女性的美,什么是完美女性的观念与 AN 的产生有相当大的关联,并且因两性在社会权力结构中的不平衡而导致的女性对"自我"的认同可能是 AN 症状得以维持的深刻根源之一(MacSween,1993;Hepworth,1999)。西方"以瘦为美"的女性审美观和公共媒体上纤瘦模特的榜样作用,使得女性节食减肥的风气日盛,这使得要通过外貌被男性认同才能获得社会认可和地位的女性在行为模式和审美观念上深受社会主流观念的左右,这都可能为 AN 患者改变现有行为模式增加阻力。那么对于身处当代中国大陆环境下的 AN 患者来说,在传统观念与现代观念的相互碰撞与冲击之下,她们追求何种人生目标,认同什么样的女性美,这种认同与当今社会主流的观念有什么关系,又将与她们关于疾病和关于心理治疗的认知有什么关系,都会成为本研究探索 AN 患者的心理治疗动机的影响因素的重要方面。

(6)专业治疗关系与社会服务系统。有求治需要的 AN 患者是否能找到能满足其需要的服务,直接影响她的心理治疗动机水平。研究者认为,在这里需考虑几方面因素:其一,AN 患者是否能找到提供专业服务的地方;其二,AN 患者是否能支付专业服务所需费用;其三,AN 患者在接受心理治疗过程中的经验如何,有什么好的体验和不良体验,如何看待治疗与治疗关系,它们对治疗动机产生何种影响。

需强调说明的是,以上所述基于现有的不同理论和研究者的临床观察与思考,分别涉及 AN 患者的心理治疗动机的各种影响因素。但在本研究对治疗动机的影响过程的探讨中,在有必要的情况下可能会把不同的影响因素结合起来探讨,看它们如何产生互动,进而影响 AN 患者的治疗动机水平。换言之,本研究所探讨的过程可能不是单一因素的影响过程,而是多种不同的因素共同作用的过程。比如家庭系统的互动影响 AN 患者对于疾病的认识和功能的评估,而社会文化观念不仅影响到 AN 患者对于美与价值的观念,同时影响父母对于心理疾病的看法,他们的看法又可能体现于对孩子疾病的处理过程,形成家庭系统内互动的另一个方面。这些不同的方面都有可能共同作用于 AN 患者的内在心理过程。本研究的这种思考模式一方面源自社会工作需全面看到人的需求与发展的专业要求,另一方面来自研究者所接受的系统思想与观念的训练,以及临床工作中所观察到的个体不同系统之间的相互作用与影响。

三、关于本研究的概念框架的说明

本研究的概念框架以跨理论模型为蓝本,同时借助多种不同的经典理论对它初步加以扩展,以此为本研究提供理论背景和讨论角度。需要强调的是,此概念框架提供的只是初步的方向性的假设,并不是既定的理论模型。它所提供的视角帮助研究者敏锐捕捉和组织研究互动过程中呈现出来的与 AN 患者心理治疗动机水平相关的各种信息,并通过再互动与再思考的过程对概念框架不断修正和补充,形成 AN 患者心理治疗动机水平的变化过程与影响因素的理论。因此,本研究的概念框架只是基于理论回顾和研究者临床观察所形成的一个初步的设想,有待研究过程中通过资料的分析而不断修正和丰富。它只是一个具有开放性的起点,为研究提供一种观察和分析的方式和角度,而非等待验证的既成结论。

第四章　研究设计

第一节　研究的基本背景

一、研究范式的选择：社会建构主义

范式（paradigm）是美国科学家库恩（Kuhn，T. S.）于上世纪 60 年代提出的概念。它是一个学科在许多方面的共同的约定、共识、取向和基本观点。它包括三方面内容：共同的基本理论、共同的信念和某种自然观（Kuhn，1970）。范式通常具有一套获得知识的方法和科学研究的方向与目标，是一种以特定方式观察万事万物的世界观。在相同的范式下，学者们就好像带着相同的眼镜观看世界。

社会科学的研究从理论的来源上，可以分为实证主义的范式（positivism）与另类范式（Denzin & Lincoln，1994），后者包括后实证主义范式（post-positivism）；批判理论（critical theory）、建构主义（constructivism）、诠释主义（interpretive paradigm）、女性主义（feminism）和后现代主义（post-modernism）等。不同研究范式之间的差异体现在其包括本体论和认识论的哲学基础上的不同，并因此有不同的方法论和相应的研究方法。通常来说，我们常说的量化研究和质化研究两种社会科学的研究取向，分别以实证主义范式和另类范式为其理论基础。

建构主义者在本体论上持相对主义态度。在他们看来，所谓事实是"多元"的，因历史、地理、情境和个人经验的不同而有所不同。因此，用这种方式建立起来的"事实"不存在"真实"与否，只有"合适"与否的问题。建构主义认为社会科学是对具有社会意义行为的系统分析；意义并不是客观地存在于研究对象那里,而是存在于研究者和研究对象的关系之中。因此,研究者要通过反思、"客观地"审视和领会互为主体的"主观"。因而主张在自然环境下对人进行直接的和细致的观察(陈向明,2002)。

研究者与研究对象之间是互为主体(inter-subjectivity)的关系,研究结果是由不同主体通过互动而达成的共识。此外,建构主义对研究质量的评判标准是研究解释对被研究者来说是否是有意义的,并且使他们可以深刻理解或进入到这些被研究者的"真实"世界中。

在相同的本体论和认识论主张下,由于关注重点和理论传统的不同,建构主义取向下有不同的理论流派,社会建构主义即为其中重要的代表之一。社会建构主义关注在日常的社会生活中,人们如何在人际互动中通过语言的使用共同塑造出某种意义的载体,这个载体并非客观存在,而是人们在社会生活中建构出来的,是一种"社会建构"(Gergen,1994,1999)。因为它形成和存在于人与人之间的交往过程中,并不断变化(Gergen,1994),所以在认识论上社会建构并不是被发现,而是被创造。具体到社会科学研究过程中,研究者与被研究者之间并非传统的实证主义范式下的发现和被发现的关系,而是相互作用、互为主体的关系。研究者的目的在于理解被研究者与生活中的他人或他物的互动过程,这个过程也包括与研究者的互动。

本研究选择社会建构主义的范式与研究目的与研究问题有关。从研究目的上看,本研究致力于理解 AN 患者决定是否要求助或继续接受治疗的决策过程,以资临床工作和社会政策制定参考。当具化为研究问题时,它主要包括两个部分:其一是意义的建构,即 AN 患者自身如何看待自己的疾病行为,如何看待治疗以及治疗对于自己的意义;其二是对过程的理解,即了解有哪些因素会激发或阻碍 AN 患者接受治疗、改变现有行为模式,这些因素如何被个体内化然后发挥作用的,因素之间相互影响的过程如何。在实证主义的范式下,研究对象的个性是被抽离的,研究者抽取的是整个研究样本的共性。它的贡献与目的在于对未来的预测和操控。但是要想理解个体的意义建构和行为决策过程,就不能把研究对象从他的个体特质和特定的生活情境中抽离出来,换言之,研究目标决定了我们不得不关注研究对象的特定心理过程。因此,在传统的实证主义研究范式下,本研究的研究问题难以得到圆满的回答。而社会建构主义研究范式认同"多元的真实"的本体论和基于"理解和解释人们如何创造和维持他们的社会生活"的认识论与本研究的宗旨和内容是相互契合的。

选择社会建构主义的研究范式也与研究者本人的理论立场有关。研究的概念架构部分已经系统阐述了研究者对于 AN 患者的心理治疗动机水平的相关问题的理论层面上的理解与基本立场。首先,研究者关注患者的内在心理过程对其动机水平的影响,如他对疾病危害的意识水平,外界对其行为模式的反馈模式等等如何导致他的动机水平的变化。如果研究者的关注仅限于此,那么以强调认知建构过程为特点的一般意义上的建构主义的范式即是恰当的选择;但是正如研究者在概念架构部分所表述的,研究者所关注的还包括社会文化和人际、环境等因素对患者动机水平的影响。除了对疾病本身的认知外,AN 患者作为精神疾病患者在社会文化中是否感受到某种压力? 这种压力又是否会成为患者求助的阻力? 而对另一些患者来说,是否存在一些客观环境上的阻力让他们无心或无力求助,比如找不到恰当的专业服务,或者无法支付治疗费用? 这些因素是否会降低他们的治疗动机水平? 社会服务是向所有公民开放的,但在现实生活中,可能因为各种各样的原因,不同的人群在享受服务的可能性上存在事实性的差异。在研究者的理论立场上,这些方面都是需要去探讨的问题。对于这一类的问题,则需要研究者对于不同社会阶层尤其是社会弱势群体的权利与生存状况有特别的关注和敏感。与其他的研究范式相比,特别关注不平等的权利机制是如何在社会生活中被建构起来的社会建构主义范式与研究者在这方面的理论思考与立场更为契合。

二、研究地点的选择

本研究选择深圳为资料收集地点。原因有两方面：

其一，研究者在深圳南山医院有长期的临床实践，因此选取深圳的数据便于研究数据的收集和有利于资料的理解消化。深圳南山区人民医院（简称南山医院）是一所三级甲等（中国内地医院规模的最高等级）的综合医院。其中的临床心理科长期为所有深圳市民提供精神卫生的门诊服务，并于2003年和香港中文大学社会工作学系合作开设了华南地区第一个青少年家庭治疗中心，在香港中文大学社会工作学系马丽庄教授和南山医院临床心理科主任陈向一教授的共同主持下同时开展有关神经性厌食症的临床和研究工作。

该中心的临床工作模式采取资源取向（strength-oriented approach）的家庭治疗，即反对以病理眼光看待和责备家庭，主张视其为对抗疾病的资源和合作伙伴。治疗师的工作目标在于通过与家庭的合作，提升AN患者对于自身健康的自主性与责任感，从而促进其康复。参照Micucci（1998）的相关模型，治疗过程基本分为六个步骤（Ma，2005）：

（1）与家庭在治疗目标达成协议，将家庭的注意焦点从对症状的关注转移到对症状维持和加剧的过程的关注；

（2）鼓励父母携手帮助女儿克服疾病，而不是控制她；

（3）解决家庭内尚存的冲突，增进家庭关系；

（4）打破维持症状的恶性循环以预防复发；

（5）支持患者的个人发展；

（6）维持与巩固良性的转变。

在工作团队的构成上，该中心众多专业人员的团队合作，参与人员包括马丽庄教授指导下的多名接受家庭治疗专业训练的博士生和南山医院心理科相关医护人员和其他相关科室的临床医生。

AN患者来到南山医院该中心求助后，治疗团队会依照以下工作流程进行处理：

（1）患者填写基本数据卡片，包括记录初始的身体指征 BMI；

（2）中心的研究助理（通常由马教授指导的香港中文大学社会工作学系的博士生担任）约见患者及其家庭，做治疗前访谈（pre-treatment interview），主要目的在于：了解患者的基本病情以及治疗动机水平和对治疗的期望；向患者及其家庭介绍家庭治疗的工作方式和基本要求；基于自愿原则签署知情同意书以及治疗录像的许可书，患者可自行决定是否同意对治疗过程进行录音录像，用于治疗、研究和教学过程；约定第一次正式治疗的时间；填写相关问卷，以资追踪患者其后的发展状况。

（3）治疗师（通常为马丽庄教授亲自担任）及其助理治疗师（通常为其博士生或相关临床医生）与患者及其家庭见面，正式开始家庭治疗。过程中如果患者因症状过于严重而有生命危险，则及时邀请相关临床医生介入。

（4）研究助理负责记录每次患者来访时的体重，跟踪其心理与生理状态的发展变化。

（5）治疗正式结束后患者及其家庭再次填写相关问卷，与治疗开始前的相关数据进行比较分析。

（6）研究助理分别于治疗结束后三个月和半年后再次请患者及其家庭填写相关问卷，了解患者的预后情况。

通过以上规范的程序，整个工作团队所积累的临床数据和与 AN 患者家庭建立的良好治疗关系为本研究的顺利开展提供了基础条件。

研究者选择在深圳开展本研究的第二个原因是，深圳是具有当代中国典型特点的代表性城市。前面我们一直在强调要重视中国本土的社会文化环境下的相关研究。鉴于现有条件所限，本研究在研究地点上暂时无法覆盖整个中国大陆，但是深圳作为一个城市的形成和发展过程，实际上浓缩了当代中国自改革开放政策实施后的近三十年的发展历程。在 80 年代改革开放政策实施以前，深圳只是华南的一个以渔业为主的边境小镇,常住人口为三十万左右(汪开国等,2005)。随着经济制度改革将它变为中国第一个经济特区,它迅速成为一个现代化的都市,来自全国各地的精英和农民工纷纷来此奋斗,使它成为一个典型的经济活跃的移民城市。到 2005 年止,它的固定人口已达到近六百万,人均 GDP 指数达＄7,483,基本达到中等发达国家的水平(中国统计年鉴,2006)。但是,如金耀基所说,社会的变革分为物质、制度和观念三个层面,和大多数内陆城市相比,深圳在物质层面的变革显然是日新月异,发达国家享有的高科技产品或高档生活用品几乎可以在深圳同步享用到;但是在制度层面尤其是社会福利和保障制度以及精神卫生服务政策上,深圳与其他中国城市并无质的区别;在观念层面上,由于城市居民的主体是来自全国各地的移民,因此与内地城市居民的思想观念上的一致性仍相当高。但因为它的移民城市的特性,我们可以在深圳看到来自内地不同地域的社会文化观念。因此,我们可以透过深圳这个城市,看到当代中国通过经济制度的变革,从一个封闭的农业社会迅速转变为一个经济高速增长、制度和观念的转变却相对滞后的现代社会。

第二节　研究方案与实施

在社会建构主义的范式下,研究是一个交往双方不断辩证对话而共同建构研究结果的过程,不是为了控制或预测客观事实,而是为了理解和解释人们如何创造和维持他们的社会生活,因此在研究方法上多采用研究双方直接互动的手法,在研究对象的选取上不追求数量规模和代表性,而着重双方互动的深入,通常统称为质性研究方法(Guba &Lincoln, 1994)。本研究基于研究问题的特点和现实的可行性,选择 10 个 AN 患者作为研究对象,以临床治疗录像分析为资料收集的基本手段,并根据需要有选择性地对他们做质性的深入访谈,探讨他们的治疗动机的影响因素及其过程。

一、研究对象的选取

本研究采取目标取样,选取了 10 个满足以下条件曾就诊于深圳南山医院的 AN 患者:目前符合 DSM－Ⅳ 中进食障碍－神经性厌食症疾病诊断的个体;或者曾经被诊断为 AN 但目前已康复的个体。研究者在征求治疗机构、治疗师以及 AN 患者本人(如果是未成年人,则包括其监护人)的同意前提下,邀请患者参与本研究。需加说明的是,尽管本研究的研究对象是 AN 患者,但是由于采用社会建构主义范式下的质性研究方法,主张尽量在自然环境下对人进行直接的细致的观察(陈向明,2002),同时鉴于 AN 患者多为青春期的未成年人,与父母共同生活的家庭仍然是其重要的生活场所,同时也体现其最基本的人际关系,因此本研究在需要的情况下将患者家庭和其他相关人员也纳入研究范围内。

研究参与者的个人基本数据及其家庭的社会人口学资料分别如表1 与表 2 所列。出于私隐保护和遵守研究双方的保密协议的目的,本文中采用英文代名对 10 位患者的姓名进行标识,以更大程度隐蔽他们的真实个人资料。

表 1 参与研究患者的个人基本资料

被研究者代码	发病年龄	转诊年龄	身高(m)	转诊体重(kg)	目前体重(kg)	转诊时BMI	目前BMI	诊断
Fanny	17	17	1.53	30.00	31.00	12.82	13.42	AN
Scarlet	16	19	1.68	48.20	46.40	19.80	19.06	AN/BN
Winnie	14	15	1.58	30.00	39.00	12.02	15.62	AN
Summer	13	13	1.55	29.40	40.00	12.24	16.65	AN
Karen	16	16	1.6	30.60	42.00	11.95	16.41	AN

被研究者代码	发病年龄	转诊年龄	身高(m)	转诊体重(kg)	目前体重(kg)	转诊时BMI	目前BMI	诊　断
Cindy	20	22	1.61	53.60	52.20	20.68	20.14	BN/AN
Lucy	20	25	1.67	49.00	60.00	17.57	21.51	AN
Yanni	21	25	1.67	35.40	45.40	12.69	16.28	AN
Yuki	13	15	1.56	30.80	30.60	12.66	12.57	AN
Orange	20	22	1.63	45.00	51.00	16.94	19.20	BN/AN

＊注：AN＝厌食症　BN＝贪食症

从表1中我们可以看到，参与本研究的10位AN患者均为女性，发病年龄介于13到25岁之间，这基本上与文献回顾部分所提及的AN多发于青春期女性的疾病分布特点相互吻合。除了3位为发病当年即就诊于南山医院家庭治疗中心外，其余7位的就诊时间均滞后发病时间1～4年不等。

所有10位患者均经该中心的资深精神科医生诊断为厌食症（AN），其中3位（Scarlet，Cindy，Orange）混合有暴食症（BN）的症状，两种症状在病程中交替出现，而在最初进入研究者视野的时候，她们的疾病主诉均以AN症状为主。

从转诊时的BMI指数上看，只有2位的指数高于18，属于正常范围，这可能与她们均混合有暴食症（BN）的症状有关；而其他8位均属为体重偏轻，其中6位的指数低于15，属于体重严重过轻的状况。截止到本研究结束，多数患者的BMI有不同程度的提高，低于15的患者减少为2位，而高于18的患者增加到4位。

从表2中我们可以了解10位患者的父母职业与家庭收入状况。研究者在此采用的职业划分引用汪开国等（2005年）的深圳九大职业阶层分类①。从父亲职业看,有 4 位是社会管理者,3 位专业技术人员,这分别是"在趋于等级分化的社会阶层结构中居于最高的地位等级"和"受教育程度最高的群体"(汪开国等,2005,pp.76－79),私营业主、经理和个体户各 1 人;10 位母亲中则有 5 位专业技术人员和 2 位社会管理者,普通办事人员和个体户各 1 人,还有 1 位未知。从父母职业所显现的社会地位的分布来看,参与本研究的 AN 患者多数来源于中上阶层的家庭。

家庭收入方面,有半数(5 个)家庭月收入在 10,000 元以上,有 1家(Yanni)低于 5,000 元,这可能与其父母的工作单位均在经济相对不发达的内地(非深圳地区)有关。但需说明的是,该项数据由这些家庭自愿提供,由于中国大陆目前个人收入体系存在相当大的灵活性,如公务员的收入中除了固定的工资收入,还包括大量的隐性收入或灰色收入,如可获得政府福利住房,可无偿使用公车等,都成为其他群体享受不到的隐性的社会福利(汪开国等,2005)。因此,公开的收入数目未必能代表其真正的家庭经济收入水平。再加之中国社会普遍存在不愿透露真实收入的现象,因此本研究中的相关数据只是为研究者提供参考。

表 2　参与研究家庭的社会人口学资料

被研究者代码	家庭成员	宗教信仰	父亲职业	父亲年龄	母亲职业	母亲年龄	家庭月收入(元)
Fanny	5 人	无	私营业主	46	离异不详	43	不详

①　该分类见于其编着的《深圳九大阶层调查》一书。书中将目前的深圳居民按职业分层划分为九大类型,分别为工人(在工业组织中从事体力劳动的人员)、国家及社会管理者(包括处长级以上政府官员及大中型国有企业的领导干部)、经理(大中型企业的非业主身份的高中层管理人员)、私营业主(雇佣超过 8 人的私营企业业主)、专业技术人员(专门从事特定专门技术的人员)、办事人员(普通公务员和企业中的基层管理人员)、个体户(雇佣少于 8 人的小业主和个体工商户)、商业服务业劳动者(在商业、服务业从事基层服务的人员)、待业失业人员。(pp.50－88)

被研究者代码	家庭成员	宗教信仰	父亲职业	父亲年龄	母亲职业	母亲年龄	家庭月收入（元）
Scarlet	3人	无	社会管理者	54	专业技术人员	55	2—30000
Winnie	3人	佛教	专业技术人员	42	专业技术人员	42	10000
Summer	13人	无	个体户	38	个体户	35	15000
Karen	3人	无	专业技术人员	49	社会管理者	45	10000
Cindy	4人	无	社会管理者	49	社会管理者	45	不详
Lucy	3人	无	社会管理者	58	专业技术人员	55	4—5000
Yanni	3人	无	专业技术人员	53	办事人员	54	3000
Orange	3人	无	社会管理者	50	专业技术人员	49	20000
Yuki	3人	无	经理	46	专业技术人员	46	8000

　　回顾 10 位患者接受治疗的状况，有 6 位目前处于脱落状况，2 位（Cindy,Yuki）目前仍在继续治疗中，2 位（Lucy,Orange）基本康复而结束治疗。对于处于脱落状态的患者，研究者亦尽力通过各种渠道以研究者身份了解到她们目前的疾病状况，多数目前仍处于康复中。10 位患者接受治疗的节数与治疗维持状况大致如下：

代码	首次就诊时间	接受治疗节数	目前治疗状况	目前疾病状况
Fanny	2004—09—08	1（此后拒绝治疗，父亲与治疗师有持续沟通）	脱落	康复中
Scarlet	2005—01—23	5（后因赴外留学中断治疗）	脱落	病况反复
Winnie	2004—11—17	9	脱落	康复中

代码	首次就诊时间	接受治疗节数	目前治疗状况	目前疾病状况
Summer	2003－06－04	1（此后拒绝治疗，母亲与治疗师有持续沟通）	脱落	康复中
Karen	2005－04－30	17	脱落	不详
Cindy	2005－09－13	10（5－6 节之间曾脱落 1 年半）	治疗中	康复中
Lucy	2005－09－07	11	因回老家而结束	康复
Yanni	2005－10－27	7	脱落	康复中
Yuki	2006－06－07	29	治疗中	康复中
Orange	2006－04－13	2	治疗结束	康复

二、研究资料的收集

本研究的数据收集主要通过两种方式完成：治疗录像（记录）的回顾分析与质性的深入访谈。在对所有 10 位患者的治疗录像或相关记录进行回顾分析后，研究者通过不同方式如个别访谈、家庭访谈以及家访，对其中可以持续联络到的 6 位患者（Fanny，Summer，Cindy，Yanni，Yuki，Orange）分别做了 1～3 次的追踪性访谈。尽管研究者经过多次努力，其他 4 位患者在本研究截止到前，始终无法或者不愿接受研究者的访问。10 位患者接受访问的次数如下：

	Fanny	Scarlet	Winnie	Summer	Karen	Cindy	Lucy	Yanni	Yuki	Orange	总计
次数	1	失联络	失联络	2（电话）	拒绝	3	失联络	1	2	2	11

三、资料分析流程

数据分析以质性的内容分析方法为主。

基本流程大致如下：

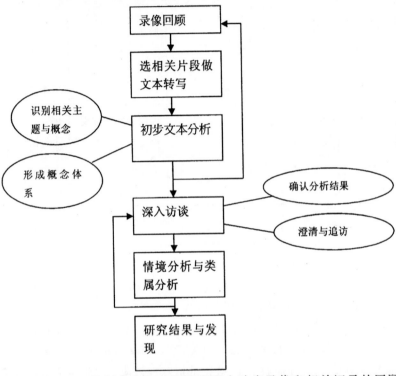

如图所示，数据收集与分析的流程由治疗录像和相关记录的回顾开始。研究者做相关部分的文字转录后做初步的文本分析，识别出与心理治疗动机相关的主题与概念，并试图将主题与概念体系化。过程中研究者随时根据需要重新回到原始治疗录像的回顾环节，重复以上环节。初步分析完成后，研究者根据分析结果重点选择3~4人做深入访谈，其目的一方面为了确认初步文本分析结果，另一方面就初步分析中的疑问与模糊之处对被研究者进行澄清与追访。然后研究者对深入

访谈的内容进行情境分析和类属分析。在分析过程中,研究者根据需要对访谈对象再次或多次进行追访,直至呈现最后的研究结果与发现。因此,总的说来,本研究的资料收集与分析过程是一个从被研究者的相关资料出发寻找发现,又不断回到原始资料对发现进行补充和修正,最终产生研究者与被研究者双方共同建构的研究发现的过程。初步与深入分析的具体做法详见下文。

四、资料的初步分析步骤

1. 治疗录像(记录)的初步收集与分析:

(1)所有参与本研究的 10 位 AN 患者均在自愿前提下有治疗录像或相关数据记录保存于治疗机构(南山医院心理科)。在医患双方同意的前提下研究者将所有治疗录像/记录调出,作为基本的研究资料;

(2)然后研究者邀请 1 位深圳南山医院青少年家庭治疗中心的工作团队中的同事一起将所有记录做全盘的浏览,将与研究问题有相关的片段选择出来,做文本转写(transcription),便于日后分析;该同事为有多年临床经验的精神科医师和心理治疗师,并接受过系统的家庭治疗专业培训。在分析的过程中,遇有疑难时则邀请指导老师马丽庄教授参与讨论与分析。马教授是美国婚姻与家庭治疗专业联合会认证的家庭治疗师和培训督导师,具备超过 6 年的 AN 临床治疗与研究的经验。

(3)与研究同伴共同对转换后的文本加以编码(Coding)分析,形成初步的概念体系。根据不同的研究问题,编码过程分为两大部分:

A. 针对"AN 患者的心理治疗动机水平"进行编码,以便评估她们在治疗初始阶段的动机水平如何,后来有无变化以及有何变化(即本研究的第一个研究问题)。

B. 针对"对 AN 患者的心理治疗动机水平产生影响的因素"进行编码,以便回答是什么对患者的治疗动机水平的变化产生影响的问题(即本研究的第二个研究问题)。在此基础上,经过更为深入的个案分析,寻找这些因素在特定个案身上特定的关联模式,即可以回答本研究的第三个研究问题,因而在此暂不需要特别针对第三个问题进行重复编码。

五、AN 患者的心理治疗动机编码体系的形成方法

在这部分,研究者关注的是如何从文本资料中得到以下信息:

治疗开始之初和开始之后,患者想要改变现有进食行为的动机水平如何,有没有变化;她接受心理治疗的动机水平又如何。在这个问题上,研究者将借用跨理论模型的五个阶段的理论性概念来描述患者的动机水平,但并不采用它的操作概念。在前面我们曾提及,跨理论模型后来曾发展出多种对患者的行为改变的动机水平的评估工具,采用客观的心理测量手法将患者确定在五个阶段中的某一个阶段。这种界定与评估手段在临床工作中有其优势,但也因其阶段划分的随意性和评估过程中对患者主观体验的忽略而备受批评(Davidson,1998;Bandura,1998)。本研究中,出于研究目的和研究范式特点的考虑,研究者不采用以上的操作手法,而是根据跨理论模型的五个阶段的理论上的概念,通过对治疗记录中 AN 患者自己的主观体验的主题分析,确认患者的治疗动机水平处于哪个阶段。比如 AN 患者认为自己现在的进食模式有问题吗?她来见治疗师是自愿的吗?她觉得自己需要改变吗?她为改变现有的进食模式做过行为上的努力吗?研究者通过对这类问题的探询,初步确定 10 位研究对象在治疗初始阶段的动机水平处于何种阶段,在随后的过程中又是否有过变化。

为从文本中提取相关信息以实现这个目标,研究者根据以下程序对文本进行编码以供评估:

1. 研究者以个案为单位,将 10 位患者治疗初始阶段的文本资料汇集。

通过反复阅读,将其中与动机水平有关的患者的表述抽取出来。研究者基于以下几方面依据判断哪些资料会被认为是相关资料而被

抽取：

■ 患者直接表达其治疗动机的字句：如"我其实是不愿来的"，"我不想来，我又没什么问题，为什么还要来？……""我是自己要来见心理医生/治疗师的……"等类似的表述。

■ 研究者基于自己的理论知识感觉到的能体现患者动机水平的相关表述。在研究概念架构的介绍中已经提及，本研究借用跨理论模型的五个阶段的理论性概念来描述患者的动机水平。该模型对五个阶段的基本特征做了细致的描述，包括对待疾病的认知观念和行为表现等不同方面。在对原始资料进行编码时，这些相关的知识基础帮助研究者提高从中抽取相关资料的敏感性。此外，患者的表述中如涉及其对心理治疗的看法，如"我觉得心理治疗对我没有用"，"我想你们（心理治疗师）是专业的，可以帮到我……"，研究者也会将它们视为相关资料而抽取出来。

■ 研究者与研究同伴共同认可的与动机水平有关患者的相关表述。原则上所有抽取的相关资料要由参与编码的两位研究者一致认可其与动机水平的相关性。

除了患者自己的主观表述外，研究者还将以观察者的身份，通过对治疗相关记录进行回顾，观察患者在治疗过程中的各种可能表征其动机水平的行为表现，如是否主动寻求治疗预约和准时接受治疗，是否愿意配合治疗师等等，并将相关信息提取出来，列入与动机水平有关的资料中。

2. 对抽取出来的资料进行编码和命名（labeling）

通过阅读和理解，研究者将与动机水平相关的资料分割为若干独立的意义单元，并逐一命名来加以概括，产生初级的编码。如患者表述"我今天来纯粹是因为父母强迫的，我不想来……我又没什么病，干吗要来这里……"，从这一段叙述中，研究者可区分出两个意义单元，分别命名为"拒绝接受心理治疗"和"否认疾病"。与抽取资料的过程类似，研究者对资料进行编码命名时会受到其对心理动机水平这一概念的理解所影响和启示,如这一段文字之所以会产生出以上两个命名,与研究者头脑中的理论思考密切相关,正如导言中所介绍的,研究者认为心理治疗动机的概念涵盖患者如何看到自己的疾病和如何看待心理治疗等不同意义。不过需要强调的是,既有的理论思考为研究者提取信息和编码体系的产生提供启示和增加敏感性,但并不意味着资料中产生的信息完全限制在现有的理论思考范围内,完全有可能出现的情况是:资料中出现一些信息一方面让研究者感觉到与患者的心理治疗水平有关联,同时又是既有理论无法完全覆盖的。在这种情况下,研究者需在与同伴共同讨论的基础上,根据自己的理解对该信息进行编码。

3. 对初步产生的编码(Code1,Code2,Code3,……)加以整理和归纳,进行二次编码。在此基础上,每一位患者在治疗初始阶段都有一个不同编码形成的表征体系。经过初步编码后,每个患者的初始治疗阶段的相关资料中会产生若干个不同命名的编码 Code1,Code2,Code3,……在对这些初级编码进行归纳后,形成一个两个层级的编码体系,如将 Code1(例:觉得看心理医生是羞耻)与 Code3(例:心理治疗不适用于中国人)归纳为"对心理治疗的认知接纳度低",而 Code2(不遵守预约时间)、Code7(不完成治疗作业)和 Code8(抗拒与治疗师对话)则为"行为上不配合治疗"。这部分工作完成后,研究者可以依据这个编码体系将 10 位患者表征其动机水平的相关信息转换成一个相对结构化的可供评估的系统,如 Yuki 在对疾病的认识上是怎样的,对治疗和治疗师的认知是如何的,在行为表现上对待疾病与治疗的态度如何……而其他每位患者都会产生一个类似的评估系统。(编码形成过程可参见附录 2)

4. 依据跨理论模型对于行为改变动机水平的五阶段的划分与特点描述,在上述资料分析与编码的基础上,初步确定 10 位患者在治疗初始阶段的心理治疗动机水平。

按照相同的原则和类似的程序,研究者通过对治疗初始阶段以后的所有资料进行编码和分析,对 10 位患者不同转折变化点上的动机水平进行评估,并通过曲线描绘呈现各自不同的动机水平变化趋势。

六、动机水平影响因素编码体系的形成方法

这部分研究者关注的是有哪些因素与 AN 患者的治疗动机水平(的变化)有关。研究者借助研究的理论框架(跨理论模型,关于 AN 的各种经典理论)的洞察力,从治疗录像数据中识别是否存在和存在哪些与 AN 患者的治疗动机水平有关的各种因素:她如何看待自己的疾病?疾病对她有积极意义吗?她怎么看心理治疗?她觉得自己有必要接受治疗吗?哪些因素推动她见治疗师?她见治疗师有顾虑吗?什么顾虑/她对自我价值的评估如何?与目前的疾病有关吗?与同辈群体的价值观念和社会观念有关吗?在不同的治疗录像中我们通过编码过程会识别出不同的主题与概念。在初步的识别结束后,研究者将这些主题和概念加以大致的分类,形成粗略的概念的类别体系。这个体系源于被研究者本身的语言和理解。这是研究者试图去探究被研究者的意义世界的起点。

研究者依照类似于对动机水平的相关资料进行编码的程序,对 10 位患者有关动机水平影响因素的相关资料进行编码,基本程序如下:

1. 反复阅读文字转录后的文本,将可能对患者的治疗动机水平产生影响的相关片段挑选出来。

研究者经与同伴共同讨论完成此项工作,或者研究者将挑选出来的片段与同伴讨论,确认是否有遗漏或挑选不当。与以上动机水平的编码过程类似,研究者头脑中既有的理论概念架构会对信息的选择与判断过程产生影响,但同时研究者的自我提醒以及与研究同伴的充分讨论也协助尽量避免信息提取的过程完全受限于研究者的既有概念框架。

2. 对选取出来的片段进行命名,产生关于动机水平影响因素的初级编码(Code1,Code2,Code3,……)。

研究者将资料分割为若干独立的意义单元,并逐一加以命名。如

"我喜欢来这里,觉得跟你们(治疗师)谈话很轻松,就像朋友一样……",可将之暂时命名为"与治疗师的良好互动";而对于片段如"我不用来做治疗,我现在挺好的,瘦下来之后找我玩的朋友都多了,他们觉得我挺了不起的,这么快可以瘦下来……",可将之概括为"疾病带来同伴认同"。依此进行下去,即可形成一个由不同的命名组成的关于动机水平影响因素的初级编码系统。

3. 对初级编码进行再次归纳,形成二级编码体系。例如若初级编码中出现"疾病带来同伴认同"和"疾病增加自我控制感",研究者则可把它们归纳为"疾病的心理功能"。依此形成更为简洁的二次编码体系。基于研究者既有的概念架构的提示,二次编码里可能出现类似"疾病的心理功能"(疾病对患者具有的心理意义),"患者对疾病的认知观念"(如何看待自己的疾病),"发病后得到的外界反馈"(父母对疾病及患者的进食行为如何反应)等不同的分类,很明显这些分类来自研究者具有的概念架构提供的启示。但同时也可能产生超越这个架构的二级编码,其原理与基本原则在前面介绍动机水平编码体系产生过程的部分已经说明,在此不再重复。

4. 通过对文本的反复阅读与理解,寻找不同编码中的相互关系,尝试建立可以对患者的治疗动机水平的变化做出描述和解释的概念体系。

初步的概念体系完成之后,研究者重点选择3~4个被研究者作为重点研究对象,对其进行更为深入的资料收集与分析。

七、研究资料的深入收集与分析

首先对治疗录像和记录做深入分析。从录像资料中识别出 AN 患者与治疗动机水平有关的主题与概念之后,研究者接下来再回到录像中去,做两方面的探索:

1. 这些主题与概念是如何在 AN 患者的生活情境中得以具体体现的?比如她认为少吃是一种时尚,对自己有好处,她这种观念是从哪里

得来的，又是如何在生活中被强化的？研究者需联系患者的具体生活
情境加以描述和分析。

2.这些主题与概念之间有什么关联？关联的模式是怎么样的？比
如患者认为只有不吃或者暴吃的时候自己心里才会感到真正的痛快，
同时她也不愿与父母同时出现在治疗室里，这都可能成为阻碍她寻求
心理治疗的因素，那么这两方面因素之间有没有关联？它们是如何形
成关联的？

在此，研究者试图对所有与 AN 患者的治疗动机水平有关的影响
因素在她的特定生活情境中加以整合，以明晰和理解 AN 患者作为一
个认知、情感和行为的综合体，她的治疗动机水平如何在不同因素的共
同影响和制衡下形成动态的变化过程。

3.基于治疗录像或记录可能存在的局限性，研究者在此基础上对
重点研究对象加以深入的质性访谈。访谈的目的主要有两方面：其一，
对治疗录像/记录分析的初步发现进行确认与丰富。对治疗录像/记录
的分析由研究者完成，得出的初步结论是否为患者本身所认可，或者研
究者对被研究者的理解是否有歪曲，都需要通过与被研究者的直接对
话加以澄清；其二，如果有些研究问题在治疗录像中未能找到答案，则
可以通过与患者的深入访谈加以弥补。因为采取质性研究方法，本研
究中的访谈是非结构性的开放性对话，但这不意味着访谈的过程是天
马行空，而是研究者围绕研究问题，基于治疗录像分析的初步结果，针
对每个研究参与者的不同情况确定访问的大致方向，通过研究双方的
互动达成针对研究问题的回答。

原则上说来，所有的深入访谈以 AN 患者为对象，但在现实操作上
则可视具体情况而变通。要补充说明的是，在必要以及可行的情况下，
研究者会适时将访谈对象的范围扩大到患者以外，如家庭成员、治疗
师、学校相关人员，以资三角检验（triangulation）或丰富资料。

八、对资料分析的补充说明

在对研究数据中呈现的主题与概念做大致的识别和整理后,研究者在此基础上将数据进一步浓缩,寻找概念之间的内部关联或是意义发展的脉络,提取主题与概念体系下潜藏的意义结构。从对数据的处理方法来分,主要有两种类型的质性数据的深入分析方法:类属分析和情境分析(Maxwell,1996;陈向明,2000)。前者指的是在资料中寻找反复出现的现象以及可以解释这些现象的重要概念的过程。在这个过程中,具有相同属性的数据被归入同一类别,并以一定的概念命名。这种分析的主要功能在于两方面,一方面通过类属化可以实现研究数据间的比较,另一方面在类属化的基础上研究者可以进一步分析各个类属的相互关系。数据分析中将某些研究数据划分到一个更大的、抽象程度更高的类别中去,也是一种类属分析。情境分析是指将资料放置于研究现象所处的自然情境中,按照事情发生的时间顺序对有关事件和任务进行描述性的分析。与类属分析不同,情境分析并不关注不同类别的数据之间的比较关系,而致力于探究在某种具体情境之下,特定的描述或事件是如何构成为一个整体的,构成要素之间的关系是如何的。

这两种不同的分析方法适用于不同的研究目的。如果研究是为了比较不同人群或者同一人群在不同的阶段对某个特定现象或事件的解释,则适用于类属分析方法;如果研究侧重于了解现象和事件发展的脉络,以及人们关于这些事件的理解和赋予的意义产生的过程,则适宜用情境分析。基于本研究的研究目的和特性,在资料的深入分析阶段研究者主要采用情境分析的手法,强调以每个研究个案为单位,在观察和解释他们是否愿意接受治疗或者为什么愿意或不愿接受治疗时,强调要将这些理解与他们特定的生活背景联系起来,形成各自独特的、自成体系的意义世界。但是需要强调的是,两种方法并非相互排斥,相反是经常互为补足的,换言之,资料分析过程中,研究者会在必要的时候交替使用这两种分析方法。因为情境分析经常建立在类属分析的基础上,而研究者对数据进行归类时,也常常要联系具体的情境进行处理(Maxwell,1996)。

九、研究资料收集与分析日程

2006 年 11 月:寻找和确认研究对象;

2006 年 11~12 月:第一次资料收集:包括录像数据/记录的收集和访谈的进行;

2007 年 1~2 月:第二次资料收集:第一次资料整理和初步分析后,根据研究的需要对研究对象再次进行访问。

整个研究进程中研究者都会根据需要对被研究者适时进行追访。

十、研究者在研究过程中的角色与位置

传统的实证主义研究强调研究者在研究过程中要保持客观独立,尽量减少研究者个人因素对于研究过程的影响,以便最大限度地发现"客观的真实";而质性研究则强调研究双方的互动性(interaction),这个特性决定了研究者在研究过程的高度卷入,研究者本人也成为一种研究工具(Lincoln & Guba,2000),研究因此会带着研究者强烈的个人色彩。如前所述,在社会建构主义的范式下,研究者与被研究者是"互为主体"(inter-subjective)的关系,研究结果亦是双方共同建构的产物。从某种意义上说,研究者包括理论倾向在内的个人特质不同,极大程度塑造了研究过程和结果的不同。而了解研究者以何种姿态与立场进入研究,这些立场如何影响到研究双方的知识建构过程,是社会建构主义范式下的质性研究值得讨论的内容。

本研究中研究者亦以"建构者"的角色对整个研究的知识产生过程发挥影响,这种影响体现在:

1. 研究者的个人背景与研究兴趣影响了研究主题和重点的选择。这在导言部分已经提及。

2. 研究者个人在关于 AN 患者动机过程的理解上的理论取向影响研究者在进行研究资料的信息提取和主题分析时的倾向。前文概念架构部分详细介绍了研究者在研究开始前对于相关概念的理解和理论立场（如动机水平是一个动态变化的概念；个体内部与外部的多种因素都可能对内部动机过程造成影响等）。这些理论立场不仅影响了研究者对社会建构主义范式的选择，更重要的是，在与研究对象的互动过程中它们很大程度决定了研究者对信息的提取与选择。如因为研究者基于理论学习与临床经验认为，对于现阶段中国大陆的患者来说，心理治疗动机可能不仅仅取决于他们是否认为自己有问题，需要改变，他们对于心理治疗的接受度和可获得的程度也可能会在极大程度上影响到他们是否求助的决策过程。带着这种概念与理解，研究者就会对患者表述中与对心理治疗的看法的信息非常敏感，会迅速地把它们抽取出来进入下一步的分析程序。这个影响过程在前面介绍文本处理与编码部分也已经做了具体的讨论。

3. 研究者的理论立场结合被研究者提供的信息资料共同决定了研究性访谈的走向。前文已经介绍，在研究资料收集与分析过程中，研究者在对治疗记录做了初步分析后，会根据被研究者个体的具体情况进行追踪性的深入访谈。访谈的主要方向和目标是什么，会依据资料的初步分析结果因人而异。而研究者会在初步分析结果基础上选择对被访者提什么样的问题，同样是很大程度取决于研究者头脑中对于心理治疗动机问题的相关理解与主张。例如，研究者认同患者如何看待女性美与女性价值的问题可能会与患者对于自己疾病的认识有深刻联系。如果本研究 10 位患者中有某位在治疗资料分析中被发现有主题与此相关，那么在随后的深入访谈中研究中可能会试图对被访者提出相关的问题做系统探讨。因此本研究整个资料收集与分析过程，也可视为一个研究者带着某些既有理论概念与主张，与研究对象提供的研究资料不断碰撞的过程。这种碰撞带来的也许是对那些理论的印证、反驳或者是扩展。

需要说明的是,研究者认为,强调研究者在质性研究过程中的参与和工具性角色以及个人理论在其中的影响,并不意味着研究者可以对研究资料进行随意的选择和解释,同时也要意识到研究者个人的局限性,不能因为研究者的个人理论背景而限制了研究互动过程的广度与深度。就如同概念架构部分所说,我们要借助理论框架帮我们提取、整理和理解信息,但同时又要警惕这个框架限制住我们的视野。本研究同样面临这个问题,既多元的理论概念有助于提高研究者在信息提取过程的敏感性,但同时需要通过以下两种基本途径尽量减少既有理论可能造成的个人化的局限:

①与研究同伴的充分沟通与讨论。与工作团队中其他成员的经常沟通与讨论有利于提醒自己在信息提取与分析过程中是否受到主观因素(个人喜好与理论倾向)的局限。

②撰写与阅读研究笔记。记录基本的研究过程,通过回顾阅读检验自己是否出现受限于理论框架的现象,以便及时做出相应的调整。

第三节 研究效度(可信度)与研究伦理的考虑

一、质化研究的效度的概念

质化研究中一些激进的理论取向在讨论研究的质量时拒绝使用"效度"这个概念,因为它是典型的量化研究的话语(Denzin & Lincoln,2005),而主张采用"可信度"。但也有研究者认为,沿用这个概念未必会带来哲学理念上的冲突(Maxwell,1996;陈向明,2000)。在质化研究中采用这个概念,并不是说存在一个客观的真实,研究者要把自己从研究资料中发展起来的理论解释与之相比,看是否符合。相反,质化研究者认为所谓客观真实对一个质化研究的效度来说并非重要,重要的是研究者的描述、论断、解释,或者其他形式的分析是否准确和可信,或者说是研究者对被研究者对事件的解释与理解的描述与分析,在多大程度上与被研究者本身的解释与理解相匹配。从这个意义上说来,是否应该沿用"效度"或是采用新的"可信度"的概念的纷争并无大的意义,我们更应关注的是与量化研究相比,质化研究的"研究质量"的概念有明确的不同的、而且在质化研究领域取得基本共识的内涵。因此,出于便利的考虑,本研究暂时沿用"效度"这一名词。

要确保或增加质化研究的效度,不是通过使用某种研究方法就能实现,而是通过研究者使用某种研究方法,在研究过程中获得支持性的"证据"(evidence),排除某些对效度构成威胁的因素(valid threats)来实现(Maxwell,1996;陈向明,2000)。

质性研究尤其是访谈研究中,从研究者的方面来说,效度威胁主要来源于研究者偏差和研究者的反应效应两方面。前者指研究者个人的因素如理论假设和价值观对对话资料的选择和解释造成干扰。这些个人因素从现实看来不可能被完全消除,因此更具实际意义的是研究者需在整个研究过程中加强对自我的反思(reflexivity)。这个过程不能消除研究者的偏差,但可以让研究者和他人更好地理解研究者的个人因素是如何影响研究的进行和结论产生的,这本身就极具意义。后者指研究者的存在对研究环境和被研究的个体造成的影响。与参与式观察相比,访谈不是被访者的自然生活形态,他说话的内容和方式,常常受访谈者的因素和当时访谈的情境所影响。因此研究者的反应效应在访谈研究中是一个无法避免的问题。同研究者偏差的问题一样,研究者处理的重点不是试图完全消除它,而是要理解自己是如何影响被访者的谈话的,这种影响又如何影响从谈话中得出的理论推论的效度的。

具体到本研究中,需要特别加以考虑来自研究者方面的效度威胁是研究中可能存在的治疗师与研究者的双重身份造成的影响。由于研究者同时也从事临床工作,因此对于研究中部分患者来说,研究者同时也是她们的治疗师之一;即使没有直接担任治疗师角色,也是治疗工作团队中的一员。这除了会让研究者在访谈过程中容易因角色的混淆而产生困扰外(如容易把研究性的对话导向治疗性的方向),还容易对被访问对象的意见表达造成影响。如研究者想要了解治疗过程中有哪些因素会削弱患者继续来接受治疗的动力,这些因素可能与心理治疗的程序或物质环境的设置有关,也可能与治疗师的工作手法与专业水平有关。无论是从研究者还是临床工作者的角度来看,获得这些信息非常重要。但是从被研究对象的角度来看,因为与研究者有直接或间接的治疗关系,由于担心关系被破坏或碍于情面的,被研究者可能不会表达真实的意见,尤其是当他觉得是负面的意见的时候。对此,研究者需做全面的考虑。一方面,双重身份对于本研究而言有正面的效应。因为治疗关系的存在,过去深入沟通的经验有利于研究者对研究资料进行深度和全面的发掘和理解,也为研究双方铺垫好良好的互动基础。但是另一方面,双重关系也的确让研究访谈过程存在以上所说的隐忧。为尽量减少它对研究效度的威胁,研究者采取了以下基本对策:

(1)每次访谈开始前研究者向被研究者澄清是研究性访谈而不是治疗性访谈;

(2)研究访谈开始前研究者与被访者做充分的沟通,详细说明研究的目的在于理解被研究者的主观世界和为日后服务的改进提供参考,而不是对治疗师目前的工作做评价;

(3)研究者在整个研究过程中做系统的研究笔记,以便不断针对已完成的研究过程进行反思和分析;

(4)除此以外,针对质性研究中容易出现的其他效度威胁,研究可以采用以下方式减少威胁,提高研究效度:

(1)寻找差异性证据和反例:研究者从资料中发展出来理论解释或假设,为了说明该假设的可信,研究者需回到研究资料中,寻找是否存在不支持该解释的证据甚至是反例。如果有,则通过对这些非支持性资料进行分析,重新修正或者补足原来的理论解释。

(2)三角检验:即将结论用不同的方法、在不同的情境和时间里,对研究对象中同一个体的资料进行检验,以便通过尽可能多的方式对已有结论进行检验,获得最大限度的可信度。在访谈研究中,除了深入访谈之外,结合使用观察的方法是最为常见的做法。本研究中采用家访(home visiting)中的观察和对患者家庭在治疗室外的互动过程进行观察等方式丰富研究资料的来源。

(3)他人反馈:将研究结论与同行、朋友、家人等不同的人群讨论,寻求他们对此的反馈意见。

(4)参与者检验:将研究结论反馈给被研究者,看看他们的看法如何。如果存在不一致,研究者与被研究者进行充分的讨论,探询不一致在哪里,为什么会有不一致,然后在需要的情况下对结论进行修正。

(5)收集丰富的研究资料:研究者尽量收集详细的和完整的信息,以便对当时所发生的情况有全面和清晰的了解。在访谈研究中,在将音像资料转换为文本资料时,研究者转换所有能够进行转换的信息,而不能根据自己对其重要性的判断而忽略和删减信息。

最后需强调的是,质量化研究的效度并不能通过以上手段得到保证,这些手段只是提供了一种途径让研究者获取对研究效度起支持性作用的证据。至于是否能真正获得证据,就要看研究者所采用的手段、过程与研究目标、研究问题和研究对象之间是否可以匹配,必须结合当时的具体情境来判断。因此,没有一种研究手段必定可以保证质化研究的效度,同时,研究者也完全有可能在具体情境中根据研究需要创造个人化的处理效度威胁的新手段。

二、关于研究伦理的考虑

由于质化研究关注研究者与被研究者之间关系对研究的影响,因此伦理学问题在质化研究中便成了一个不可回避的问题(陈向明,2000)。前面已经提到,质化研究内部其实存在不同的研究范式和理论传统,但在关于研究伦理的基本原则的考虑上,他们在以下三方面还是存在共识:(Fontana & Frey,2005)

知情同意问题:被研究者是否清楚了解该研究的目的和内容,并同意作为被研究者参与其中。

隐私权问题：研究者要保护被研究者在研究外情境中不会被识别，即不能透露被研究者的个人身份。

防止伤害：研究者应保护被研究者不会因为参与研究而受到生理上的、情感上的或其他任何形式的伤害。

本研究中，由于被研究者是广义上的精神疾病患者及其家人，研究伦理问题尤其需要加以强调，因为在目前的社会文化环境中，对精神疾病及患者的社会歧视目前仍然存在而且程度相当严重。因此，为了保护研究参与者的利益免受伤害，研究者做了以下基本的工作：

1. 明确告知研究目的的前提下取得研究参与者的书面知情同意：所有参与到研究过程中的人士（包括 AN 患者本人及其家人，因研究需要而被访问到的所有相关人员），在参与之前研究者都会和他们做事先的沟通，明确介绍研究者的身份，研究的目的和基本过程和被访者需要参与的程度，务必保证每位研究者是在知情和自愿的前提下参与研究。

2. 资料保密：研究者向所有研究参与者明确保证所有有关个人资料仅限于研究所用，不得外泄；在论文行文中隐藏所有标识性信息，避免被访者被读者辨识身份；研究者如需将论文发表或用作公开用途，需事先特别征求被研究者的同意。

以上承诺均以书面形式加以确认。

3. 对研究对象的情感性和专业性支持：AN 患者及其家庭在其疾病过程中通常会经历持续的情绪或情感上的困扰。参与研究的经历是否会对他们造成心理上的伤害研究者无法预期，但是在整个研究过程中，研究者会关注研究对象的疾病状况，并在必要的情况下提供专业性或情感性的支持，研究者所在的南山医院深港家庭治疗中心的工作团队为此提供了有力的专业技术保障。

为回应研究问题，本研究的研究结果与发现的报告分为三部分，分别报告 AN 患者的心理治疗动机的特点与变化过程、心理治疗动机的影响因素和不同影响因素的相互作用模式。

第五章　研究结果与发现(一)：
AN 患者心理治疗动机的特点与变化过程

第一节　治疗初始阶段患者的心理
治疗动机特点与表现

对 10 位 AN 患者接受治疗时的自我描述进行主题分析后,研究者发现,患者在治疗开始之初的动机水平偏低,多数处于否认期和酝酿期。如做初步分类,可见 5 位处于否认期(Fanny;Scarlet;Lucy;Winnie;Summer),2 位处于酝酿期(Karen;Yuki),2 位处于准备期(Cindy;Yanni),1 位处于行动期(Orange)。

处于同一阶段的患者在动机水平上有某些本质上的类似,但在具体表现上会有个性化的差别。

一、否认期患者心理治疗动机的特点与表现

根据 Prochaska 等人的跨理论模型,否认期的核心特点是患者彻底否认疾病,认为自己没有问题,不需要接受治疗。上列 5 位处于否认期的患者的共同特征在于对疾病的坚决否定,以及由此产生的对于心理治疗的抗拒和消极态度。在具体的行为表现上基本上可以分为以下几类:

1. 认知上否认疾病,行为上远离治疗情境。患者认为自己没有问题,所以没必要坐在治疗室里,总是想离开。Fanny 与 Lucy 表现得最为典型。Fanny 从第一次访谈就开始反复强调自己没有必要来见医生。

　　我没什么问题,干吗要我来? 是他(父亲)有问题,他来就行了。

　　我各方面都挺好的,就是不明白他为什么老说我有问题。

　　我今天是被他逼来的。我不想来,他一直跟我说要我来。老是在我面前说说说,说得我都烦了,没办法就来了。就是他自己有问题……

　　　　　　　　　　　　　　(文本来源:Fanny 第一次家庭治疗记录)

　　哪怕是治疗师和父亲共同以"配合父亲的治疗"为理由邀请 Fanny 参与后续的治疗,她也不予同意。事实上,尽管后来她父亲为她向治疗师多次预约治疗时间,但 Fanny 始终未再在我们的家庭治疗室内出现过。有趣的是,她父亲带着她妹妹来参加第二次家庭治疗时,她自愿同行,但是坚持留在车里等其家人,而坚决不进治疗室。然后当治疗师走出治疗室到车上跟她谈话时,她并不抗拒。因此她拒绝的不是与治疗师的谈话,而是"走进治疗室"和"病人"的身份,因为对她来说,"只有病人才需要进治疗室,我又不是病人"。

　　同样表示是被父母逼迫走进治疗室的还有 Lucy 和 Summer。Lucy 在治疗室内一再否认母亲所说"吃饭很少,几乎不吃主食"的说法,每当父母提到"病"或相关的词汇就有强烈情绪反应,和母亲发生争吵。治疗师尝试与她对话时,反复出现的情景是她会突然跟母亲说:"妈,我们走吧"。在母亲没有立即回应她的提议时,她会生气地独自离开治疗室。但通常过一段时间后重新回来,然后再重复以上片断。而 Summer 则是在治疗室与母亲以外的人几乎不说话,并强烈反对继续来接受治疗。

　　2. 否认疾病,但为了证明父母的"错误"或"协助父母解决问题"而留在治疗室内。Scarlet 和 Winnie 基本属于这种情况。前者明确表示"我现在这样根本没有问题,我觉得还不够瘦。他们(父母)都是老观

念,觉得肥肥的才好看。所有的父母都希望把自己的孩子喂得胖胖
的。"而她之所以来见心理医生,是因为"一方面我从没看过心理医生,
所以好奇你们是如何工作的;另一方面我就是想来证明我没有问题,是
他们的观念有问题"。

(文本来源:Scarlet 治疗前访谈记录)

而 Winnie 留在治疗室的原因则是为了一起解决"他们(父母)之间
的问题"。(文本来源:Winnie 第一次家庭治疗记录)

无论具体表现有何差异,这 5 位患者的共同之处在于:否认自己的
疾病的存在和自己接受心理治疗的必要性。

二、酝酿期患者心理治疗动机的特点与表现

跨理论模型提出,酝酿期的患者开始考虑自己现在的行为模式是
否有问题,是否需要改变,但还未形成坚定的观念,在"要改变"与"不改
变"之间摇摆不定。他们不像否认期的患者那么坚信自己没有问题,但
也还未到确信自己需要改变的程度。因此相互冲突的观念和想法普遍
存在于处于这个阶段的患者身上。本研究中的 Karen 和 Yuki 在治疗
初始阶段即处于这种状态。Karen 一方面觉得自己现在是太瘦了,因
为"很多人都说自己瘦了很多",并因此被母亲禁止再练跆拳道,同时停
经现象的出现也让她有点担心,因为母亲告诉她"这样下去她就会跟正
常的女生不一样",而有时又会认为自己"没什么不好的变化",体力和
精力跟以前比没什么差别,并且"学校里多数女生都跟我胖瘦差不多",
"过去肥嘟嘟的,绝对不能回到那个样子"(文本来源:Karen 治疗前访
谈记录)。因此在对于治疗的态度上,她并不像否认期的患者那样抵
抗,但也并没有强烈的愿望,更多是听从父母的意志安排。包括对治疗
时间和密度的安排,她都没有个人的主张与意见。

Yuki 略有不同,但对心理治疗同样抱有矛盾的心态。她一方面承
认自己现在太瘦了,"容易累,有时候会头晕",表示来见心理医生是自
愿的,并且每次都准时与父母一起出席家庭治疗;但另一方面她觉得现

在这样休学在家的生活也很好,这个病的出现使得过去常常出差在外的父亲现在天天在家陪着她;她对心理治疗能有多大作用也持怀疑和观望态度,在治疗室内的访谈中,她的态度显得被动而消极,治疗室内对话进行中,她经常在看自己的书和玩手机里的游戏,鲜少参与谈话,但对治疗师与其父母之间的谈话非常警觉,偶尔在涉及她自己的谈话中插入一两句简短的意见,然后继续看书或玩游戏。如母亲在向治疗师描述说"米饭吃很少,肉根本不碰……"她会突然反驳"是根本不碰吗? 你太夸张了吧?"(文本来源:Yuki 第三次家庭治疗记录)。而初期某些治疗环节,她明显表现出置身事外的姿态。Yuki 的特别之处在于,从她对疾病本身的认知来看,她在动机阶段水平上已经接近准备期,但在对心理治疗的接受程度上看,我们更倾向于认为她处于还未下定决心要通过治疗来改变的酝酿期,在治疗师试图了解她的过程中,她也在对治疗与治疗师进行观察和判断,这在我们后来对她所做的追踪性访谈得到确认。

一方面体重迅速减轻带来的不良后果让患者有些担心,但同时疾病也给自己带来某些获益,既想避免不良后果,又不想失去已经得到的好处,这样的冲突在患者心中尚未得到解决,仍要不断地左右权衡,因此对于自己是否真的要放弃厌食症,认真投入治疗,还抱有观望和不明朗的态度,这是酝酿期 AN 患者在心理动机水平上的特点。

三、准备期患者心理治疗动机的特点与表现

准备期的特点是患者已经确定要改变现有行为模式,但还未有真正的行动或者还没有找到有效的行动方法。依据跨理论模型,从动机水平上来看,这是一个与否认期和酝酿期有实质性差异的阶段。和前面分别处于否认期和酝酿期的七位患者由父母带领而来的情况不同,处于准备期的 Cindy 和 Yanni 均为独自主动前来求医。她们通过网络等各种渠道了解过关于 AN 和 BN 的知识,明确表达自己想要改变现状的意愿,但苦于没有找到好的方法,因此前来求助。在治疗师团队看

来,她们的治疗动机水平相对较高不仅体现在对疾病的认知上,还表现在治疗情境中的积极参与。Cindy 说"只要你觉得对治疗有用,我什么事情都可以告诉你"(文本来源:Cindy 第一次个体治疗记录);并希望增加治疗的密度到每周 2 次(治疗师未予同意)。她和 Yanni 在对治疗时间的安排上则都非常主动配合,提出可以由治疗师决定,自己可以请假不上学或不上班来。这些表现说明她们不仅对改变现有的疾病状态有所准备,并且对于心理治疗具备一定的接受程度,这是患者要通过心理治疗改变疾病现状需要具备的两方面的条件。

四、行动期患者心理治疗动机的特点与表现

行动期与准备期的主要区别在于患者已经开始采取具体行为以改变原有的行为模式。在治疗初期就处于行动期的 AN 患者在临床上并不多见。本研究中也只有一位患者(Orange)属于这种情况。她有三方面特点:首先,认为自己目前的进食模式"有问题,应该要修正";其次,她为了改变积极尝试不同的解决方案。"我曾经看过很多心理治疗方面的书,也跟我母亲一起商量过很多办法,比如我也试过厌恶疗法,也请我母亲规划和监督我每餐的进食,但最后总是因为这或那的原因没成功";再者,她相信心理治疗能帮助她,"你们是专业人士,能从专业的角度给我一些点拨和意见,那些可能是我们自己想不到的。"(文本来源:Orange 第一次家庭治疗记录)

按照跨理论模型的阐述,从否认期到维持期是一个表征患者的动机水平从低到高持续变化的连续体,那么总观这本研究中 10 位患者在治疗初始阶段的治疗动机水平,则基本上聚集在低端的否认期和酝酿期。

第二节　患者动机水平的变化模式

前文提及,参与本研究的 10 位 AN 患者对于心理治疗的坚持程度

各有不同,有的很快就退出了治疗,如 Fanny 和 Summer。但研究者所在工作团队通过各种不同的方式持续了解患者的心理和生理状况,如有的患者虽然拒绝再次参与治疗,但其父母在其后相当长的时间里坚持来见治疗师;对于有的患者我们的研究助理会不时做电话随访了解她的最近状况;或者在患者及其家长同意的前提下进行家访。因此无论患者是否发生中途退出的情况,研究者对相关研究资料的收集都是长期和连续的,这使得本研究对 10 位患者的心理治疗动机的过程分析成为可能。研究者发现,以治疗初始阶段为起点,随着时间的推移,10位患者的心理治疗动机水平在从否认期到维持期的连续体上前后移动,表示其心理治疗动机水平在病程中的变化,这些变化大致有以下几种不同的模式:

一、逐渐向前动机水平逐渐升高

以 Orange 为典型代表,Winnie 和 Summer 亦属这种情况。Orange 在治疗之初的动机水平就已经比较高,处于行动期。尽管她只接受过两次家庭治疗后就重赴海外完成学业,但期间心理治疗产生的效应一直在鼓励她持续改善自己进食不规律的状况。首次治疗一年后研究者再次见到已顺利毕业回国工作的 Orange,她的 BMI 从一年前的16.9 升至目前的 19.2,自觉"人的精神好了很多":

> 我不再像过去那样在乎自己的体重,我现在觉得健康最重要,现在这样就很好;
> 我一直在利用两次治疗时体验到的东西调整自己的饮食,调整和我母亲的关系,现在我们的状况好多了,即使偶尔还会有争吵,但我会找到方法解决这些问题
>
> 　　　　　　　　　　　(文本来源:Orange 研究访谈记录)

而对于心理治疗的态度,她觉得

　　　　过去多多少少还是有些疑虑,因为心理治疗毕竟是起源于西方的东西,在中国未必成熟;但和你们交往的经验很好,我觉得确实帮到我很多。我想以后如果自己再碰到什么问题需要帮助,我会很乐意向你们求助。

　　　　　　　　　　　　　　　　（文本来源:Orange 研究访谈记录）

　　当研究者问到是否会向自己有需要的朋友推荐我们的服务,她很高兴地表示

　　　　如果朋友有这个需要,我一定会向他们推荐你们的专业服务,因为我想你们能帮到他们。

　　　　　　　　　　　　　　　　（文本来源:Orange 研究访谈记录）

　　从整体上看,从治疗初始到现在,Orange 的心理治疗动机呈从行动期到维持巩固期持续上升的趋势。

二、螺旋式前进

　　动机水平反复变化,但目前的总体趋势向前发展。Cindy、Yuki、Lucy 基本属于这种状况。纵观 Cindy 整个疾病过程,她对于疾病的认识始终是一致的,认为自己或者连续几天不吃主食,或者没有节制地暴吃,是"病态的",自己因此"精神状态和情绪都不好",希望能够改掉这些不好的习惯,形成规律的饮食模式。但在对于心理治疗的态度上,Cindy 的表现是反复变化的。前面提及,在治疗初始（2005 年 9 月 13 日）时,她的心理治疗动机比较强,处于准备期,但是到第五次治疗（2005 年 10 月 12 日）后,她突然开始失约后面的治疗。医院护士和中心的研究助理多次打电话给她,或是不接或是关机。无论背后的原因是什么,她对治疗师与治疗情境的回避说明她的治疗动机水平的明显

下降,退回到酝酿期甚至是否认期。这种情况持续到 2006 年 3 月,她突然委托学校的辅导员来跟我们联系,希望我们和她的老师共同商量有关她休学的问题。当我们试图与她直接沟通时,她仍然回避,并在这之后我们再次与她失去联络。尽管她的这次间接的出现可能说明她对治疗师意见的重视,但是她始终不愿再走进治疗室,与我们继续治疗性的谈话,说明她不再愿意以一个病人身份与我们建立起医患关系,因此我们仍然认为她的治疗动机水平停留在第六次治疗后较低的水平。2007 年 3 月 10 日,是又一个转折点。她突然主动致电南山医院心理科,希望重新接受我们的治疗。当她重新以患者身份坐在我面前时,她坦言过去一年里她对自己的疾病和治疗是彻底放弃的态度,不想与疾病抗争,也不想再治疗,因此在我们面前失踪。但即将毕业工作带来的对未来社会生活的恐惧和担忧使她再次意识到自己不能这么继续下去,希望我们能帮助她改变现状。重新建立治疗关系后,她的治疗动机逐渐回复到治疗初始阶段的水平,表现在尽管住地距离南山医院有两个小时的车程,但她每次治疗都准时赴约,而多数时候更是提前半小时以上到达;对于治疗师提出的要求和布置的功课如一些反思性的问题,她基本上都能积极配合。研究者将 Cindy 的心理治疗动机水平的变化绘图如下,即可看到由准备期退行到否认期,再回复到酝酿期,逐步走向行动期的趋势。

当我们以同样的方式将 Yuki 和 Lucy 的动机水平变化图绘出后,可以见到类似的反复变化的过程。

与 Orange 稍有不同的是,Yuki 和 Lucy 在治疗初始阶段的动机水平不是特别高,然后随着治疗进程的推进她们的动机水平经历了逐渐升高,又出现降低,而后又慢慢回复到较高水平的过程。

Yuki 在治疗开始阶段抱观望态度,手握书本低头读书,不积极参与治疗室内的谈话,但当母亲提到与食物和体重有关的话题时容易与母亲发生争执,对治疗师的提问也时有忽略和回避。通过录像回顾,我们发现有以下几个时间点上她对于心理治疗的态度有较为明显的

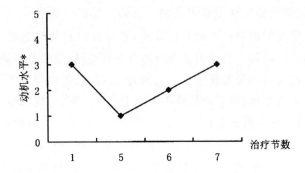

* 动机水平轴中数字 1～5 分别代表动机水平自低向高连续变化的 5 个阶段：
  1 为否认期；2 为酝酿期；3 为准备期；4 为行动期；5 为维持阶段。

Cindy 动机水平变化曲线

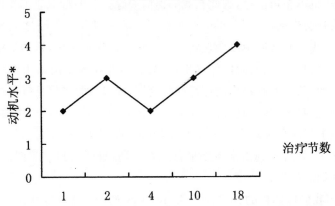

* 动机水平轴中数字 1～5 分别代表动机水平自低向高连续变化的 5 个阶段：
  1 为否认期；2 为酝酿期；3 为准备期；4 为行动期；5 为维持阶段。

Yuki 动机水平变化曲线

变化：

治疗第三节：在经过两次治疗之后，她对治疗的态度略有不同，表现为更愿意回答治疗师的问题，话语增加，但仍然否认母亲对自己"不怎么吃"的描述，并易因此情绪激动。

治疗第四节：她重又表现出对治疗师的抗拒情绪，埋头玩手机游

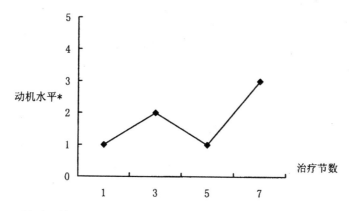

* 动机水平轴中数字1~5分别代表动机水平自低向高连续变化的5个阶段:
1 为否认期;2 为酝酿期;3 为准备期;4 为行动期;5 为维持阶段。

Lucy 动机水平变化曲线

戏,不回答问题,即使回答也非常简短,面部表情不愉快。这种情况在后续的几次治疗中持续存在,但她的情绪表现略有缓和。

治疗第十节:她参与谈话明显比过去积极,会主动问治疗师问题以发起谈话,情绪愉快的时间比例增加;与母亲冲突减少,开始可以与父母一起商谈如何调整食谱以增加体重。

治疗第十八节:情绪愉快,与父母尤其是母亲的交流模式改变,可以心平气和谈话甚至开玩笑;关注体重是否增长,一有增长就非常高兴;不再抗拒谈有关食物和体重的话题。父母表示"Yuki 现在每周就是盼着来这里,跟你们聊天她觉得很开心",她本人也默认。

与 Yuki 类似,在刚开始治疗时,Lucy 的动机水平很低,否认疾病,因此与母亲发生争吵,并经常说"我们回去吧",然后突然离开治疗室。但在其后的几次治疗中,我们还是可以看到她的一些变化:

治疗第三节:仍然提到过"我们回去吧",但说完后继续留在治疗室,而不是即刻离开。与治疗师谈话的时间增加。

治疗第五节:突然失约,不愿再跟随父母一起来接受治疗。在电话里表示"我没什么问题,干吗要去医院啊?"

治疗第七节：距第五节治疗已三个月。主动跟随母亲共同参与家庭治疗，并对治疗相关工作如填写一些调查问卷非常配合，愉快而快速完成。治疗过程中语言增加，情绪愉悦，认为现在这种进食模式"一会儿不吃，一会狂吃，确实不好，对自己不好，还害得家人老担心"，"希望好好改改自己这个毛病"。

治疗第十节：计划回老家工作，开始规律生活。认为这些节数的治疗"对自己很有用，有很多提醒，父母说的听不进去，但你们说得很有道理，启发了我"。表示"回家后会好好吃饭，调整自己的生活状态"，"如果有需要，会再回来找你们帮助"。

由此可见，尽管三者的动机水平在初始阶段各不相同，但都会出现停滞甚至是倒退，然后再重新恢复、提升的反复过程，而不是简单的后退或前进的线性过程。

三、螺旋式退后

与螺旋式前进一样，患者的动机水平发生反复变化，不同之处在于至本文撰写为止，患者的动机水平是趋向降低的。Karen、Scarlet 和 Yanni 即属这种类型。

Karen 在初见我们时对疾病与治疗的态度举棋不定，而在经历十几节的反复后，目前为脱落状态。她的动机水平变化过程大致如下：

治疗初始：自愿跟随父母前来，但未肯定自己的体重和进食行为有问题。

治疗第五节：开始接受与家人一起讨论进食方案，但在某些环节会情绪失控，与父亲发生争执；不愿在课时请假来接受治疗。

治疗第十一节：发生认知变化，认为自己确实太瘦了，很多漂亮衣服买了以后自己穿起来不好看了；但对体重的期望仍然有严格的上限，"不能超过 35 公斤"。

治疗第十三节：觉得治疗进展不大；课业压力增加，不愿请假来接受治疗，非常担心成绩因此下降。相比之下"成绩更重要"。父母有相同意见。此后未再来进行面谈。

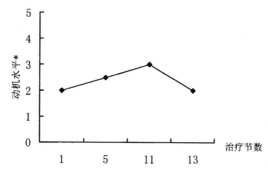

*动机水平轴中数字1～5分别代表动机水平自低向高连续变化的5个阶段：
1 为否认期；2 为酝酿期；3 为准备期；4 为行动期；5 为维持阶段。

Karen 动机水平变化曲线

Scarlet 只在南山医院接受过六次家庭治疗后即赴海外读大学，但其后我们与她一直通过电子邮件保持着间接或直接的联络。整个过程中我们也可以看到她对心理治疗的接受性是一直充满变化的。

第一节治疗时，她基本处于否认期，强调是"被父母强迫而来"，自己没有问题，不需治疗；不愿与父母尤其是母亲讨论自己的问题，认为"她根本不可能理解我的想法"；但第一节结束时预约下次治疗时间，她欣然同意再来，因为觉得"跟你们聊天挺有意思的"；

治疗第三节，她承认"曾经连续两个星期不吃主食，就吃少量西红柿和黄瓜是挺疯狂的"，但仍然享受迅速消瘦带来的成就感。

治疗第四节，认可自己的进食模式与学校生活的人际压力有关联，一方面觉得要保持现有的进食模式很辛苦，"不是饿得要死就是胀得要命"，"不需要这样当然好"，但另一方面，"如果我再恢复到以前的体型，那些同学就会重新嘲笑我甚至欺负我"。是否要改变自己的进食习惯和增加体重在她心里产生冲突。她的动机水平上升到酝酿期。

治疗第五节：治疗动机稳步上升，表现在与治疗师的互动愉快，开始接受母亲对自己的饮食和体重问题表示担心和提出建议，并主动提出"在出国前想再见你们一次聊一聊"。

2006年圣诞节回国探亲期间，Scarlet通过父母联络我们说想预约治疗时间；

一周后Scarlet突然取消预约，表示暂时不想来见我们。父母转告我们最近情绪变化大，重又出现饮食紊乱的现象，并且极度抗拒治疗和见医生。

直至今年3月Scarlet重返海外读书，她一直拒绝再见治疗师，父母转述她在海外也不愿见所在学校的心理学家。她的心理治疗动机水平重新跌回否认期。

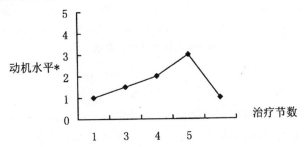

＊动机水平轴中数字1～5分别代表动机水平自低向高连续变化的5个阶段：
　　1　为否认期；2　为酝酿期；3　为准备期；4　为行动期；5　为维持阶段。

Scarlet动机水平变化曲线

Yanni在最初来求治时的动机水平比较高，大致处于准备期，表现为承认自己的疾病状态，认为已经对自己的工作表现甚至是个人感情生活造成影响，非常希望可以改变现状，并愿意配合治疗要求；非常遵守治疗时间

治疗第四节时出现严重迟到现象。她解释为单位工作太多，一时走不开。治疗师要求她做的行为记录也并没有完成。对疾病改变的迫切程度不如初始阶段。

治疗第五节她在未事先通知的情况下单方面取消预约。

治疗第六节动机水平有所回复，表示"还是要长胖一些，很多人说

我太瘦了"。治疗中积极参与讨论随后的饮食与生活安排。与治疗师互动良好,多次表示"我觉得跟你们聊就像跟家里人一样,特别放松。"

治疗第八节再次出现爽约情况。后来多次以"工作忙"或"要出差"为理由谢绝预约。

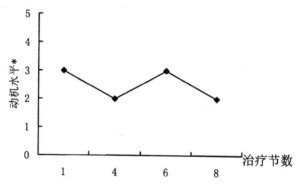

* 动机水平轴中数字1～5分别代表动机水平自低向高连续变化的5个阶段:

1　为否认期;2　为酝酿期;3　为准备期;4　为行动期;5　为维持阶段。

Yanni 动机水平变化曲线

这是我们目前暂时确定为"脱落"的三位患者。但是从以上过程的描述我们可以看出,她们对于治疗的动机水平并非一直就是低的,而是经过了反反复复的变化过程,在目前这个时间点上走到了动机水平的低谷。由此我们完全有理由推断,在未来的某一天,她们的治疗动机水平完全有可能升高,呈现与现在完全不同的状况。至于在这些起起伏伏的变化背后,有哪些因素在产生影响和推动,研究者将在下一章节进行报告。

四、基本保持不变

Fanny 是 10 位患者中唯一属于这种情况的个案。从 2004 年 9 月 8 日她首次出现于我们的治疗室(也是唯一的一次)到目前(2007 年 5 月)为止,历时 2 年多,我们通过治疗录像分析、从其父亲处间接了解情况以及家庭探访等多种方式追踪她的心理生理状况,发现其心理治疗动机水平基本上没有大的波动，始终维持对疾病的否认和对治疗的抗拒。她在首次治疗中尽管 BMI 低至 12.8，但否认自己体重过轻，进食过少，并拒绝再进治疗室，向父亲明确表示"要来你来，反正我不会再来"；之后父亲多次来见治疗师，转述父女间依然经常为进食问题发生剧烈的争吵，而每次父亲试图带她来参与治疗均告失败。2006 年 5 月我们在 Fanny 父女均同意的情况下进行家访。她的体重略有回升，承认最初见我们时的饮食习惯不是特别好，但一再强调"只是每个人多多少少难以避免的小问题，不是我爸爸说的什么病"，并坚持自己"不是病人，没有必要去医院"。她对"病人"的身份表现出高度的敏感，一再质疑我们"你们为什么会来探访我？你们是医生，我又不是病人。"

需要补充说明的是，在此研究者把 Fanny 归为动机水平基本维持不变的类型，并不等于否定这个过程中可能有过的变化。在我们未及细察的某些时间点上，Fanny 对自身状态的认知、对心理治疗的态度完全有可能产生或大或小的波动。我们在此所指"基本维持不变"，只是指目前的动机水平相对于治疗初始阶段而言暂时没有发生质的变化，并不排除过程中可能出现的细微的或者反复的波动。

第三节　研究发现小结

以上报告了本研究中 10 位患者的心理治疗动机水平的特点以及从治疗初始到本文撰写之时为止的大致变化过程。总体而言，我们有以下深刻印象：

1. AN 患者在初始阶段时动机水平通常偏低。跨理论模型的五阶段划分中，通常以准备期为界，将前两个阶段（否认期与酝酿期）视为水平较低的阶段，而后三者为较高阶段。本研究 10 位患者在治疗开始之初，只有 3 位处于准备期或之后，7 位处于前两个阶段，并且其中 5 位处于最低水平的否认期。她们的低动机水平主要体现在两个方面：否认疾病，以坚持维持现有过轻体重和过少进食量，多因此类问题与父母发生争执为主要表现;拒绝或消极就医,以临床脱落和治疗室内缺乏积极参与为主要表现。这呼应了 AN 患者"对疾病的否认和对治疗的抗拒"的典型特点。它预示了 AN 临床工作的难度,也从某种程度证明了对 AN 患者的心理治疗动机问题进行系统研究的必要性。

　　2. 如果将患者的动机水平视为一个从否认期到维持巩固期的连续体,那么本研究中多数 AN 患者在这个连续体上的变化曲线是螺旋式的,即不是顺序向前或后退,而是会有起伏波动。这与跨理论模型的大量研究结果基本一致。研究者认为,这种起伏一方面反映了 AN 患者内心的冲突和矛盾,另一方面也是患者个体与其所处环境之间的动态互动的体现。这个环境可能包括家庭系统、同辈群体、医患关系,甚至是社会文化观念等不同因素。至于具体有哪些因素,如何与 AN 患者形成互动,对其动机水平产生影响,研究者将在下一章节加以报告。

第六章 研究结果与发现(二):
AN 患者心理治疗动机的影响因素

上一章我们描述了 AN 患者心理治疗动机的特点和变化过程,本章我们揭示的是推动这个变化过程产生的各种因素。为表述方便,我们分两部分进行报告:阻碍动机水平提高的因素和促进动机水平提高的因素。

第一节 促进动机水平提升的影响因素

如果 AN 患者的动机水平在某个时间点或时间段内提高,那么这个升高的过程中发生了什么? 有哪些因素促进了这种提高? 跨理论模型为我们阐述了个体的动机水平时可能发生的过程是如何的,在此研究者便借用跨理论模型的框架,选取本研究中 10 位患者动机水平升高的片段,对这些片段及其前后的相关资料进行回顾分析,并结合深入访谈,发现以下主题与概念与 AN 患者治疗动机水平的提高有关:

①认知因素:意识水平的提高;个体选择性的增加;

②行为因素:行为强化模式;

③人际因素:家庭系统互动;患者及其家庭与治疗师之间的互动;

④生活梦想:生活理想的鼓励作用。

以下部分将对这些因素分别加以详述。

一、意识水平的提高

跨理论模型中,意识水平的提高是促使个体动机水平增加的重要认知因素。在本研究中,我们发现在 AN 患者动机水平增加过程中,有

如下与意识水平相关的主题出现:

1. 对疾病后果严重性的认识

AN 是一种可能产生严重生理和心理伤害的疾病。因为否认疾病是多数 AN 患者的特点,因此她们通常也是否认疾病已经或是将会对自己造成严重损害。我们研究发现,10 位 AN 患者在治疗动机水平提升时,经常伴随出现的是开始意识到或者害怕疾病的危害。如前图所示,在整个研究过程中,Scarlet 在治疗初始阶段的动机水平低至否认期,但第五节治疗中达到最高点(准备期)。为什么会发生这种实质性的变化? Scarlet 的母亲告诉我们,

> 因为上周她在学校突然晕倒了,感觉像发心脏病一样,她害怕死了。以前从来没出现过这种情况。她被吓到了,所以觉得是应该对这个病开始重视了。
>
> (文本来源:Scarlet 第五节家庭治疗记录)

Scarlet 本人对母亲的说法表示同意。而她之所以会将突发的生活事件(晕倒)与 AN 疾病之间联系起来,是因为在前几节的治疗中,治疗师多次向 Scarlet 强调如果不及时治疗 AN 会造成的多种严重后果。她母亲说:

> 你们原来一直跟她说如果再这么下去的话很危险,会掉头发啦,会体力差啦,会停经啦,甚至会因为过度营养不良而导致心力衰竭,心脏出问题。她老觉得你们是在吓唬她,没怎么当回事。这次一晕,她知道不是骗她啦,是真的会出问题的。
>
> (文本来源:Scarlet 第五节家庭治疗记录)

Scarlet 自己补充说:

　　其实我过去自己也上网查过,写的是都挺吓人的,但我总觉得那是故意把严重性夸大了,也觉得自己根本没到那程度

　　我妈也老跟我叨叨(不停地说)我太瘦了,但我一直认为那是他们的审美观跟我们太不一样了,父母总是觉得自己的孩子不够胖,他们觉得圆乎乎的才觉得好,可能这样他们才有成就感。但年轻人不这样看。年轻人都觉得瘦才好看。所以我不会相信我爸妈的判断。不过这次(晕倒)是让我有点受刺激,我一直觉得自己的身体没出什么大的状况,没想到居然晕倒了,当时我真觉得自己快死了……看来你们说的也不全是夸张的……是有点害怕,我还这么年青,还不想死……

(文本来源:Scarlet 第五节家庭治疗记录)

　　类似的情况出现在 Karen 身上。治疗初始阶段她处于酝酿期,不抗拒见治疗师,但经常因为进食量的问题在治疗室内与母亲发生剧烈的争执,也不认同增加食量和体重是当务之急。情况在第五节治疗中有了变化。动因是来之前的一周里,他们在报纸上看到一则报道,内容是内地某省一位 15 岁的女孩因患神经性厌食症而死亡。在进行比较后,Karen 发现这个女孩与自己的情况非常类似,开始对自己的身体状况有所担忧。父母也因此非常忧虑。母亲说:

　　原来天天在家里要为了要她多吃一口饭,多喝一口水吵得一塌糊涂。看了这则新闻后,她知道害怕了,不跟我那么凶了。她都不知道我们一直有多担心她……

(文本来源:Karen 第五节家庭治疗记录)

治疗师询问 Karen 的想法,她也表示:

　　我知道他们很担心我,我会改的……我不想像那个人一

样……

（文本来源：Karen 第五节家庭治疗记录）

父亲则一再要求治疗师向 Karen 反复强调 AN 的严重后果：

> 我们一再跟她说这样下去不行，但她就是不听。我发现你们说的她还是比较能听得进去，像练跆拳道，我们早就不让她去，她非要去；但你们跟她说现在这样不能去，容易骨折，她就没那么倔，现在不怎么去了。所以还是要你们多说。

（文本来源：Karen 第五节家庭治疗记录）

从这些表达中，我们可以看出，治疗师及其父母一直在通过"教育"(education)的方式对 Scarlet 做动机提升(motivate)的工作，不过最初并未见明显效果。但这并不意味着这些教育是没有意义的，一旦有生活事件(关于自己的事)引起患者不良的切身体验，如晕倒或其他严重的生理不适，或者来自外部环境的特定事件(关于别人的事)进入患者的意识范畴，它就会激活并重新考虑她过去所接收的但当时未必接受的"教育"。因此可以说，对 AN 患者强调疾病可能导致的严重后果，即便不能直接增加患者接受治疗的愿望，也是为其动机水平的提升做了一种认知上的铺垫。

二、体象认知水平的提升

另一种与动机水平升高相关的意识主题是体象认知。如果患者在骨瘦如柴的情况下仍坚持认为自己太胖，那么她继续节食或拒食的行为难以改变。当她对自己的体型认知逐渐正常化，开始觉得自己的确是太瘦时，相伴出现的可能是她逐渐升高的改变现有行为的意愿。Karen 在第五节治疗中对治疗师说：

> 我想长胖一点点……我很不开心……看到很多漂亮衣服想买,但是一试发现自己穿起来都不好看,至于为什么觉得不好看,是因为我太瘦了,衣服撑不起来,没有样子……
>
> (文本来源:Karen 第五节家庭治疗记录)

母亲则说:

> 她原来很喜欢穿吊带背心,我都给她买。但现在我老是跟她说不要穿背心,她太瘦了,穿起来很难看。我老说,她总是不听。现在自己也觉得难看了……所以要她多吃一点也不像过去那么恶了……
>
> (文本来源:Karen 第五节家庭治疗记录)

对漂亮衣服的追求成为 Karen 增重的动力,而体象认知水平的提升是必要的前提条件。至于它的提升是如何实现的,母亲认为跟他们最近看到的有关女孩因厌食症死亡的新闻有关:

> 这件事对她是一个刺激……可能让她开始认真考虑我们一直跟她说的话,说这样下去很危险……她开始把这些话当回事了……
>
> (文本来源:Karen 第五节家庭治疗记录)

另外母亲认为和治疗师的工作有关:

> 她知道你们是很有经验的专家,见过很多这样的情况,所以你们说她太瘦了,很危险,她心理多多少少都有些发毛……你们一问她是不是掉头发多了,是不是手毛长长长多了,她一听还真是这么回事,觉得你们真的是专家……

（文本来源：Karen 第五节家庭治疗记录）

当治疗师向 Karen 确认母亲以上说法时，她表示默认。

二、个体选择性的增加

当个体在认知或行为选择上多了更多的可能性，他就有可能放弃对当前行为模式或认知的坚持，这是跨理论模型基于不同的心理治疗理论提出的个体发生改变的重要机制之一。

在本研究中，这种选择性的增加可能表现为患者生活内容的多元化。

Yuki 是本研究 10 位患者中治疗动机水平稳步增长的一位。无论是面对父母尤其是母亲，还是面对治疗师，她都经历了一个敌对、观望/怀疑到逐渐平静对话、信任和愉快交流的过程。当研究者问及她的变化背后的推动因素，她认为随着治疗进程的推进，她与父母以及治疗师之间讨论的主题从单一的吃饭、体重问题扩展到生活中的方方面面，这极大拓展了她心理上的自由度和容忍度。

开始时总是在说吃的问题，好像世界上除了吃就没别的事情了……好烦人……我知道这个问题很重要，但老是在说这么一件事有什么意思呢？在家里我妈也老象看犯人一样盯着我吃了多少，唉……好像除此之外我没什么值得他们关心了……

爸爸带我去学很多东西，比如魔术，踩单车，滑冰什么的，都是我过去想学但没时间学的，所以好开心；来到这里你们也经常跟我聊这些，我也觉得挺好的……不像过去总是在讨论吃什么，吃多少，闷死了。我也可以说吃饭的问题，但不要一天到晚说这个问题，太无聊了……

（文本来源：Yuki 研究访谈记录）

她的父母则为她在生活中获得更多的行为选择性提供了条件。她母亲告诉我们：

> 她的成绩一直都是非常好，不用我们操心。其实我们一直并不要求她一定要排到前多少名，只要尽力就行了。我们也不觉得成绩好以后就一定会成功，更希望她全面一些，实践能力强一些，包括跟人打交道啊，自己的情绪什么的，他爸炒股票都会教她，让她试一试。所以这方面没给我她什么压力。就是前段时间她身体这么差，我们太担心了，所以的确有时候太紧张，最关心的就是她吃了多少，体重长了没有。她就老烦，就有抵触情绪。
>
> （文本来源：Yuki第六节家庭治疗记录）

> 后来我们也调整了，觉得这样下去不行。就说得比较少了，没想到反而她吃东西变主动了，情绪也好了很多……
>
> （文本来源：Yuki第六节家庭治疗记录）

> Yuki对此的回应是"其实他们说的那些我也明白，又不是傻子，要跟自己的身体作对……但总是只有那么一个话题就会让我烦，我就越不想听他们的……其实后来他们不那么啰嗦了，底下该做什么我也会去做……再说了，要身体健康也不是只有唯一的途径啊，可以用不同的方法嘛……"
>
> （文本来源：Yuki研究访谈记录）

回顾Yuki这个动机水平的变化过程，有点类似中国传统的道家思想所说的"无为而治"，越少强调吃饭问题，却越能成就这个问题。值得提醒的是，这种现象的产生并不是独立存在的，而是与Yuki本人的认知行为水平与特点、家庭系统的支持模式以及医患系统的互动模式共同作用下产生的效应。无论在患者还是她父母眼里，它并不是真的否定进食与体重问题的重要性,只是一种迂回的策略,为 AN 患者改善进食与体重问题提供一个更为宽松的心理空间和更为愉悦的心理环境。

本研究中个体选择性的增加也可能表现为患者在认知上的扩展,认为 AN 带给她的好处还可以通过其他的替代性方式获得。

Scarlet 在治疗前期强调最多的是"我就是要漂亮"。她一再说: "学校的人都嘲笑我,说我丑;所以我一定要瘦下来,要变漂亮。"为了达到这个目的,她甚至表示不惜一切代价:

> 影响学业怕什么? 在这个学校学习好一点用都没有! 女生只要漂亮,什么人都围着你转,成绩好不好没人在乎……不漂亮就要被人排挤……

> （文本来源:Scarlet 第一节家庭治疗记录）

这些极端的认知为 Scarlet 构建了一个狭窄的认知世界,这个世界里只有瘦与漂亮之间简单的因果关系,不容其他的可能性有周旋之地。使得任何与进食和体重有关的教育与辅导工作几乎无法进行。

随后的几节治疗中,治疗师与父母和患者一起通过探索 Scarlet 在这个学校之外的生活经历对这个世界进行重建。在第五节治疗中,她开始有不同的认识:

> 我曾经去加拿大交换了一个月。那段时间特别开心。那些同学好象都很喜欢我,对我很友好,我一点也不觉得自己是个丑女孩……其实那时候比现在要胖多了……

> 我就是在这个学校里不开心,好像谁都打不好交道……在外面就不一样,我在外面上雅思的培训班,挺受欢迎呢……就是不知道为什么在学校里就这样……好在只要呆几个月了……

> 我绝对不承认我把漂亮看得比学业更重要。我是想变成一个

内外兼顾的女性。我不是把漂亮放在第一的位置上,虽然漂亮对我来说真的很重要……

(文本来源:Scarlet 第五节家庭治疗记录)

打破胖瘦与个人魅力之间简单的因果联系(胖也会受欢迎),以及看到自我价值构成上的多元化(除了漂亮,还有学业也很重要),让 Scarlet 在此后的治疗中对有关如何调整进食模式、恢复身体健康的讨论变得更心平气和和乐于接受。

三、家庭互动的行为强化作用

在跨理论模型中,行为强化的机制主要体现在个体的动机水平处于准备期之后的变化过程中。但本研究发现,在更早的水平阶段如酝酿期或否认期,家庭系统内的行为强化模式也会对患者的动机水平产生影响。

Yuki 在回顾自己逐渐康复的过程时说:

我父母对我帮助很大,尤其是我爸。他比较多的是鼓励我。我不怎么吃的时候,我知道他心里也很着急,但他可能是克制住了,也不怎么说我,只是说不想吃就不要勉强。我如果多吃了一点,他就会夸我表现不错,很高兴的样子。不管怎么样,我不希望在家里老看到他们愁眉苦脸的样子……他们情绪好一些,我也会愉快一些……

我妈过去老是说我吃得不够多,体重增加不够。她不知道,她越这么说,我就越烦,越不能努力了,因为我觉得自己做的努力也得不到她的承认……现在好多了,大家都不那么急了,觉得有的事情要慢慢来……他们能看到我的努力,我的感觉就好多了……

(文本来源:Yuki 研究访谈记录)

Karen 有类似的感受,她对治疗师说:

> 我希望爸爸可以对我少点批评,多一些鼓励。明明体重增加了,他还嫌长得不够;他越凶,我就越不想听他的;但是他越鼓励,我就越愿意尽量多吃一些。

(文本来源:Karen 第十一节家庭治疗记录)

这些例子让我们看到,当 AN 患者处于酝酿期时,她对外界的反馈信息是相当敏感的,父母可以通过两种行为强化的模式对患者的动机水平产生影响:(1)减少批评以弱化患者抵触情绪的产生;(2)增加鼓励与肯定以强化患者改善进食模式的努力与行为。

四 专业治疗体系的影响

跨理论模型对个体动机水平变化过程的阐述主要集中于个体的内在心理过程,对于人际系统的因素如何影响动机水平未有系统论述。本研究结果发现,在考察 AN 患者治疗动机水平的促进因素时,人际系统是一个重要的纬度。上一节所提及的行为模式强化实际上反映了家庭系统内的互动如何促使患者更愿意改变进食模式,除此之外我们发现有另一个重要的人际系统也在 AN 患者的动机水平提升过程中扮演重要角色,就是患者与治疗师之间形成的专业治疗体系。Miller(1992)曾提出,患者的动机水平是一个人际互动的动态过程,治疗师与患者之间的互动经验对这个过程具有重要影响。本研究的结果支持了这一论述。

Yuki 从第十节治疗开始动机水平呈稳定上升趋势,她认为其中一个很大的原因是因为经过前几次的治疗后,她觉得自己喜欢与目前的治疗师谈话。当被问及喜欢治疗师的哪些方面时,她说:

> 她不会轻易下结论,说你哪里不对什么的;我最烦那些自以

为是的人了;她不会,她像跟我聊天,就像朋友一样,而不是医生。

她会很仔细地问我,比如说对一些事情的看法,心情怎么样什么的,我觉得她愿意去了解我的想法,而且很诚恳,不是装出来的。

(文本来源:Yuki 研究访谈记录)

Scarlet 有类似的表达:

我觉得跟你们聊天比较有意思……跟我想像的不太一样……你们说的有些话是我以前从来没有想到过的……我以为你们会帮我父母说我有什么什么问题,然后劝我要长胖、要多吃、不要吐什么的……你们跟我谈很多跟吃无关的事情,我在学校开不开心啦,有什么梦想啦什么的,我觉得聊这些很开心……你们说的丑小鸭的故事对我还是有启发的,我过去从来没有这样想过这个故事……我原来打算来第一次让我爸妈死了心就再不来了,没想到来了这么多次,觉得有意思……

(文本来源:Scarlet 第五节家庭治疗记录)

有同样感受的还有 Lucy 和 Yanni。Lucy 的动机水平在来见我们的 11 次治疗中充满反复,而维持她来接受治疗的主要因素是与治疗师之间朋友式的谈话:

她挺平和的,跟她谈话没什么压力……有点像朋友一样。

(文本来源:Lucy 第十一节家庭治疗记录)

Yanni 在治疗中表示:

我挺愿意来的,我觉得跟你们说话特别放松;我家人都不在深圳,朋友也不是太多,同事之间也不会交往太深,还是有些顾忌,有什么心事也没有太多的地儿说去……和你们聊就像和家人说话一样,你们也让我挺信任的,什么都能说……

　　　　　　　　　　(文本来源:Yanni 第六节个体治疗记录)

Orange 则认为,治疗师局外人的角度和在不同家庭成员间的平衡作用让她确信来接受治疗是必要的:

　　　我和父母都是站在自己的立场上看问题,所以有冲突的时候就会纠缠不清。其实谁都没有错,谁都很痛苦……你们是局外人,可以看到我们不同人的立场。所以可以帮我们起到平衡的作用……我觉得最难得的是治疗结束后我们都觉得自己被理解了,被支持了,但又不会觉得你们偏向了谁……所以尽管有时候有问题我也会找朋友聊,但来见你们是不能被替代的……

　　　　　　　　　　　(文本来源:Orange 研究访谈记录)

除此之外,治疗程序的规范性让 Orange 及其家人对治疗师及其所在机构产生更大的信任,这在很大程度上加强了她们的治疗动机:

　　　刚开始的时候我们多少有点疑虑的……尤其是我母亲并不是太相信心理治疗,而且我们都担心 confidential 的问题……见过你们以后放心多了……你们的做法很有程序性,尤其是会特别征求我们意见是否愿意录音录像之类的,强调我们的资料会保密,还会有书面的协议之类的,这让我们比较放心一些……在我们表示不愿录像后,你们对我们的态度啊什么的并没有什么变化,这让我们觉得很有专业精神……国内很少见到你们这么规范的……至少让我们觉得自己的意愿是被尊重的……

　　　　　　　　　　　(文本来源:Orange 研究访谈记录)

　　总体而言,从参与本研究的 10 位患者的角度看,治疗师在与 AN 患者互动过程中以下特征会促进或维持患者的治疗动机水平:

　　1. 谈话内容不局限于进食和体重问题,应涉及患者的更为广泛的生活世界,比如学校生活,人际关系,兴趣爱好等;

　　2. 朋友式的聊天:治疗师的形象不是高高在上,而是平等的朋友式的问询和探讨;

　　3. 程序的规范,尤其是知情同意和患者个人资料的保密。

五、梦想的力量

　　本研究发现,影响 AN 患者的动机水平的不仅是已经发生的事件或认知体验,一些还未发生的非现实因素也会以某种方式鼓励患者接受治疗,如 AN 患者个人的生活理想。

　　Cindy 在回避与治疗师联络约 1 年半后突然主动要求继续治疗,并表示已做好长期治疗的准备。当研究者问她什么原因促使她再次回来见治疗师,她告诉我们:

> 　　因为我觉得自己不能再这么下去了……我最初来的时候是刚上大学没多久,而现在马上就该毕业了,开始自己的生活……如果我连吃饭的问题都解决不了的话,更没办法过我自己想要的生活……

　　　　　　　　　　　　　　　　　　　　（文本来源:Cindy 研究访谈记录）

当被问到什么是她想要的生活时,她说:

> 　　就是自己可以自由自在的……最重要的是不用依赖父母,可以不受他们安排……至少我要在经济上完全独立……所以我想好好治疗,调整好自己的状态,我才可以去工作挣钱,做自己想做的事……

（文本来源：Cindy 研究访谈记录）

对于父母的控制的抗争，使 Cindy 渴望有自主的生活，而当她的认知中将疾病视为实现她的生活理想的障碍时，她寻求治疗的意愿就变得迫切而强烈。

Scarlet 的梦想则是要出国留学然后赚钱将父母接到国外共享天伦：

> 我以前去过加拿大，觉得那的生活很安逸。我就想将来挣到了钱，就在比较安静的地方，比如温哥华买个房子接他们（父母）过去一起住。在那里就算不懂英语也没有问题，很方便，道路也宽敞，人很少，很适合年纪大的人休养……我一直有这样的想法，现在也没有忘记，所以在没有达成我自己的希望的时候，我是不会轻易结束自己的生命……

（文本来源：Scarlet 第四节家庭治疗记录）

在本研究中，我们发现尚未实现的梦想对于 AN 患者来说至少有两方面的作用：其一，讨论梦想的话题让治疗谈话内容和家庭沟通超越单一的"吃与吐"或"吃与增重"的内容，为患者提供了更大的心理空间和平静的情绪环境；其二，梦想的存在会激励和维持 AN 患者接受治疗，改变现状。但是前提是梦想的实现与疾病状态之间存在关联，并且这种关联被患者认可。

第二节　阻碍动机水平提升的因素

采用与寻找动机水平提升的促进因素相同的方法，研究者发现，有阻碍 AN 患者动机水平相关的主题与概念可以划分为以下几类：

1. 疾病的心理功能与获益

2. 关于"美"与身体价值的认知观念

3. 专业治疗系统内的互动：父母试图与治疗师建立"朋友关系"；治疗师的多重角色

4. 精神疾病的社会歧视

5. 专业服务设置与可获得性

我们将分别加以详述。

一、疾病的心理功能与获益

精神分析理论认为，精神疾病都具有一定的心理功能或者获益，这是症状产生或得以维持的重要原因。本研究发现，它也因此可能成为阻碍 AN 患者接受治疗，改善进食模式的重要因素之一。在本研究的 10 位患者中，AN 症状具有的心理功能可以分为以下几类：

1. 获得同伴认同与自我价值感

Scarlet 在学校里因为胖而被嘲笑为"丑"，这使她交不到朋友和得不到同学们的认可。这种情形在她通过拒食和抠喉迅速消瘦后发生了大的改变：

> 他们（同学们）特别惊讶，觉得我怎么能这么短的时间里突然身材变这么好……挺佩服我的……我也挺佩服自己的，看着她们惊讶的眼神，我挺有成就感的……
>
> （文本来源：Scarlet 第一节家庭治疗记录）

尽管这个变化并没有给她带来更多的朋友，因为"过去他们因为我丑而排斥我，现在因为嫉妒而远离我"，她依然是"寂寞孤独"，但在心理上却完成了从自卑到孤芳自赏的转变，并使她在过程中获得自我价值感。这些收获使 Scarlet 始终难以彻底放弃 AN 这个病，放弃她对自己消瘦体型的认同。

Karen 因为变瘦而与显得与多数同学更接近，她母亲说：

　　　　她以前是有点肥嘟嘟的。我们都觉得挺好的,显得挺可爱的,而且正在长身体的年龄,太瘦了也不好。但她后来就老觉得自己太肥,穿衣服不好看。现在瘦成这样,有什么好看的,她自己还挺美······

　　　　　　　　　　　　　　(文本来源:Karen 治疗前访谈记录)

Karen 自己的解释是:

　　　　哪里瘦了,我们学校的女生都跟我差不多······以前我就是比较胖的,比多数同学都胖······没有几个人觉得我原来那样好看······

　　　　　　　　　　　　　　(文本来源:Karen 治疗前访谈记录)

　　AN 带来的消瘦体型的功能在不同个体身上的表现不尽相同,或是在群体中获得鹤立鸡群的心理优势,或是更为接近同辈群体中的主流价值标准,但它们的相同之处在于阻碍甚至削弱 AN 患者的求治动机。

2. 获得控制感

　　AN 也为患者带来对自己的控制感和对父母更强的支配能力,这些是患者发病前在家庭生活中难以获得的。

　　Karen 父亲为我们描述了疾病如何帮她在家中获得更大自主权和支配权:

　　　　现在只要她肯吃,我们怎么做都行。要吃什么,要怎么做,要去哪里吃,她想怎么样就怎么样。没办法啊现在······她老喜欢在外面吃什么日本餐,我原来是反对的······我是比较传统的中国人,总觉得还是吃家里的米饭肉菜比较营养……但现在没办法了,只要她愿意吃,吃什么我也管不着了……每天家里要吃什么都由她说了算了……

（文本来源:Karen 第一节家庭治疗记录）

母亲则说:

她现在有病,我们也就迁就一些,搞得现在脾气真是比以前大多了……她的房间也不准我们进去,冰箱里她买了一堆东西放着,又不吃,放过期了也不许我们扔,要扔了她能跟我们发好大脾气……哎,现在真是不敢惹她,就为了她能多吃一口,其他什么也顾不上了……要出去旅游就旅游,要买什么就买……她以前可不是这样,很乖的……

（文本来源:Karen 治疗前访谈记录）

对于自己从一个"乖乖女"变成一个掌握全家一日三餐的"话事人",Karen 觉得非常高兴。

而对于 Cindy 来说,疾病尽管给她带来人际交往上的困扰,但也是她逃避父母对自己长期的规划和安置的一种途径。

从小到大他们为我安排所有的事情,从小学到高中,我爸都会跟老师和校领导很熟悉。我无论有什么成绩,别人都会认为是我父母的原因而不是自己的努力……即使读大学离开了老家,他仍然有很多关系在我的大学,还拜托这边的亲戚关照我……他认为是关照,但是我好像永远都在他的影子下面……

（文本来源:Cindy 第二节个体治疗记录）

在这个影子笼罩下,她觉得连学习的事情都是为父母而做:

我永远活在很多人的关注之下……父母亲戚看我有没有辜负他们的期望,其他人看我是否名副其实……所以我一直很努力,怕给父母丢脸,大一时我所有的功课都考到 A,父母很高兴,但他们根本不了解我是怎么拿到的……我觉得太辛苦了……

(文本来源:Cindy 第一节家庭治疗记录)

而她通过一种途径找到对自己生活的微小的控制感,尽管这种控制感可能是暂时的,甚至是虚假的:

我只有躲在自己的宿舍,不回家也不去亲戚家,让他们找不到我……想吃就吃,不想就不吃,自己做主……别的他们能管,这个他们不会知道,知道了也管不着……只有在这种时候,我才觉得脱离了他们……

(文本来源:Cindy 第二节个体治疗记录)

并且,因为生病了,Cindy 找到了一个理由不再为父母而读书:

因为病了,第二个学期我就好几门考试没参加……开始我怕他们知道,躲了起来……后来他们知道了,我就干脆休学了……因为到这个地步,他们也觉得还是先要保住身体……我觉得好像终于放下了一个大包袱……不必再为他们的荣誉而努力……

(文本来源:Cindy 研究访谈记录)

事实上,因为这个病,父母也开始同意 Cindy 根据自己的意愿重新选择自己的专业,她终于有了做主的感觉。

当研究者问及这种感觉是否与 Cindy 治疗早期并不稳定的治疗动机水平有关,她认为的确有一定影响:

> 我有时候觉得这样（继续病下去）也有这样的好处……跟过去比，我很随心所欲……尽管我知道爸妈心里还是有不满，这跟他们的期望差太远，但是有时候也不太敢说得太强硬了……

> （文本来源：Cindy 研究访谈记录）

3. 获得情感上的补偿

Yuki 自幼与父亲感情很好，"很老友"，但因为工作关系自她 5 岁起父亲便常年驻外工作，直至发病后，父亲通过调换岗位重新回到深圳工作，并在 2005 年底 Yuki 在另一家医院住院治疗时辞去工作，全程陪着她。Yuki 说尽管住院很让人烦，但父亲陪着自己还是很开心：

> 好像他从来都没有这么长时间陪过我……我很开心啊……他知识面很广，了解的东西比较多，我能跟他谈很多话题……

> （文本来源：Yuki 第三节家庭治疗记录）

父亲也表达他长久以来的愧疚和补偿心态：

> 的确跟同龄人比，她缺失了很多。父亲和母亲的角色不一样，不能完全替代……虽然我在外工作也是为了家里，为了她，但是感情的互动上的缺失靠物质不能完全弥补……所以我也想回来，她现在这个年龄和这样的身体状态，我是应该多陪在她身边的……

> （文本来源：Yuki 第十节家庭治疗记录）

当研究者说看起来父亲的回家是 Yuki 得这个病的最大收获，Yuki 表示同意。而在治疗初期，这个收获成为 Yuki 的治疗动机起伏变化中的一个影响因素。

当问到如果女儿病好了，父亲会有何打算，父亲说：

> 其实我一直在计划自己做(公司)，现在也在筹备中。因为不在深圳做，所以我还是想等 Yuki 康复了以后再开始做。
>
> 而 Yuki 的回应是"那也没有办法……不过我不想他太快走……至少再好好在家里呆一段时间……"

（文本来源：Yuki 第三节家庭治疗记录）

总而言之，AN 一方面给患者带来生理上的损害和痛苦，但另一方面也会具有某些功能，带来某种获益和好处。这些好处或是体现在患者与其同辈群体的交往中，或是在家庭系统内与父母的互动中，或是作用于患者的自我认同的认知体系中。这些功能与好处的存在，或许与 AN 疾病的产生原因有关，或许只是疾病产生导致的结果之一，而无论如何从本研究结果中可以看到的是，它的存在为 AN 患者不愿放弃症状、接受治疗增加了阻力。

二、关于"漂亮"和身体价值的认知观念

对于很多 AN 患者来说，在她对消瘦体型的追求与坚持之下，潜藏的是她所拥有的与"漂亮"和身体价值有关的认知观念。本研究中也有此类发现。

首先是将"瘦"等同于"美"，认为自己目前的外貌是美的。"以瘦为美"的观念并非 AN 患者专属，它几乎已经"全球化"。这是 AN 发生发展的不可忽视的社会文化环境。与同处这个环境的其他同龄女孩相比，AN 患者将"瘦"与"美"的关系推向极致，对"瘦"的追求也走向极端。

将"美"与"漂亮"简单等同于"瘦"甚至是"皮包骨头"，Scarlet 是典型代表。

她在治疗前期对治疗师说：

你问我要健康还是漂亮,我肯定要漂亮,死都没关系……我在杂志上看到,一个女生为了瘦,还吞食了一条蛔虫,如果我能找到的话,我就会吞……

（文本来源:Scarlet 第一节家庭治疗记录）

父亲质疑说:

美要建立在健康基础上……女孩子,女人要有女人味,要丰满一点……要有曲线……

Scarlet 的回应是"那是你的眼光,我们同学不是这样认为的……那些东西(曲线)都是累赘。"

（文本来源:Scarlet 第一节家庭治疗记录）

当治疗师问她是否发现自己营养不够的时候,皮肤很干燥,她则认为:

没有啊,我觉得即使营养不够很好,但起码我变瘦了,这就行了……我觉得自己骨头很大,如果再胖的话,会很难看的……我就是喜欢那种皮包骨头的感觉……

（文本来源:Scarlet 第一节家庭治疗记录）

而对于自己为什么要这么追求"美"和"漂亮",Scarlet 有她自己的一套解释:

你看现在这些女明星、名模什么的,哪个不是瘦的? 电视上、杂志上都是……她们红就说明现在大家都认为这样的(瘦)是漂亮的……就是因为漂亮,所以她们嫁的不是名人就是有钱人,可以轻松进入上流社会,过着安逸的生活……人们都说女人是干得好不如嫁得好,要想嫁得好首先就得要漂亮啊……一般对于男人来说,女人漂亮最重要,有没有本事有没有头脑不是那么重要,历来就是这样……

(文本来源:Scarlet 第一节家庭治疗记录)

而当父亲反问她妈妈不算漂亮,但是一样生活幸福时,一向崇拜父亲的 Scarlet 说:

所以我一直挺奇怪的,你怎么会找上我妈妈? ……不过你那也是过去的观念了,现在都不一样了……

(文本来源:Scarlet 第二节家庭治疗记录)

母亲则表示不能理解,认为女性完全可以靠自己努力获得想要的生活,Scarlet 则认为:

即使你自己有本事去打拼,漂亮也还是很重要,得到的机会也要多得多……自我懂事起,就知道漂亮可以带来什么……即使各方面都很差,但是只要你漂亮,你对别人笑笑,别人就会过来帮助你,老师也不会对你那么苛刻……从小到大我看尽了漂亮的好处……

(文本来源:Scarlet 第一节家庭治疗记录)

Scarlet 认为"瘦"是"漂亮"的唯一标准,认为"漂亮"是女性得到理想婚姻,进而提升社会阶层,实现优越生活的前提和最重要的条件。因此"漂亮"并不是她的终极目的,在她看来,漂亮的身体成为女性从男性手中获得生活幸福的进阶。这些看似存在于个体脑内的认知观念并非是个体的奇思异想,而是与公众传媒的影响、大众流行观念、同辈群体的价值观甚至是社会的性别权力结构等有着千丝万缕的联系。它们共同塑造 AN 患者个体对于"美"和对于女性身体的看法,并因此成为 AN 患者寻求治疗改变现有进食模式的阻力。

三、专业治疗系统内的互动

研究者发现,专业治疗系统是对 AN 患者治疗动机水平产生影响的重要人际系统之一。在本研究中,以下与此相关的主题会对动机水平的提升产生阻碍作用:

1. 父母尤其是父亲要与治疗师建立超越专业服务关系的私人关系

Cindy 的父亲是某地政府高官,擅长人际交往,也拥有很多社会资源,因此在 Cindy 的成长过程中"处处可见他的安排"。

在第二节和第三节治疗中,她父母被邀请进治疗室,在治疗过程中她父亲反复表现出试图与治疗师建立一种"朋友关系"。他对治疗师发出邀请:

> 我们老家那个地方还是不错的,你们有时间的话可以过来玩玩。所有的事情我都可以给你们安排好,没有问题。今天认识了,我们就是朋友了⋯⋯
>
> （文本来源:Cindy 第二节家庭治疗记录）

而在治疗过程中,他在向女儿训诫时多次称呼两位治疗师为 Cindy 的"阿姨"和"姐姐":

> 你要用心听这位阿姨和姐姐的话。她们对你是很不错的,你就把她们当自己家人一样,以后有什么困难,有什么烦恼,就可以多找她们聊一聊,我帮不了你她们可以帮你。
>
> （文本来源:Cindy 第三节个体治疗记录）

而在两次治疗结束时,他都坚持要请治疗师吃饭:

> 就是吃个便饭……我们很聊得来,就是朋友一起吃个饭,没什么特别的意思。
>
> （文本来源:Cindy 第三节个体治疗记录）

父亲的出发点是希望与治疗师建立好关系,这样治疗师就会为自己的女儿提供更好或者更用心的服务。这种结交朋友好办事的方式对于他仕途的成功帮助良多。但对于 Cindy 来说,父亲这种为她而做的努力让她觉得治疗有可能变成父亲对她的又一次"安排"。她在当次治疗结束后单独对其中一位治疗师说:

> 我现在都不知道该相信谁了。坦白说你们说的话我们不是完全信。我爸爸太有能量了,我觉得他能用他的办法影响我周围所有的人,让事情按照他的意愿去进行……他知道现在我不会听他的了,他就想你们用这种方式（心理治疗）来帮他"曲线救国"……
>
> （文本来源:Cindy 第三节治疗结束后与治疗师对话记录）

尽管治疗师向她表示向她提供服务并不是帮他父亲而是帮她自己,两次家庭治疗结束后,她还是开始出现动机水平下降的迹象,不遵守治疗约定时间,后来干脆就不再来,也回避与治疗师联络。这与她最初独自来寻求治疗时的积极态度形成反差。直到一年半后她突然主动回来预约治疗,研究者对她进行追访,她对此仍然耿耿于怀:

> 你这么提起来,我现在听到仍然会觉得很讨厌……我不想再让他插手我的事情,什么事情他都要管,都要替我安排,也不管我

是不是愿意,是不是喜欢。我绝对不再让他管了……

(文本来源:Cindy 研究访谈记录)

　　而她也承认当时突然断绝联络和自己这种"讨厌"的感觉有关,当时的心理治疗在她眼里又成了父亲的一次"操控"企图。

　　由此可见,在 AN 的家庭治疗中,AN 患者、她的父母和治疗师共同构成一个医患系统。在这个系统中,父母与治疗师之间的互动过程会对患者的心理过程产生影响,她对心理治疗的看法和动机水平就在这个过程中发生微妙的变化。

　　类似的主题在 Fanny 的治疗过程中也一再出现。名义上是 Fanny 的治疗,但事实上她始终是坚决否认疾病和拒绝治疗的,尽管当时她的 BMI 已低至 12.8。在父亲强行要求下她勉强出席了第一节访谈后,未再参与任何治疗,而父亲则持续见治疗师以求对策。她的父亲是个非常成功的商人,出于对女儿的爱与期望,他的长袖善舞和细密心思用在生意场的同时也用在对女儿的生活的安排和设计上,他告诉治疗师:

　　　　我真的是很爱这个女儿的……为了她,我做什么都可以……真是花尽了心思……小学时她的一个男同学喜欢她,我觉得这样哪行啊,肯定会影响她学习啊。我认识她的校长,还挺熟的,所以就请校长让那个男孩子转学了……说句实话,我这么多年认识不少医生啊,律师啊,教授啊,政府官员什么的,无论她在哪里,干什么,我肯定都能给她提供最好的条件……

(文本来源:Fanny 父亲第二节个体治疗记录)

　　而从女儿勉强参加的第一节治疗开始,他就反复表示要请治疗师吃饭,试图送治疗师礼物,甚至是送"红包"(送予治疗师个人的大额金钱),要求治疗师为自己的女儿"多花一些心思",为此"花多少钱都无所谓"。在这些要求被婉拒后,他又多次要求治疗师到她家里对女儿进行治疗：

>　　既然她不愿意来,那你们去,她可能就没办法不见你们
>了⋯⋯
>　　我的情况特殊一些,你们一定要特别照顾一下⋯⋯请放心,我
>一定会报答你们的⋯⋯就当我们是朋友一样相互帮忙嘛⋯⋯
>　　　　　　　　(文本来源:Fanny 父亲第二节个体治疗记录)

当研究者事后对 Fanny 进行家访,问及她对父亲这些为她而做的
努力的感想时,她告诉我们：

>　　他一向就是这样⋯⋯什么事都自以为是地帮别人安排⋯⋯
>我知道他是为了我好,挺辛苦的,但是他做得太多了,我不需要这
>些,我受够了,我的事干嘛要什么都由他做主⋯⋯心理治疗也是他
>要做的,他越要我去我就越不去,我的事情不用他管⋯⋯
>　　　　　　　　　　(文本来源:Fanny 研究访谈记录)

通过请客吃饭、送礼或利益交换等方式建立人际之间的特殊关系,
是目前中国大陆社会生活包括专业服务领域中常见的现象。本研究结
果表明,这种现象在 AN 临床工作中出现,引发的不仅是职业伦理规范
角度的问题,还可能对 AN 患者的治疗动机水平的降低造成直接影响。
这种影响之所以产生,与患者家庭系统内过去的互动模式、生活经验甚
至是其父母的成长经验等多个系统的多种因素都可能有关,至于具体
与哪些因素相关,它们之间又是一种什么样的关联模式,将在下一章节
详述。

　2. 治疗师的多重角色

专业治疗系统内另一个对 AN 患者的动机水平产生影响的主题是
治疗师的多重角色。AN 是一种可能造成严重生理和心理损害的疾

病,并且到一定严重程度后,患者对疾病的否认和与家人和治疗师的对抗会因其认知识歪曲程度的加强而加剧。如果当生理指标低至威胁生命的情况出现,专业治疗队伍往往会突出"临床医生"的专业权威以促使患者意识到危险。由于目前中国大陆精神卫生工作领域的专业化分工并不够细致,同一个人往往兼任"临床医生"和"心理治疗师"等不同角色。这种多重角色不仅给专人人员本身造成沉重的工作负担和可能的角色冲突,本研究发现,还会对 AN 患者治疗动机水平产生负面影响。

Yuki 是本研究中动机水平总体呈稳定上升的一个 AN 患者。但前面结果报告中已经提到,在第四节治疗前后,她的动机水平曾经出现过下降的趋势,表现为不愿与治疗师说话,不愿参与治疗主题的讨论。研究者对治疗资料进行回顾后发现,从第三节治疗开始,因为原来的主要治疗师外出公干,但 Yuki 的情况不稳定,治疗进程不宜停顿,因此由治疗团队中另两位治疗师接受进行治疗,其中一位是接受过系统家庭治疗培训的资深精神科医生,在前两节治疗中曾以"临床医生"身份参与过 Yuki 的治疗。治疗师的不同是 Yuki 这一阶段动机水平发生变化的原因之一吗? 研究者这个疑问在后来的追访中得到确认。她说:

> 我不喜欢那个医生。他就是个医生,跟我在其他医院见的医生一个样子,没有表情,就知道说你要怎样怎样,否则就如何如何,好像我是怎么样他全知道一样……我历来就不喜欢医生……
>
> （文本来源:Yuki 研究访谈记录）

而她的父亲则为她的评价做了一些解释:

> 其实他(治疗师)还是挺好的,我们觉得他也挺尽心的……不过 Yuki 的确从小就有点烦医生……她这个孩子有点吃软不吃

硬,有时你越摆专家的样子她越不买账……他(治疗师)有时候是把情况说得比较严重一些,我们也理解是想让 Yuki 好好配合治疗,不过这个孩子挺有自己想法的,没那么容易接受,可能会觉得他在乱吓唬人……

(文本来源:Yuki 研究访谈记录)

因此可见,多重角色的存在确实为临床工作带来挑战。即使专业人员本身有能力与精力将自己的多重身份加以区分,但所面对的患者不一定会加以区分,这就有可能会对临床工作造成困扰。另外,即使不存在多重角色的问题,治疗师有时候也会根据需要呈现权威的形象,判断是否有这个需要以及如何表现权威不仅取决于治疗进程的设计,还要综合考虑 AN 患者的个人特点因素,否则不良的医患互动会带来事与愿违的结果。

四、精神疾病的社会歧视

精神疾病患者所遭受的社会歧视和由此而来的患者本身的"耻感"是由来已久的话题(Goffman,1963;Link,1989;Schulze et al,2003)。在物质文明逐渐步入现代化的当代中国,这种社会观念的改变相对就缓慢得多。本研究结果显示,人们对精神疾病的偏见和歧视仍然是阻碍 AN 患者及其家庭接受治疗的一个重要因素。

Orange 在进入治疗程序后动机水平呈持续上升的趋势。但她在后来的回访中告诉研究者,在决定来见我们之前,她和她的父母都经历了非常长时间的犹豫和挣扎。

那时候就是(担心)舆论吧……身边也有一个朋友,是我在国外时的朋友,她后来有 depression,然后回来后有一些朋友说起她现在怎么样,就说是她疯掉了……后来还被说成是她疯掉了跟她丈夫有关,后来就传到说她丈夫在外面如何如何,所以她就疯掉了。其实我也会有担心，担心传到别人那里，别人会说什么，然后有些人会质疑你的生活，觉得是你的生活是干了什么事情，才会生病……他不会把这个当成一个病，会因为你得了这个病放大你的病情。

（文本来源：Orange 研究访谈记录）

因此在 Orange 的感受中，人们并不把精神疾病患者当作简单的病患者，而是存在道德判断的，这会给患者本人带来沉重的压力和深远的伤害。对此她表示确认，告诉我们她这个朋友现在已经因不堪压力而失去了工作。除了对患者个人造成压力，社会对精神疾病的歧视还会让患者全家"没面子"。出身高社会经济地位家庭的 Orange 说：

我觉得尤其是社会地位越高，家境越好的家庭，越有这个压力。因为会觉得在群体里面比较引人注目，大家都盯着你……所以一旦出了个精神疾病患者，就会特别觉得丢脸……我家有些朋友就是这样感觉的，所以不到万不得已都自己扛着……我原来在国外的时候，我妈妈跟我说这些我都不相信，觉得挺震惊的，在国外这些都很平常啊……回来之后我才发现原来真的是这样，大家还是挺不接受（心理治疗的）……

（文本来源：Orange 研究访谈记录）

普通家庭也有同样的顾虑。Karen 的母亲觉得吃完晚饭后带她下楼散步时很有压力：

她瘦成这样，大家肯定会注意到……一般人不会说什么，但看的眼神都是怪怪的……有人问起来这孩子怎么回事，甚至说是不是中邪……我也不愿说什么，就是说营养不太好……不想他们说三道四的……

（文本来源:Karen 第三节家庭治疗记录）

也是因为不想让学校的同学老师知道 Karen 有 AN,她们不情愿常因治疗而向学校请假:

> 请假很麻烦,你要跟老师说得很清楚请假做什么,我们不想说太多

（文本来源:Karen 第五节家庭治疗记录）

Yanni 在治疗后期开始出现不遵守预约时间甚至临时取消治疗预约的情况。后经了解,她始终都不是通过正式向工作单位请假来参加治疗,而是找些理由私下离岗来见我们。这种情况使我们预约的时间得不到保证。在问到她为什么不请假时,她说:

> 我不想让其他人知道我来这里……偶尔请假看医生没什么,但是每周都请别人肯定怀疑,又不是什么大病怎么老往医院跑……我又不愿说看心理医生,所以不太好解释……

（文本来源:Yanni 第四节个体治疗记录）

当研究者追问让人知道看心理医生有什么后果时,她觉得:

> 也说不清楚,但肯定大家会对你另眼相看……

（文本来源:Yanni 第四节个体治疗记录）

这种或那种原因最终促使这些 AN 患者及其家庭顶着被人歧视的压力走进了心理治疗室,但这种其实始终在影响他们的求治过程和动机水平。在这个过程中,他们几乎看不到可以从外界获得某些支持力量来对抗这种歧视,而只有用他们自己的方式和力量抗衡,因此有的幸

运走向康复,有的中途放弃。

五、专业服务的设置与可获得性

患者走进专业服务机构,是否能获得满意的服务,也是影响患者动机水平的持续性的因素。本研究中,AN 患者认为有以下几方面与服务设置有关的因素会对患者的动机强度产生影响:

1. 治疗环境设置

Orange 在接受研究者回访时不愿选择回到治疗中心所在的医院见面,一方面是觉得不愿回想起过去的疾病经历,另一方面是因为:

> 那里太乱了,环境不好,找个什么地方都找不到,指示牌不清楚,电梯也总是和拥挤⋯⋯我当时就因为这个挣扎了一会儿⋯⋯

和研究者一样,她认为这是目前大部分医疗服务机构的通病:

> 呆在那里面好像很自然就觉得自己是个弱者,是低人一等⋯⋯
>
> （文本来源:Orange 研究访谈记录）

2. 服务时间的设置

Karen 因为不希望请假来接受治疗,除了不想让学校知道自己的病情,还因为:

> 请假很麻烦,学校限定请假不能超过多少多少次。
>
> （文本来源:Karen 第五节家庭治疗记录）

所以他们总是希望可以把治疗时间安排在周末或晚上。但是因为人力与相关工作安排的问题,治疗机构暂时无法满足他们这个要求。

这经常成为 Karen 治疗过程中医患双方不断遭遇的一个问题。

3. 服务的可获得性

本研究所依托的深圳南山医院青少年家庭治疗中心是面向全体市民开放的,但实际上对于一部分人群来说,他们获得专业服务的机会相对要小。首先是空间距离的障碍。到目前为止,专业的心理治疗机构在中国大陆并不多见,而专业的进食障碍治疗机构更是凤毛麟角。因此对于一些并不居住在深圳市区的 AN 患者来说,"路太远,太花时间"是一个非常现实的阻碍因素。Summer 家住在离南山医院 3 个小时车程的一个县城,来见治疗师一次就要花 6~7 个小时在往返路程上,这对一个极度消瘦的 AN 患者来说已经是极大的辛苦;而 Cindy 暂居于深圳亲戚家,每次也要花 1.5~2 个小时的车程到医院。在他们所居住的社区附近没有相关的或者是他们满意的专业服务机构,使他们不得不辛苦奔波,而这种奔波又成为让他们心生放弃之意的潜在因素。

对于有些患者来说,治疗费用的负担也让他们犹豫是否继续接受治疗。该中心的标准收费是家庭治疗每节 300 元,个体治疗每节 100元。如果按通常一周进行一次的频率计算,一个 AN 患者一个月的心理治疗花费大约分别是 1200 元(家庭治疗)和 400 元。中国大陆目前并未把心理治疗纳入医疗保险范畴,意味着所有 AN 患者的治疗费用都必须自理。这对于有些收入偏低的患者来说仍是负担不小。Yanni是一个刚大学毕业工作时间不长的普通公司职员,月收入 2000 左右,每个月固定 400 元的心理治疗费用支出在她看来还是压力不小。后来中心以研究计划资助的方式对 Yanni 这样的低收入患者进行费用减免,只收取 20 元的挂号费,Yanni 非常高兴。但是就中国整体的医疗费用体系来看,费用负担对患者的治疗动机水平的负面影响会持续存在。

六、小结

本章集中报告了从本研究中识别出来的分别与促进和阻碍 AN 患

者治疗水平提升相关的概念与主题。在促进因素方面,对疾病危害性的意识以及个体选择性增加等认知因素、来自家庭系统和医患系统的互动过程对于 AN 患者的动机水平提升有促进作用,而患者个人的生活理想也会产生积极影响;在阻碍因素方面,疾病具有的心理功能和患者对于美的认知观念直接影响到患者对于疾病的认知与评估,家庭成员在医患系统内的人际互动也成为可能削弱患者治疗动机的重要因素,社会对于精神疾病的歧视与偏见和不甚理想的专业服务设置为 AN 患者走进心理治疗机构寻求改变增加了阻力。

当我们以一种更全面和动态的视角来回顾这些动机水平的促进与阻碍因素时,我们会发现:

1. AN 患者动机水平的变化过程不是单一的个体内在心理的变化过程,还涉及患者所在的家庭系统、社会文化环境以及社会服务体系等人际与文化系统。不同系统间又是相互交织而无法截然划分的,如医患系统内的互动会反映家庭系统互动的模式,而患者如何看待自己的父母与治疗师之间的往来,很大程度上与她在家庭中与父母的交往模式有关,这些人际系统的互动过程时时在塑造和改变患者对疾病和心理治疗的认识。因此我们在将影响 AN 患者的动机水平的不同主题与概念识别出来的同时,还需要了解这些概念与主题之间的相互关联。

2. 在同一 AN 患者身上,会同时存在多种不同的促进和阻碍动机水平的因素,它们本身的不断变化以及它们之间的相互作用,会体现在患者治疗动机水平的起伏变化过程中。因此要了解 AN 患者的治疗动机水平的动态变化过程,我们需要了解对于她来说,同时有哪些促进因素和阻碍因素存在,她如何对这些因素进行权衡,从而决定她在当下接受心理治疗的意愿;这些因素随着时间的推移又如何发生变化,进而带来新的权衡过程和动机水平的变化。

在下一章中,研究者将以个案表述的方式,对影响动机水平的不同主题与概念间的相互关联的关系及其相互作用与制衡的动态过程加以呈现。

第七章 研究结果与发现(三):
AN患者心理治疗动机的变化过程

上一章研究结果表明,对AN患者的治疗动机水平产生影响的有来自个体认知、家庭与人际系统、社会文化环境各种不同的因素。这些不同因素同时作用于个体,在不同的个体身上会呈现形不同的相互关联和作用的模式。随着时间的推移,这些因素会发生不同程度的改变,关联模式也随之改变,就会表现为AN患者动机水平的变化。本章选取了Cindy、Yuki和Scarlet三个个案,以个案报告的形式,描述本研究中所呈现的影响动机水平的不同因素几种典型的关联模式及其变化,以此体现AN患者心理治疗动机的变化过程。

研究者之所以选择以上三个个案,基于以下几方面考虑:

首先,螺旋式升高或降低是AN患者治疗动机水平变化的典型特征。如第五章结果报告所示,这三位患者的治疗动机水平均呈螺旋式变化,降低与升高的现象交替出现,因此相较于动机水平持续上升、降低或维持不变的个案而言,此三个案可以为我们理解患者动机水平的曲折变化过程提供相对全面的研究资料。

其次,这三位患者动机水平的螺旋式变化覆盖了两种不同的类型:螺旋式前进(Yuki;Cindy)与螺旋式后退(Scarlet),便于我们了解不同状态与特点的AN患者的动机水平变化过程。

再次,研究者目前所收集到的这三位患者的研究相关资料在10位患者中最为丰富,表现在资料相对完整、信息来源多元化和覆盖较长的时间跨度,更有利于研究者做深入的过程分析。

最后,前面提到,不同影响因素在不同个体身上可能呈现不同的相互作用模式和对动机水平产生影响的过程。在这三个患者身上,我们可以看到三种不同的关联模式，从而丰富我们对于 AN 患者治疗动机水平的影响因素及其过程的理解。

第一节　Cindy：不愿受父亲控制的女孩

一、发病背景

Cindy 大学一年级时出现进食紊乱的现象。发病前她一直感觉生活不受自己的控制，因为位居政府高位的父亲从小开始就对她的生活进行设计和干预，安排她进好的学校、好的班级，挑选好的老师，与她的老师校长们保持熟络，为了可以更好地"关照"她。所有的人都了解她的特殊身份，所以她觉得，不管自己如何努力，取得的所有成就都会被别人认为是父亲为她带来的。这一方面让她找不到自我价值感，同时又会在各方面非常努力，因为她是某某人的女儿，她不能让父母丢脸。这种情形在她到外地读大学后依然持续，因为"父亲在这里一样有他广泛的人脉关系"。曾经有一个辅导员老师和 Cindy 很聊得来，后来她父亲了解到这个情况，便找到这个老师，又跟他变成了"朋友"，然后拜托这个朋友要好好关照自己的女儿，有什么情况及时告诉他。Cindy 用这个例子告诉我们她父亲在父爱的名义下对她生活的干涉是如何无孔不入。

二、发病

大学里她发现自己适应不了新的生活，不懂得大学宿舍里的集体生活，不懂得人际交往，只是依然为了父母的面子而苦读。没有朋友，曾经喜欢一个男生，但最终没被他接受，对于这所有人际交往上的障碍，Cindy 并不能在现实生活中找到一个解决或舒缓的途径。她退回到个人的世界里，在吃中找到自我的控制感。

只有我躲在房间里随心所欲地不吃或暴吃时,当时那个时候我会觉得很自由的。爸妈他们不可能知道,所以也无法干涉。

（文本来源:Cindy 第一节个体治疗记录）

三、进入治疗

发病大半年后,她自己决定要接受心理治疗。在第五章中我们已经看到,进入治疗程序后,Cindy 的治疗动机水平大致经历了如下的变化:

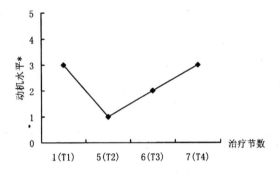

* 动机水平轴中数字 1~5 分别代表动机水平自低向高连续变化的 5 个阶段:
1 为否认期;2 为酝酿期;3 为准备期;4 为行动期;5 为维持阶段。

Cindy 动机水平变化曲线

如图所示,在治疗初期(T1),Cindy 的动机水平处于较高阶段的准备期,其动机的产生和维持因素来自两方面的认知:

一方面,对疾病的认知。如上所说,随着时间的推移,她开始意识到疾病带来的负面影响,包括进食紊乱让她的人际关系状况更为恶化,疾病使她抗拒在人前进食,这使她离同伴群体更远,而同学们也更觉得她"怪";精力下降和情绪波动使她无法像过去那样集中注意力苦读,她已经因担心拿不到 A 而缺考上学期多门考试,这使她对父母深感愧疚;体型的忽胖忽瘦,她觉得这样的反复变化对身体不好;

另一方面,对心理治疗关系的认知。她认为治疗师的"无关利益

者"身份使她对治疗的效用有积极期待。她认为

> 你们是专业的,我对你们来说只是一个客户,我花钱,你们帮
> 我解决问题,所以你们可以比较客观地看我的问题是什么……象
> 亲戚朋友之类的,因为跟我有关系,所以多多少少会站在自己的立
> 场上或者从情感角度出发看我的问题,我不希望这样,因为不客
> 观,也就没有用。
>
> 　　　　　　　　　　（文本来源:Cindy 第一节个体治疗记录）

在她看来,患者与治疗师之间是服务消费者与服务提供者的关系,这种基于工作契约而不是私人情感关系的定位使她对治疗与治疗师具备一定程度的信任。

Cindy 承认自己是经过一番反复考虑才决定来的。因为疾病也给她带来好处。她觉得吃与不吃是她唯一可以随心所欲的事情,它带来自主的感觉。在她不开心的时候,这也是为数不多的发泄情绪的方式。她不是那么情愿失去这个好处,但在多方权衡之下,她觉得找回健康更重要,因此求助于专业治疗。

我们可以看出,这个权衡与决策过程首先是一个认知的过程,但是个体的认知过程又与她的人际系统的互动过程有着密不可分的关系。

首先,疾病所具有的功能是建立在她的家庭系统互动模式基础上的。由于她在与父母尤其是父亲的互动中失去自主性与控制感,对吃与不吃的控制因此成为控制感的唯一来源而使她从中获益。

其次,她对疾病危害的评估也主要建基于对人际关系的损害。

再者,专业治疗关系关系的特点是她在考虑心理治疗是否有效时的一个重要方面。她期待一种"没有私人瓜葛"的治疗关系。

从动机水平较高的 T1 到 T4 的过程中,T2 是一个明显的低谷。那么从 T1 到 T2 之间的过程 Process 1 发生了什么,导致动机水平的明显下降;从 T2 到 T3 的过程 Process 2 又发生了什么,由此动机水平

开始回升并逐渐增高？我们分别加以分析与描述：

1. Process 1 动机水平明显下降

这个过程反映了从治疗初期到第五节治疗之间的变化,反复出现的主题是:父亲试图构建与治疗师的私人关系;Cindy 对心理治疗的认知发生改变。

①父亲试图构建与治疗师的私人关系

与 Cindy 建立治疗关系后,因为她表示既不想让父母知道她目前的疾病状况,因为"这是我自己的事,不想让他们插手",又希望他们了解,因为"他们总是不明白我为什么不去考试,不知道我的难处",所以治疗师建议邀请其父母参与治疗。经本人同意后,父母从外地赶来参与 Cindy 的第三、第四节治疗(亦即第一、第二节家庭治疗)。

积极的人际交往模式:父亲表现出很强的人际交往能力,与初次见面的治疗师热情寒暄,表达对女儿的担心和爱,以及对治疗师的信任与感谢。基于家庭治疗的专业训练,治疗师敏感地抓住机会表达了对父亲人际交往能力的欣赏,希望从家庭系统内部找到资源帮助 Cindy 应对人际交往中的困难。

人际交往模式的获得与强化:父亲在治疗师的鼓励下回顾自己的成长经历,解释这些能力是如何在社会生活中获得并得到强化的:

> 我们出身都是很穷的……家里人没什么可帮你的,一切只有靠自己,跟她们(女儿)情况完全不一样……我刚工作的时候也是谁也不认识,没有人会主动跑过来跟你交朋友,你要主动去跟人家交往,别人要做什么事情你帮帮忙,平时打个招呼问候一下什么的,慢慢成朋友了,要办什么事也好说话了……
>
> 你知道我们中国人都是讲人情的,你来我往地大家就成朋友了,很多事情也好办了……
>
> 我们当年一起工作的这批人里面,我现在的发展应该算是很不错……我靠的是什么? 我没有任何家庭背景可以靠……就是

要处理好人际关系,把你周围的人变成你的朋友,关系理顺了,就好办了……

(文本来源:Cindy 第一节家庭治疗记录)

人际交往模式在治疗室内的迁移:在治疗室内,父亲仍然在贯彻他的人际交往观念和策略,试图与初次见面的治疗师也建立朋友关系,表现在:

发出旅游招待邀请:

"我们老家那个地方还是不错的,跟香港不一样……你们有时间的话可以过来玩玩。所有的事情我都可以给你们安排好,没有问题。今天认识了,我们就是朋友了……"

(文本来源:Cindy 第一节个体治疗记录)

它的潜台词是"所有的费用与安排你都不用操心,由我来招待"。

基于私人关系的称呼:

在治疗室中,父亲多次在女儿面前称两位治疗师为他女儿的"阿姨"和"姐姐",并在治疗结束后极力邀请治疗师吃饭(见第六章结果报告)。

显然治疗师与患者之间是一种服务对象与服务提供者的工作关系,在中国大陆患者对治疗师的称呼通常是"医生"、"教授"、或者"老师",即使有不规范之处,但仍然是基于职业关系的称呼。而"阿姨"和"姐姐"是典型的基于家族关系或私人朋友关系的称呼。

希望请治疗师吃饭

每次有他参与的治疗结束后,父亲都要极力邀请治疗师吃饭(见第六章结果报告)。

Cindy 父亲这些称呼与邀请治疗师吃饭等举动指向的是试图与治疗师建立一种私人朋友关系,而不是专业服务关系。他以生活中惯常的方式与治疗师"结交朋友",目的仍然在于为女儿创造良好的条件,因为他认为与治疗师的良好私人关系会让 Cindy 得到更好的专业服务。这种认知并不是荒谬和不知所谓的,事实上 Cindy 父亲在事业上的奋斗经历某种程度上反映了这种认知观念在中国现代社会生活中的广泛存在,并一再得到强化。或者说,这是我们专业服务体系所处的社会环境的一部分。

②Cindy 对心理治疗关系的认知发生改变

由于父母尤其是父亲介入治疗,Cindy 对医患关系的看法发生微妙的变化。这个过程体现为:

感知父亲想与治疗师交朋友:Cindy 见证了父亲在治疗室内积极试图与治疗师建立"朋友关系"的过程。对她来说,这些并不陌生。在当节治疗结束后她在治疗室外告诉治疗师说:

> 他就是这样……他在这方面真的是很擅长的,我见识得多了……从小到大,我所有的老师包括学校领导,最后都变成他的熟人、朋友……
>
> （文本来源:Cindy 第一节家庭治疗结束后
> 与治疗师对话记录）

反感父亲的控制和安排:Cindy 承认父亲的出发点是为了给自己创造一个对自己有特殊"关照"的人际环境,但她认为实际带来的是对自己生活的控制和安排。

> 他认为怎么样好,就会帮我去安排,创造条件实现……他认识这么多人,有这么多关系,总是能做得到……他总是认为他做的是对的,是为我好,但他不是我,怎么知道怎么样好?
>
> （文本来源:Cindy 研究访谈记录）

她表示不愿再接受这种安排：

> 我不想再这样了，觉得很讨厌……我是成年人了，自己的事
> 情应该自己做主，自己负责……
>
> 　　　　　　　（文本来源：Cindy 研究访谈记录）

感觉到父亲与治疗师形成联盟的可能性：见到父亲努力与治疗师
建立"关系"，同时基于对父亲的了解，Cindy 觉得父亲可能会对治疗师
产生影响：

> 我现在都不知道该相信谁了。坦白说你们说的话我也不是
> 完全信。我爸爸太有能力了，我觉得我他能用他的办法影响我周
> 围所有的人，让事情按照他的意愿去进行……他知道现在我不会
> 听他的了，他就想你们用这种方式（心理治疗）来帮他"曲线救
> 国"……
>
> 　　　　　　　（文本来源：Cindy 第二节家庭治疗结束后与
> 　　　　　　　　　　　　　　　　治疗师对话记录）

而她过去的生活经验会强化这种担忧，她在后来的访谈中跟我们
提及，大学里曾经有一个辅导员老师跟她很谈得来，有什么事自己也会
跟他去聊。但是后来父亲了解到这个情况后，

> 他找到这个老师，也是很快跟他成了"熟人"，然后又拜托他
> 多"关照"我，经常"开导开导"我……他所谓的开导，就是灌输那些
> 他认为对认为好的……我很烦，我周围的人都会早晚被他影响
> ……后来我就再也不找那个老师聊天了，他已经受了我父亲所托，
> 成了我父亲的"代言人"，我还能跟他聊什么？……
>
> 　　　　　　　（文本来源：Cindy 研究访谈记录）

　　至此,Cindy对医患关系的认知发生变化,在她的担忧中,治疗师不再是一个与她个人生活没有关联的陌生人,而是又一个父亲意志的"代言人",而心理治疗又可能变成一种父亲为自己所做的安排。因此,就像她后来拒绝再见她的辅导员老师一样,她拒绝再见治疗师,动机水平跌落否认期。我们可以用下图描述这个过程:

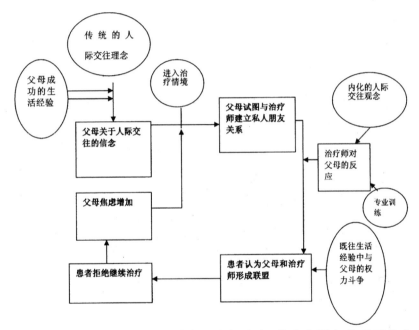

　　Process 1 Cindy对心理治疗的认知改变:从专业服务关系到父亲与治疗师之间的联盟

　　回顾 Process 1 的过程,Cindy动机水平下降与她对治疗关系的认识改变有关。当她认为医患关系从单纯的专业服务关系可能变成父亲与治疗师之间的新联盟时,她对心理治疗的接受程度开始降低。而在此过程中,家庭系统内的既往互动模式及其在医患关系中的体现对Cindy认知的形成与改变有重要的塑造作用。

　　尽管她仍然认为进食障碍会为自己带来不良后果，但她对治疗关系的评估已发生变化，由于父亲在试图影响治疗师并与之结盟，心理治疗不但很可能帮不上她，反而会再次形成她常面对的父亲控制她的生活世界的局面，而这是她目前极力想反抗的。在这样的得失权衡之下，她选择退出治疗以回避父亲的控制。

　　因此，Process 1 是一个基于人际关系（家庭关系/治疗关系）评估的认知决策过程。

　　2. Process 2 动机水平逐渐恢复并提升

　　这个过程反映了 Cindy 拒绝再见治疗师，从治疗关系中退出后到一年半后再次主动求助的动机水平变化过程，它呈逐渐升高的趋势。在这个过程，分别有一些重要因素在阻碍和促使 Cindy 重新寻求治疗。

　　①阻碍因素：

　　疾病带来的继发性获益：上一章中我们已经提到，她在父母知道自己的病情后办了休学手续，暂时不必再为父母的荣誉而苦读；并且，父母同意她复学后转到其它自己有兴趣的专业就读，这在她生病前几乎是不可能的事情。这种因病而来的控制感的增加是让 Cindy 在一年半的休学生活中感到比较愉快的一面。

　　专业服务的难以获得：Cindy 休学回到老家，寻求心理治疗在客观条件上并不是一件容易的事情。她后来回忆说：

　　　　我们那个地方根本没什么专业的心理治疗机构。即使有的地方挂着这个名头，你大概了解一下就知道多数是挂羊头卖狗肉的……在中国正规的心理诊所还是太少了……所以如果我要来看的话，就要坐几个小时的车跑到深圳来，何况在深圳也没有那么多可选择的……

　　　　　　　　　　　　　　　　　　（文本来源：Cindy 研究访谈记录）

②推动因素

阻碍因素存在的同时,一些推动因素的存在同时又促使 Cindy 重新寻求治疗。

独立自主的生活理想:长期在家的休闲生活,尽管表面上父母对自己有更多的让步和自主选择,但 Cindy 觉得从长远来说,这样下去自己更没有无法实现自己的独立生活,因为

> 我没什么技能,没专业知识,连维持自己生存都成问题,最后还是要依赖他们……要他们帮我安排工作,托熟人照顾我……又要走他们为我安排的路……想想都觉得害怕……所以我觉得一定要学个一技之长,至少要让自己在经济上独立……
>
> (文本来源:Cindy 第一节个体治疗记录)

而随着年龄的增加和大学毕业在即,这种愿望变得更为迫切。

> 如果我没休学的话,今年都该毕业了,可以自己挣钱生活了……但我现在这个样子一事无成……真的不能再托下去了,越往后托学东西就会变得越难了……
>
> (文本来源:Cindy 第一节个体治疗记录)

当研究者问她将来想做什么样的工作和过什么样的生活,她说:

> 其实我也不是很确定自己一定是做什么工作,我只是希望可以学一些自己喜欢,而且也可以赚钱养活自己的技术,然后按照我自己的意愿生活,自由自在的,不用受太多拘束,尤其是不想依赖父母。
>
> (文本来源:Cindy 第一节个体治疗记录)

可见，与尚处青春期的年轻人相比，已步入成年早期的 Cindy 所要求的独立性，不仅体现在对独立思考和精神的追求，还表现为对经济独立的向往。这些都为她希望改变现状提供了现实的动力。

这些尚不够具体的生活理想对于 Cindy 来说并非突如其来，而是由来已久。只不过随着毕业时间的临近，它变得前所未有的现实和迫切，由此带来的危机感使得 Cindy 在接受治疗与保持现状之间的权衡中为"接受治疗，改变现状"加上了一个沉重的砝码。

重塑专业服务中的契约关系：Cindy 重新寻求治疗预约时对治疗师提出一个要求，即以个人治疗的方式进行，不希望父母再次卷入治疗过程。她表示，这是她治疗可以继续的前提条件：

> 因为这是我自己的事，我想自己面对，自己处理。他们一卷进来，我就觉得很多事情就会变得不可控制，一定变成我不想要的样子……这是我自己的事，与他们无关，所以我不想要家庭治疗……
>
> （文本来源：Cindy 第一节个体治疗记录）

而对于与治疗师的关系，她也有仔细的思考：

> 我原来会很在乎你们对我的评价，有什么看法，尤其是我父亲搅和进来以后……现在不一样了，这样我有时候在你们面前就会表现得不太真实，也觉得挺累的……现在不一样了，我现在的想法就是我要找你们解决我的问题，你们怎么看我不重要……我只是希望现在的治疗是我的治疗，参与的只有你们和我，不要跟我的父母有什么牵扯……我会对你们真实，你们用专业知识帮我……
>
> （文本来源：Cindy 第一节个体治疗记录）

在双方达成新的共识后，Cindy 重新回到个人治疗程序中，其动机水平一直维持较高状态并逐渐提升到行动期。

在 Process 2 的过程中,对 Cindy 的治疗动机产生影响的有正负两方面因素,疾病为她在与父母的互动中带来更多的控制感使她想要安于现状,寻找专业服务在现实上的困难也在此之中起了推波助澜的作用;但是对未来的担忧、对经济和精神的双重独立的渴望、对自主生活的向往又让她认识到不能保持现状。尤其是在休学在家一年半后,随着时间的推移,这种担忧加剧为危机感。因此,Cindy 在改变现状与维持现状的冲突下赋予了前者更大的重要性,这成为她重新回来接受治疗的最大动因。对这个动因加以强化的是她与治疗师之间达成协议,将父母排除在自己的治疗之外,与治疗师之间重建单纯的专业服务关系。在这个过程中,我们可以看到,对医患关系的认识或设想始终是影响 Cindy 是否回来接受治疗的重要因素。我们还可以看到,不仅现实生活中已经发生的事情会对个体的认知过程产生影响,进而影响其动机水平,一些尚未发生的非现实因素如个人的生活理想和未来的危机感也可能成为个体选择接受治疗以改变现状的重要动力来源。

四、Cindy 动机水平变化过程的特点

回顾 Cindy 的动机水平变化过程,我们可以看到以下特点:

1. 对心理治疗和患者—治疗师之间的关系的认知是重要的影响因素。当治疗关系被视为以工作契约为基础的专业服务关系,患者对心理治疗的接受程度比较高;反之如果她认为治疗关系可能与她的个人生活产生关联,变成父亲与治疗师的联盟,她就会拒绝治疗。

2. 包括家庭系统和专业治疗系统在内的人际系统的互动塑造了 Cindy 对心理治疗关系的认知,并由此影响其动机水平。在家庭治疗情境中,父亲与治疗师之间的互动过程重塑了 Cindy 对医患关系的认识与评估。

3. 从时间维度上看,不仅个体的既往生活经验对当前的认知与行为选择有塑造作用,个体对将来的设想也有重要影响。Cindy 的生活

理想在她考虑是否要重新接受心理治疗的过程中具有重要作用。

第二节　Yuki：在父母的支持中逐渐康复的女孩

一、发病背景

Yuki 来就诊时是 15 岁的初二学生。成绩优异，常年是全年级第一名。父亲是某国企中层管理人员，长年驻外省工作，直至女儿病后辞职回家至今；母亲为同一公司职员，是父亲辞职前女儿生活的主要照料者。

Yuki 自幼与父亲感情最好，但相聚时间有限；与母亲日日相对，却时常争吵不休。投诉母亲"脾气急躁，啰嗦得要命……跟她很难沟通……"母亲则认为"她在思想上比同龄人成熟，很有自己独立的思考和想法，但在如何与人相处上面还是小孩子，太任性。"病后母亲因担忧孩子的安全而增加对 Yuki 进食状况的关注，女儿反感，母女之间冲突加剧。

二、进入治疗

发病后曾于某专科医院住院治疗两个月，但体重与进食模式以及母女间冲突均无明显改善。Yuki 对这段治疗经历评价负面，父母也有批评，比如普通患者与重性精神病患者被安排共处同一病房非常不妥。后了解到南山医院心理科有专门针对厌食症的治疗中心，就前来尝试。

如前文提及，Yuki 在治疗初始阶段的动机水平大致处于酝酿期，表现在一方面她觉得自己的确太瘦，没有坚决否认治疗的必要性；但另一方面，她并没表现出对疾病后果的强烈担心，并且与父母的热切期望相比，她对心理治疗与治疗师均持观望和戒备态度。

但在她的动机水平变化曲线图中，我们可以看到，在随后的几十节治疗中，Yuki 的动机水平呈反复变化，但总体趋向升高。我们大致可以把它分为三个过程,反映了动机水平升高、降低以及重新升高的过程。下面将报告三个过程中分别有哪些因素在产生影响以及如何产生影响。

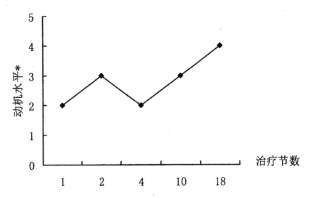

* 动机水平轴中数字 1~5 分别代表动机水平自低向高连续变化的 5 个阶段:
1　为否认期;2　为酝酿期;3　为准备期;4　为行动期;5　为维持阶段。

Yuki 动机水平变化曲线

1. Process 1 动机水平略有升高

到第二节治疗结束时,Yuki 对治疗的观望态度有所改善,表现为愿意与治疗师展开对话,并同意与父母和治疗师结成同盟共同抵抗疾病。

通过治疗录像的分析,我们在此阶段没有发现家庭系统内的互动模式有明显转变,那么与 Yuki 这种改变有关的因素是什么?

①阻碍因素

疾病带来的情感获益:上一章中我们曾经提及,Yuki 病后父亲辞职回家照顾她,从此她得到大量与父亲相处的时间,这对她来说是疾病给她带来的最大好处。

②促进因素

在研究者后来的追访中,Yuki 认为带来这种变化最主要的因素是她觉得这个治疗师与过去她见过的其他治疗师不同。

　　她没有教授的架子,一直问我们问题,想要了解我……我以前见的那些专家,还没跟你说过几句,就说你不能这样,不能那样,好像他所有的事情就知道了一样…是神仙吗? 那么厉害……

（文本来源:Yuki 研究访谈记录）

Yuki 的父亲也认为:

　　这次我们比较有信心,我们觉得她(治疗师)很懂得跟孩子谈话,问一些孩子可能愿意谈的话题啊什么的……有的专家就是因为专家身份,跟小孩子说话时容易有距离,就不容易被他们接受,小孩子毕竟跟大人不一样……Yuki 回家也说跟这个教授聊天还挺舒服的,没有那个道貌岸然的样子……

（文本来源:Yuki 研究访谈记录）

母亲则说:

　　最开始 Yuki 不太愿意理人的时候我有点担心……她就是这么任性,但教授毕竟是第一次见她,她这么不礼貌会不会让教授不高兴……没想到她(治疗师)没生气,还是很耐心地跟她谈……我们觉得她对孩子很有爱心,才会这么宽容……

（文本来源:Yuki 研究访谈记录）

　　因此,在 Process 1 中,治疗师的耐心和对家庭尤其是 Yuki 的坦诚的好奇心,不仅有助于加强与患者及其家庭的联结(engagement),更重要的是,它使 Yuki 在对治疗的得失权衡过程中增加了接受治疗的分量,成为促进治疗动机水平提高的重要因素。

　　2. Process 2 动机水平回落

　　到第四节治疗结束时,Yuki 的动机水平有回落到治疗初期的趋势。她再次出现不愿与治疗师谈话的消极抵抗现象。在这过程中出现过治疗师暂时更换的情况。该治疗师为资深精神科医生,曾在治疗初期以临床医生身份参与过 Yuki 的治疗过程。Yuki 表示不喜欢该治疗师的"医生"形象和与前任治疗师形成对比的权威态度,因此在他负责的两节治疗中"不买他的账"。(详见第六章结果报告)

与 Process 1 一样,Process 2 中 Yuki 动机水平的变化产生主要影响的是治疗师在治疗过程中表现出来的特点和她对治疗师的感知和评价。

3. Process 3 动机水平回升并显着提升

从第五节治疗开始,Yuki 动机水平出现回升,并在随后的十几节治疗中表现稳定,逐渐达到准备期。

在这个过程中,疾病带来的获益仍然存在,但是更多推动 Yuki 康复的因素不断增加和被强化,她对心理治疗的认同因此逐步增加。这些推动因素主要有:

个体的选择性增加:上一章已经提到,选择性增加在 Yuki 身上表现为生活内容的扩展和多元化。家庭内和治疗室内的谈话不再局限于体重和进食,一方面让 Yuki 情绪改善,另一方面让她感到心理上空间的增加。对她来说,最大的变化体现在家庭系统内母亲与她的互动经验。当 Yuki 的进食情况不再是母亲关注的唯一焦点,她与母亲之间的冲突明显减少,他们在进食方面的协商进行得更为平静而顺利。母亲说:

> 她一直都是个挺有想法、很聪明的孩子,其实只要她比较心平气和了,她自己都知道自己应该怎么做……以前大家总是容易吵,一吵起来她就会赌气不吃,可能生气本身也是更没胃口……
>
> 现在我也不会非要求她一定要吃多少,我觉得只要她尽力了就好,这种事情要慢慢来,急不得……我觉得自己不那么急了……
>
> (文本来源:Yuki 第十节家庭治疗记录)

母亲认为自己的变化与几方面因素有关。

首先是父亲辞职回家对她压力和情绪的疏缓。

> 原来一直我一个人又要上班，有要照顾孩子，每天时间就像打仗一样，脾气很容易就急了……看见她一天天这么瘦下去，心里更着急，所以有时候可能说话语气什么的也不是太好，Yuki 也就跟我顶起来……她爸爸回来后，家里我基本上不用管了，每天主要就是上班；她爸爸在家，我也没那么多担心，有时候还可以和同事一起玩一玩，轻松一下……情绪方面好多了。
>
> （文本来源：Yuki 第十节家庭治疗记录）

其次是 Yuki 的变化带来的影响。她认为和以前比，Yuki 变得"思想不像原来那样走极端"，比较理性，面对父母不那么情绪化，这些变化让她：

> 不再那么担心，我也觉得自己不像原来那么紧张了……原来她那么瘦，还听不进我的话，我没法不着急，一着急想的就只有她吃没吃东西，体重怎么样……我看到她现在这样，虽然情况还不是最理想，但比以前还是有进步，我也就放心一些了……
>
> （文本来源：Yuki 第十节家庭治疗记录）

母亲认为 Yuki 的这些变化与医患之间的互动有密切的关系：

> 我觉得她来这里以后，你们很懂得和她沟通，让她有机会把自己的想法和意见表达出来，这跟她的情绪变好很有关系……
>
> （文本来源：Yuki 第十节家庭治疗记录）

父亲也表示认同。

对 Yuki 来说另一个重要的变化就是父亲带给自己的丰富生活。过去因为学业压力和父母无暇以顾,Yuki 有很多想做的事无法实现。她休学和父亲辞职回家后,父女两不仅多了很多共处的时间,而且父亲陪伴和鼓励 Yuki 做了很多与学业无关的事情,比如学魔术,学滑冰,学踩单车,和父亲一起研究股票等等,使 Yuki 的生活变得前所未有的丰富。父母在此过程中表现出来的关爱与尊重使她的心情大好,而在需要讨论进食问题时也会表现出更多的理性与配合。当进食问题不再是生活中唯一的问题,Yuki 面对它时释放出更多的理性的力量。所以Yuki 多次提到:

> 如果没有父亲这段时间为我做这么多,我不会好得这么快⋯⋯
>
> 　　　　　　　(文本来源:Yuki 第二十一节家庭治疗记录)

到这里,我们发现,父亲的回归与陪伴,原本是疾病给 Yuki 带来的继发性获益,是会阻碍患者接受治疗寻求康复的因素,但是在这个家庭的共同努力下,它逐渐变成了有助于 Yuki 改善疾病和积极治疗的重要因素,在此我们不得不感叹和欣赏这个家庭在应对困难中表现出来的坚持与智慧。

父母亲的行为强化:对于 Yuki 表现出的任何微小的进步,父母都及时予以正性鼓励,这对 Yuki 的治疗来说也是一个重要的积极因素。和不再纠缠于她吃了什么和吃得够不够形成反差的是,父母对于 Yuki 的任何行为的改善与进步给予积极关注,这对于持续努力中的 Yuki来说是一个重要的支持力量。

在 Process 3 整个过程中,我们可以发现家庭系统内和患者—治疗师之间互动模式的改变如何带来 Yuki 动机水平的变化:

治疗话题的扩展改善 Yuki 的情绪体验,以及父亲对家庭事务的积极参与，减轻了母亲的焦虑和对 Yuki 进食问题的关注强度，因此减弱了母女之间的冲突。家庭中由此可以容纳更多与进食无关的话题，Yuki 的生活有了更多的选择，这又强化了她的情绪改善，以及她与父母、与治疗师的良好互动，由此形成一个良性循环。如图所示。

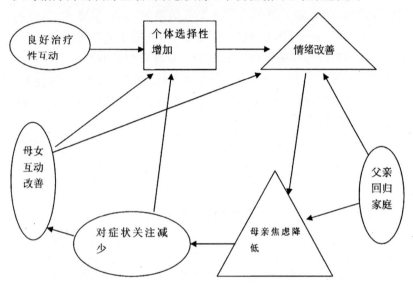

Process 3 专业治疗系统、家庭系统与认知、情绪相互作用下动机水平提高

　　而回顾 Yuki 整个动机水平变化过程，我们可以发现患者与治疗师之间平等的、探索性的、内容超越进食与体重等多种特点成就了 Yuki 对于治疗的积极反应，而这种反应则成为 Process 3 中所呈现的良性循环的一个切入点。

第三节　Scarlet：从外部文化观念到内在动机

一、发病背景

Scarlet 发病前是一个国际学校的高三学生。自诉进入这个学校后一直被同学嘲笑"难看",她认为难看有两方面:长相不好和体胖。因此而没有朋友,按她的话说,成绩好在这里没有任何人理会,女生只有漂亮才会被人重视和欣赏。因此决定减肥,曾经连续两个星期除了黄瓜和西红柿外什么也不吃,体重迅速下降 10 公斤左右,至 45 公斤,并由此为保持该体重水平而限制进食和抠喉。

父亲是某大型国有企业的高级管理人员,母亲为某企业的厂医(企业聘请的专职医生),均受过良好的高等教育。父母与女儿在学业发展方向上有共识,希望完成高中课程后赴海外读大学;但在体重控制方面有明显分歧。父母担忧她的过瘦体型和相应的生理表现,如面色苍白乏力等。但 Scarlet 本人认为父母的审美观"过时",否认自己有厌食症,坚持要保持目前的体型,因此常与父母发生冲突。

二、进入治疗

发病后半年父母带 Scarlet 来南山医院家庭治疗中心寻求治疗。但最初其实 Scarlet 是否认自己有问题需要接受治疗的,她说自己之所以来,是因为受不了父母在自己耳边一直"啰嗦"要她来看医生,她最终来就是要了证明自己没问题,父母是错的,同时对心理治疗她也存有一点点好奇心,"想来看看他们到底是怎么工作,会怎么说"。

三、Scarlet 动机水平变化过程

Scarlet 自 2005 年 1 月进入治疗程序后曾连续接受过 5 次家庭治疗,后因出国留学而结束治疗。但期间其父母与研究者陆续有联络,2006 年底 Scarlet 圣诞假期回国时曾表示希望回来南山医院接受治疗,但在至 2007 年春节期间想法反复变化,始终未再出现,直至春节后研究者与家庭失去联系。

通过变化曲线图我们可以看到,在我们所追踪的整个过程中,Scarlet 的动机水平大致有两个明显的变化阶段:

Process 1:动机水平逐渐提升

Process 2:动机水平回落

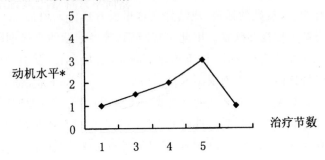

* 动机水平轴中数字 1～5 分别代表动机水平自低向高连续变化的 5 个阶段：

　1　为否认期；2　为酝酿期；3　为准备期；4　为行动期；5　为维持阶段。

Scarlet 动机水平变化曲线

1. Process 1:动机水平由否认期逐渐攀升向准备期

包括从治疗初始到第五节治疗结束的过程。也就是说,在南山医院接受的五节治疗中,Scarlet 的动机水平是逐渐提高的。

很明显,Scarlet 的动机水平在治疗初始时是最低的否认期,她既否认自己的进食模式和体型有问题,又否定接受治疗的必要性。那么在随后的过程中,发生了些什么事,以致 Scarlet 在对待疾病和心理治疗的态度上有所变化?

①阻碍因素

对于 Scarlet 来说,有几方面顽固存在的力量成为她想要放弃疾病的阻力:

首先是疾病为她带来的获益。她在迅速消瘦后从同学那里得到的惊叹与赞美带给她极大的满足感和自我价值感。在她的认知中,"漂亮"是一个女生获得他人尤其是同伴认同的最重要的标准,而同伴的认同又是她自我价值感的唯一来源。因此在她挨尽饥饿之苦换来同学的另眼相看后,要她放弃给她带来荣耀和认同的进食模式是何等之难。

其次是她关于女性美的认知观念。Scarlet 固执地将"骨瘦如柴"视为女性美唯一的标准,这种偏执的认知观念本身是 AN 疾病的表现,同时也是阻碍其治疗动机水平提升的重要因素。当她同时认为理想婚姻是女性价值的最终归宿，而"漂亮"是获得理想婚姻的最直接和可靠的途径时，瘦，漂亮，理想婚姻，社会认同与自我价值实现就会形成一个认知的链条。而她对这些观念认同不疑是因为它是同伴群体和诸多大众传媒的主流观念。（详见第六章结果报告）

②推动因素

这两方面因素形成一个封闭的相互强化的循环。Scarlet 从同伴群体和大众观念中获得关于女性美的认知观念，变瘦后她感受到从同伴肯定中体现的获益，这种获益又在进一步强化这种认知观念。在这个循环之下，Scarlet 在治疗初期固守她的症状，坚决否认疾病和治疗的必要性。

Scarlet 动机水平之所以在治疗开始后逐渐发生变化，是因几方面因素的推动：

突发事件提升她对疾病后果的意识：第五节治疗中，Scarlet 母亲告诉治疗师，因为上周 Scarlet 在学校突然晕倒，她自己开始意识到问题的严重性，所以最近变得比较紧张，对治疗的态度也比以前积极一些。而她之所以会把晕倒与 AN 疾病联系起来，是因为在前几节治疗中治疗师不断在向她提醒进食过少和过于消瘦可能造成的严重后果，但在晕倒这种 Scarlet 认为严重的现象出现之前，那些提醒并未被她接受。因此，治疗师前期的关于疾病后果的宣教工作对于 Scarlet 的意识水平的提高是一种认知上的准备，而突发的晕倒则是一个激活因素（trigger），在两者的共同作用下，Scarlet 对疾病的严重后果的意识水平提升，从而加强了她接受治疗以求改变的意愿。

关于自我价值感的认知扩展：关于自我价值感的认知扩展，是 Scarlet 动机水平提升的另一个重要的促进因素。她在"漂亮就是瘦"、"宁要漂亮不要命"的狭隘认知驱使下，除了拼命自我饥饿和抠喉，没有别的行为选择。经过几节治疗后，治疗师通过对 Scarlet 的生活世界的探索，与父母及 Scarlet 本人一起重构了一个不同的认知世界，它的不同之处在于：

1. 过去"胖"时也有很受人欢迎的经验：治疗师在对 Scarlet 校外生活的了解中，发现她在校外的人际交往经验与校内很不一样。在校外，她热情、幽默，受欢迎，而父母也用她在雅思培训班和加拿大游学经历加以佐证，她在校外是一个"受欢迎的女孩"。Scarlet 本人对此也不否认。

2. 漂亮并非自己唯一的追求，学业同样重要。Scarlet 开始坚持声称：

> 影响学业怕什么？在这个学校学习好一点用都没有！女生只要漂亮，什么人都围着你转，成绩好不好没人在乎……不漂亮就要被人排挤……

> （文本来源：Scarlet 第一节家庭治疗）

这让治疗师与父母都非常担心。但是治疗师避开与她正面进行认知上的论辩，而是一方面肯定她对"漂亮"的追求是正常的，一方面逐渐探索除了希望漂亮之外，对自己还有什么理想，Scarlet 表现出对学业的重视：

> 我绝对不承认我把漂亮看得比学业更重要。我是想变成一个内外兼顾的女性。我不是把漂亮放在第一的位置上，虽然漂亮对我来说真的很重要……

> （文本来源：Scarlet 第五节家庭治疗）

经过这个过程，Scarlet 的价值体系不再是瘦与美单一的因果关系，它已经开始容纳"受人欢迎未必与胖瘦有关"以及"学业同等重要"等不同的观念。这为 Scarlet 增加了更多的行为选择，她可以通过不同的途径来获得自我价值感。因此，她曾经死守自己的症状如坚守自己的战场,否定治疗的必要性,但她却从未缺席随后的几节治疗,并逐渐开始考虑是否需要改善自己目前的身体状况。当晕倒事件发生后,这些考虑的影响力迅速提升,促使 Scarlet 对治疗的接受程度显著增加。

家庭系统互动的改变:Scarlet 病发后,在家里父母与 Scarlet 的谈话主题始终围绕着两方面:不要吐和太瘦。这让亲子关系陡然变得紧张,尤其是在价值观上有根本分歧的母女之间。母亲对 Scarlet 以瘦为美和漂亮大过天的看法非常"反感"。但在治疗进行到第四节时,我们发现情况有所改变。一向强调"女性以内在为美"的母亲开始注重衣服颜色的搭配和样式的变化,甚至开始去了解女儿天天摆弄的那些化妆品是怎么回事。她说:

> 我想她说的也可能有她的道理……我可能也需要了解一下她们现在的想法,跟我们是太不一样了……以前我是绝对不会谈这些的,现在觉得她说的也有道理,稍微打扮一下对心情也是一种调节……
>
> （文本来源:Scarlet 第四节家庭治疗）

对于 Scarlet 来说,这是一种好的变化,因为对吃与吐的过度强调,只会让她吐得更厉害:

> 原来一天到晚说的就是吐吐吐,就没别的可说了……这让我很生气……所以你们越说,我越吐……
>
> （文本来源:Scarlet 第四节家庭治疗）

奇妙的是,当母亲关注的焦点从吃与吐的问题上转移开去的时候,Scarlet 倒开始冷静理性地考虑是否不再吐的问题了。

生活理想:Scarlet 在第四节家庭治疗中表示,她的理想是以后工作挣钱了在北美某地买房子,接父母过去养老,因为那里安静和方便,非常适合年纪大的人修养。这个理想的存在强化了学业对于 Scarlet 的重要性,并有效抗衡"要美不要命"的极端认知观念。

回望 Process 1 整个过程,关于"什么是美、女性的自我价值源于何处"的认知主导了 Scarlet 的动机水平变化过程:当她把瘦当成女性美和价值的唯一来源,她就会坚持原有的进食模式和体型,拒绝治疗;当她的认知体系得以扩展,意识到还有其他获得自我价值感的途径,她对瘦的坚持和对治疗的抗拒就会有所松动,动机水平就有可能提升。

同时我们还必须看到,Scarlet 的认知观念及其变化过程与外界环境和治疗互动过程的密切关系。首先,Scarlet 初始阶段关于瘦就是美,美就能实现好的个人生活的观念,并非她独创,而是她从同伴群体与时尚杂志与广告、电视等不同的大众媒体传递的信息中获得并得到强化的。其次,她的认知扩展的过程与治疗室内与治疗师的互动以及家庭系统内的互动过程相关。显然,如果父母与治疗师和她的谈话内容只限于"吃,吃,吃",而没有拓展到一个年青女孩的生活中的方方面面,话题的狭隘不可能带来认知的扩展。因此家庭系统的互动和治疗性互动内容的扩展,直接影响了身处其中的 Scarlet 的认知扩展。

2. Process 2 动机水平回落

Process 2 在时间纬度上指 2005 年 5 月 6 日第五节治疗结束后赴海外读书到 2007 年春节后研究者与该个案失去联系之间的过程。在这过程中,Scarlet 未再在治疗师与研究者面前出现过,但研究者与其父母陆续有联络,间接了解到 Scarlet 在海外求学期间的若干情况。

2006 年 4 月,Scarlet 母亲写邮件告知研究者,她状况又有所回落,情绪转差,AN 症状恢复,抠喉与呕吐情况增加,希望治疗师与 Scarlet 建立电子邮件联系。治疗师提供了电子邮件地址给 Scarlet 母亲,并希望母亲转告 Scarlet,在急需的情况下可以求助驻校的心理学家。但此后始终未收到 Scarlet 的来信。

2006 年 5 月,研究者再次向母亲询问 Scarlet 的情况,母亲表示 Scarlet 在准备考试,不想与外界联络分心,再她有需要的时候会主动

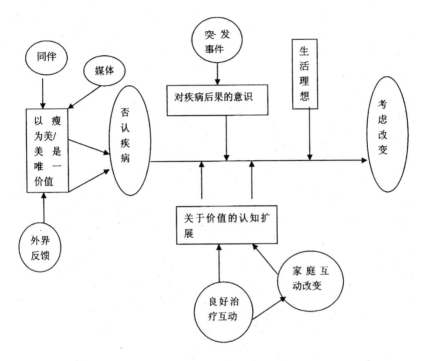

Process 1 认知扩展带来动机水平的提升

联络我们。

2006 年 12 月,研究者联络母亲,询问 Scarlet 情况,是否在圣诞节回国探亲。父亲积极回应,表示她刚回国,很想回来见治疗师,希望可以安排预约。但随后几次安排中父亲一直以时间不合适为理由取消预约,希望春节后再联络。

2007 年 2 月,研究者再次联络 Scarlet 家庭,母亲电话告知,这段时间以来 Scarlet 情绪不稳定,对于要不要回来见治疗师的态度也是变化无常,所以去年底出现预约多次临时取消的情况。当下 Scarlet 重又处于极度抗拒治疗的状况,甚至听到父母提到治疗就会发脾气。问及在海外期间 Scarlet 是否求助过学校的心理学家或其他专业人士,母亲说没有,因为"她的语言不是很好,觉得沟通上有问题,所以不愿意去"。

母亲感谢治疗师的关心，表示在 Scarlet 愿意来的时候会再与治疗师预约。

2007 年 3 月至今，Scarlet 返海外读书，研究者试图联络父母面谈，了解 Scarlet 状况反复变化过程中所发生的事情，父母始终未给回复。

因此，Process 2 过程中研究者与 Scarlet 之间始终没有直接的互动，包括对她动机水平的评估，也只是基于其母亲的转述，未获直接确认。研究者曾经多次联络其家庭试图了解过程中所发生的事情，但直至本文撰写为止，未获成功。在此基于研究的诚实如实记录，尽管目前我们尚无法确证过程中有哪些因素引起了 Scarlet 状态的波动，但仍然可以看到 AN 疾病康复过程中的复杂变化。

第四节　本章小结

本章呈现了研究中三位 AN 患者治疗动机水平的变化过程，着重体现有哪些参与影响的因素，它们会形成怎样的相互作用模式，以及如何产生影响和发生变化。每一个案在其动机水平变化过程中都基于个体及其情境的特点有不同的主导性的影响因素，并因此形成不同的作用模式，如影响 Cindy 的主要因素是她对治疗关系的认知与评估，而家庭系统的互动模式（父女互动）在专业治疗系统中的参与，对她的认知形成与改变有重要作用；而对于 Yuki 来说，增加她对治疗接受程度的主要因素是她对治疗师和治疗过程的某些特质的认可：平等的、探索性的对话，以及广泛的、超越狭隘进食问题的丰富谈话内容。她对于治疗的良好反应和父亲在其疾病过程中的积极参与又进一步激发起家庭系统中母女互动的良性循环。对于 Scarlet 来说，让她从否认疾病的存在到愿意持续接受治疗，最核心的作用因素是她对美与体型的看法和关于自我价值感来源的认知。当她意识到美与自我价值感有多种不同的来源，那么她对此的追求就有了更多的选择性，而不必固守 AN 症状。尽管三个个案各有不同，但我们仍然可以看到一些共同特点：

1. 不同影响因素之间存在相互作用。不同患者身上有不同的影响因素,而不同因素并非孤立存在,而可能存在相互关联。如认知观念影响动机水平,而认知观念又在很大程度上由社会观念、同伴文化或者家庭系统或其他人际系统的互动模式所塑造。本章报告的三个个案都以不同模式呈现了不同影响因素之间的相互关联。

2. 人际系统互动在动机水平的变化过程中扮演重要角色。三个个案中我们都可以看到,人际系统是我们在探讨动机水平变化过程中不可忽视的因素。无论是家庭系统内还是专业治疗体系内的互动,都会通过不同的方式参与个体的内在心理过程,影响个体对于疾病和心理治疗的认知观念,并且不同人际系统之间也会产生相互作用。

3. 患者与治疗师之间的互动对于初始动机水平处于不同阶段的患者都有重要影响。本章三位患者的初始动机水平分别处于准备期、酝酿期和否认期。跨理论模型提出,帮助系统的介入(helping rela-tionship)作为个体行为改变中发生的一种过程只在个体的动机水平处于较高阶段(准备期以后)时才出现。但本研究中 Scarlet 在 Process 2 中动机水平的变化过程表明,即使是处在水平很低的否认期,专业治疗体系内的互动仍然可能成为 AN 患者动机水平提升的重要促进因素。

第八章 讨论(一):动机的人际互动与
社会建构过程动机是个体心理过程,
也是人际互动过程

本研究的概念架构以跨理论模型为主要结构,并结合关于 AN 的各种经典理论和研究者的临床观察与思考。鉴于质性研究的特性,它是本研究的重要参考框架,同时它也只是一个理论的起点,不断被研究过程中所呈现的资料与结果丰富与修正,但这无损它背后原有理论的价值。本研究结果也不时对该框架中的概念和理论形成呼应。

第一节 动机是个体内在的心理过程

一、AN 患者的初始动机水平通常偏低,并呈螺旋式变化

本研究结果表明,AN 患者动机水平的特点与变化规律与跨理论模型的相关描述基本一致。跨理论模型提出,成瘾患者行为改变的动机水平在五阶段的连续体上的变化通常不是直线式,而是螺旋式,即出现倒退与提升的往复变化。初始的动机水平越低,出现螺旋式变化的可能性越大。本研究中 10 位 AN 患者,只有 1 位的动机水平呈现逐渐提升的形势而未出现过显著的动机回落,其余 9 位的变化曲线均有不同程度的起落。而这唯一的一位也是唯一的初始阶段动机水平已高达行动期的一位患者。这些结果一方面呼应了跨理论模型的相关论述,一方面也从某个角度说明 AN 的疾病改变在临床上的难度不亚于成瘾行为的改变。西方文献也指出,AN 患者的治疗动机水平通常较低

(Buch,1973；Palazzoli,1978；Vitousek,1996；Shafran & Silva,2003；Silva,1995)，成为临床工作的最大挑战。本研究结果表明，10 位患者中有 7 位分别处于较低水平的否认期和酝酿期，与西方相关文献基本一致。

二、个体的内在心理过程促成动机水平的变化

跨理论模型提出在患者动机水平变化中，有几类主要的"改变的过程"，分别涉及个体的认知、情绪、行为模式等方面。这些"改变的过程"大多数在本研究过程中得以呈现，尤其是认知因素在 10 位患者的动机水平变化过程中作用显着。患者关于疾病意识水平的增加，是 Scarlet 和 Karen 从否认疾病的存在到开始考虑是否要改变的转折点，而个体选择性的增加，对于 Yuki 和 Scarlet 来说，既是带给她们更愉快平静情绪的重要原因，更是为她的生命追求找到其他出路，而无须厌食一条路走到黑。在上一章重点报告的三个个案中，我们都可以不同程度地看到患者关于疾病和治疗关系的认知的变化，如何影响动机水平的变化。跨理论模型在讨论意识水平的增加对动机改变的影响时，并未特意提及患者对心理治疗的认知，但本研究结果表明这是研究患者心理治疗动机水平变化过程不可忽略的方面。研究者认为，这种差异的存在可能源于两者在关注对象上的微小区别。跨理论模型的目标是患者的行为改变的动机水平，包括未寻求专业服务的自我改变者(self-changer)；而本研究则专注于 AN 患者通过心理治疗寻求改变的动机水平，因此研究者的关注除了患者对待疾病的认识外，不可避免包括患者对待心理治疗的认识。研究结果也印证了后者在动机水平变化过程中的影响作用。

三、精神分析理论对于当今中国大陆 AN 患者的动机水平变化过程仍有解释力

Bruch(1973)基于临床观察提出，AN 患者在对限制进食和消瘦体

型的坚守之下,反映的是她内心"自我"的缺损和自我价值感的缺乏,而AN 症状是她在生活中找到的唯一的控制感的来源。因此,疾病对于患者来说具有一定的心理功能,而这些功能的存在可能成为患者寻求改变的阻力。Bruch 的理论在本研究中得到有力的回应。对于本研究中绝大多数患者来说,她都可以找到疾病带来的好处。消瘦让 Scarlet 获得同伴群体的认可,并由此而来获得自我认同,改变过去"自己一无是处"的境地;Fanny 坚决拒绝父亲参与和影响自己的进食问题,以此建立起与父亲之间唯一的一道屏障;Cindy 只有在吃与不吃和吃多少的问题上可以躲在自己的世界里,暂时逃离父亲的一手安排;而 Yuki 则因病而获得过去想而未得的父亲的陪伴。这些功能都在不同程度上削弱患者在行为改变上的意愿,只有找到更多的自我价值感的来源,或者说当这些功能可以被其他方式所替代时,她们才可能愿意放弃现有的疾病模式,实现动机水平的提升。我们在 Scarlet、Cindy 和 Yuki 身上都可以看到这样的变化过程。

因此,在相关理论的参照和呼应之下,本研究的结果表明,AN 患者的动机水平的变化是一个个体内在的心理过程。

第二节　动机是一个人际互动的过程

就如研究者在提出本研究的概念框架时即提出,动机过程不仅仅是个体内在的心理过程,也可能是一个人际互动的过程,因为关于 AN 的家庭系统理论和社会文化理论都提示了我们,AN 患者对于疾病的认识,与其周围人际系统的影响不无关系。因此,尽管当时研究者还不确定哪些人际系统会影响 AN 患者的动机水平,又如何产生影响,但仍然以关于 AN 的家庭系统理论和社会文化与女性主义理论为依据,将人际系统的因素纳入本研究的概念框架。研究结果也显示,人际因素是 AN 患者动机水平变化过程的影响因素。

一、家庭系统内互动对 AN 患者的动机水平产生影响

在文献回顾部分已经提及，家庭系统理论是一类以系统理论为概念框架的对家庭内现象的理解和理论。关于 AN 的家庭系统理论大致可以分为家庭病因论、家庭环境论和家庭资源论三种主要取向。病因论与环境论关注家庭环境与互动模式在 AN 疾病产生过程中的影响，而资源论则侧重家庭互动在 AN 疾病康复过程中的积极作用。

本研究结果一再显示，AN 患者动机水平的提升与家庭互动经验密切相关。Yuki 是一个典型代表。上一章结果报告中我们可以清楚看到家庭系统内的改变如何促进她的动机水平的提高：她父亲辞职回家后，家庭日常格局发生改变，他对家庭事务的参与一方面满足了 Yuki 长期缺少的情感需要，另一方面缓解了母亲独自兼顾家庭与工作的压力，焦虑随之降低，加之 Yuki 的情绪改善，母女间的谈话内容不再局限于进食问题。这种改变又进一步加强 Yuki 的情绪改善，她越来越愿意理性思考自己如何改进进食以增加体重。

类似的模式在 Scarlet 身上也有体现。当母女间的对话从关于"吃"与"吐"的争执改变为母女开始相互了解对方不同的认知与价值观念，Scarlet 也就改变了"你们越说，我就越吐"的行为模式，而开始考虑自己学业上的规划，这些转变都明显增加了她对于心理治疗的接受程度，因为她觉得是心理治疗带来了家庭内的这些变化。我们可以看到家庭内的改变对 AN 患者的动机水平的提升作用，当这种改变已经形成一种良性循环，我们就很难分清孰因孰果，而是互为因果，彼此强化，如 Yuki 认为母亲的心平气和让自己情绪改善，而对于母亲来说，缓解自己焦虑情绪的原因之一也恰恰是 Yuki 的好情绪体现的好状态。换言之，每个人的改变都有可能成为打破原有循环的突破口，促成新的良性循环的形成。在这种情况下，每一个家庭成员都可能成为提升患者动机，协助患者康复的资源，这对 AN 的家庭系统理论尤其是资源取向的家庭系统理论是一种正面的呼应。

相反,不良的家庭互动模式如果没有改变,则会阻碍患者改变疾病模式的动机水平的提高。如 Fanny 的父亲自离异后,独自抚养三个女儿。由于婚姻的失败,他强烈希望可以将女儿培养得"出人头地",以"为自己争回一口气"。从小表现优异的 Fanny 成为父亲的重点培养目标。因此,父亲运用自己手中充裕的资源,为她制造各种他认为有利于女儿"成材"的优越条件,包括让女儿学校的校长逼迫一个喜欢 Fanny 的男生转学。他用安排一切的方式表达对女儿的关怀,而 Fanny 觉得他"管得太多了"。前面我们已经报告过,Fanny 自被父亲所迫在第一节治疗中出现后,坚决拒绝再来,再没有进过治疗室。她父亲后来多次来见治疗师,反复表达担忧"她还是不愿来,越来越瘦了……",同样没变的还有他用"运用关系和资源为女儿创造最好条件"的照顾模式,这在研究者后来对 Fanny 进行家访时也得到确认。Fanny 告诉我们,在她的坚决要求下,她已在半年前入读了一个寄宿学校,与父亲之间的见面自然少多了,她觉得"这样对大家都好一些……我烦死他了……"。或许父亲的干预模式仍然不会改变,但显然 Fanny 的应对方式改变了。在这种改变发生半年后,我们见到的 Fanny 已明显比初见时体重增加了,面色也红润了,尽管她仍然拒绝治疗。

二、专业治疗体系内的人际互动对患者的动机水平产生重要影响

跨理论模型认为,专业帮助系统的介入只有在患者动机水平处于较高阶段(准备期以上)时才发挥效用。研究者认为,把专业服务的介入简单视为一种工具性因素,而不是一个会产生作用的人际互动,这是跨理论模型的不足。本研究结果表明,当治疗师及其工作团队以专业服务人员的身份与患者发生关联时,他们之间就形成了一个新的人际系统,这个系统里的互动情况会即时影响到患者对于治疗的看法和意愿。而且,即便是初始动机水平较低的患者,她与治疗师之间的良好互动也有可能对其动机水平产生影响,Scarlet、Yuki 和 Lucy 均是好的例证。

Miller 于 1992 就曾提出,患者的动机水平是一个人际互动的动态过程,治疗师与患者之间的互动经验对这个过程具有重要影响。本研究则更为具体地呈现了在与 AN 患者这个特殊群体共同工作时,治疗师与患者互动的哪些特质会有利于动机水平的提高,哪些则会起阻碍作用。需要说明的是,研究者并不认为本研究结果是可以推广到任何医患情境中的普遍规律,这本身就是违背"人际互动"理念的。但它最根本性的意义在于确认患者的动机水平高低并不完全是患者个人的事,也可能事关专业治疗系统。这对我们是种提示,我们的观念、语言、情绪的表达是否会对患者的动机水平造成损害,或者我们如何做可以激发患者的动力,需要我们不断进行反思。

三、不同人际系统之间的相互作用对动机水平产生影响

本研究中发现,不同的人际系统之间会产生相互作用,共同影响 AN 患者的动机水平的变化。在 Cindy 和 Fanny 身上可以明显见到这种关联。父亲想与治疗师建立"特殊关系"的方式是他在社会生活中惯常的人际交往模式的迁移,而"搞好与治疗师的关系,以便让女儿得到更好的服务"也是他照顾女儿的一贯模式的重现。而女儿之所以对这种"关系"唯恐避之不及或深恶痛绝,又是基于过往的父女互动经验。AN 患者这个群体的特殊性在于,疾病通常是患者与其父母之间"控制与反控制"的斗争的表现,症状是患者手中有力的武器,因此自然她对于任何可能增加父母的控制权或削弱自己的控制感的事态有高度的敏感。因此在几方面的共同作用下,女儿对刚建立起来的治疗关系形成新的认识,拒绝再次为父亲所安排和控制。

这种相互作用也可能对治疗动机产生正面的促进作用。如 Yuki 与 Scarlet。良好的治疗性互动过程改善了患者的情绪体验,进而降低了母亲的焦虑,母女间的沟通方式与内容因此发生改变,这进一步强化了患者情绪的改善,并使她增加认知上对治疗的接纳度,由此带来患者与治疗师之间更良好的互动。

　　由此我们看到,本研究结果中部分与概念框架中的理论如跨理论模型、关于 AN 的精神分析理论和家庭系统理论形成呼应和补充。但在对研究结果的回顾分析中,我们明显可以看到,有一部分研究发现是反复出现的主题,却是原有的概念框架所没有覆盖和不能解释的,如父母(主要是父亲)积极与治疗师建立私人关系,成为阻碍女儿动机水平提高的重要因素之一。这是与西方相关研究发现截然不同的主题,却是当前中国社会文化环境中常见的主题,因此我们无法回避对它进行进一步的讨论。

第三节　关系与信任:中国的人际交往模式与 AN 患者动机水平的变化

　　本研究中以 Cindy 和 Fanny 的父亲为代表的患者父母希望与治疗师建立一种超越专业服务关系的私人/朋友关系,其实这种情况并不是个案,而是当代中国社会生活中的常见现象。在各种专业服务领域,请客送礼送红包的现象也已经成为全社会关注与探讨的话题。显然,这些行为背后的目的是为了获得更好的服务,但是为什么人们会普遍认为通过这种方式才可以获得更好的服务,却是非常耐人寻味,也有着深远的文化根源。

　　这种现象首先反映了患者(父母)对患者与治疗师之间的专业治疗关系缺乏信任。患者与治疗师之间的关系是服务使用者与服务提供者的关系,在中国目前的医疗体制下,基本上属于消费者和服务者的关系。因此,从理论上来说,专业治疗关系关系是一种现代社会典型的契约关系,消费者付费,购买需要的服务。那么为什么中国人对于这种契约关系缺乏足够的信任,以至于要做额外的努力去保障自己获得应有的服务? 研究者认为这牵涉中国人的人际信任问题。

　　社会学家韦伯(1915)提出,人际信任有两种方式:特殊信任(particularistic trust)与普遍信任(universalistic trust)。前者以血缘为基础,建立在私人关系或家族关系之上,只信任和自己有私人关系的他人,而不信任在这个圈子之外的人;后者则以信仰共同体为基础,表现为人们普遍的而非特异的信任和诚实。他认为,中国人的信任行为属于特殊信任,与西方基督教文化国家的普遍信任形成鲜明的对比(Weber,1915)。他认为这种差别源于西方基督教文化传统与中国儒家文化传统的差别。

一、中国的人际关系与交往特点

梁漱溟(1963)指出,儒家社会理论中,"伦理"作为人际交往的基本规则,是基于"关系本位",而不是社会本位或个人本位:

> 中国之伦理只看见此一人与彼一人之相互关系……不把重点固定放在任何一方,而从乎其关系,彼此交换,其重点实在放在关系上了。伦理本位者,关系本位也。
>
> (梁漱溟:《中国文化要义》第 94 页)

而其中最重要的人际关系有五种,而对于每种不同的人际关系,应有不同的价值观念和行事准则,即为"五伦":

> 父子有亲,君臣有义,夫妇有别,长幼有序,朋友有信。
>
> (《孟子·滕文公上》)

也就是说,我们以何种方式对待一个人,要视乎我与这个人是什么关系。而费孝通提出的"差序性格局"则成为概括这种"区别对待"的人际交往模式的经典概念。他认为,中国人人际交往模式以自我为中心,把交往对象按亲疏远近分为几个同心圆,越亲近的越靠近自己的中心。而所谓"差序性格局",就是我们在与属于不同圈子的人交往时会采用不同的法则,越亲近的人就对他越好(费孝通,1947/1978)。

对于亲疏远近的划分,费孝通则认为主要是基于"家族主义",家人和亲人以及有地缘关系的村邻,处于最靠近自己的圆圈,是"自家人";其他的则为"外人"。孙立平(1996)认为这种对血缘和地缘因素的重视是由中国传统农耕社会的资源配置模式决定的:

> 在中国传统社会中,血缘的关系和地缘的关系之所以能占有这样一个重要的地位,根本的原因是在于,社会中的那些最重要的资源正是按照这两个基础,特别是血缘的基础来进行分配的。财产是依照血缘关系来继承的,生产和消费是以家庭来进行的,合作的形式是以血缘为基础的家族和地缘为基础的,邻里交换基本上是以地缘为基础实现的。正是在这种基础上形成了血缘关系和地缘关系的权威性,形成个人对血缘关系和地缘的依赖与效忠。
>
> (孙立平:《"关系"、社会关系与社会结构》,第22页)

黄光国(1985)将中国人的人际关系分为三类:情感性、工具性和混合性。情感性关系是一种最为稳定的社会关系,主要包括家庭成员、密友和朋辈等私人性群体的成员,儒家五伦中的"父子、夫妇、兄弟"即为情感性关系;工具性关系则是一种临时的、不稳定的关系,例如司机与乘客、店员与顾客、护士与门诊病人的关系;而混合性关系则是介于两者之间的,兼有情感与工具性因素的关系,如五伦中的"君臣"和"朋友"关系。他提出在面对不同类型的人际关系时,人们会采用不同的交往法则。杨国枢(1993)也做了类似的划分,他提出中国人常用的人际关系类别有家人、熟人和陌生人三种,分别对应不同的对待原则、交往期望值和互动效果。他们的理论基本上沿袭了费孝通以家族血缘关系为基础的中国人人际关系差序性格局的框架。

由此我们可以看出,在中国的传统文化观念中,以血缘与地缘为基础的家族关系是社会关系中最重要的因素,并以此形成"自己人"与"外人"的分野,从而建立不同的交往准则和期望。我们可以顺理成章地推论,在这种梯级化的人际关系的类别体系中,我们的信任程度也是呈梯级式变化的:最让我们放心和信任的是"自己人",对"外人"的可信度则抱不确定的态度。这在某种程度上呼应了韦伯的观点。

患者与治疗师之间形成的专业治疗关系,显然在以上各种人际关系的划分体系中都不处于核心地位,也就是说,治疗师对于患者来说不是既定的"自己人",而是"外人",因而不具有既定的"信任"。也就是说,中国患者付费买服务,却不一定认为自然就可以得到应有的服务。对于 Cindy 和 Fanny 的父亲来说,他们一贯都"尽自己所能给孩子创造最好条件",带孩子来见素昧平生的治疗师,他要如何才能增加对治疗师的信任,确保自己的孩子一如既往"得到最好的"?

二、人际信任的建立机制:关系运作

费孝通(1947/1978)指出,在实际操作中,中国人人际关系差序格局中"自己人"与"外人"的界定其实是模糊和相当弹性的,可以任由行动主体自行解释和划分。并无血缘和地缘关系的人,如果做到"自己人"所预期做的事及所付出的情感,就可以成为"自己人";而同一个人,在不同时间、场合,可能分别会成为"自己人"和"外人"。因此,对于内外的判别,并不依赖于社会认可的既定联系,也不依附于具体的个体,而具有强烈的"场依存性",取决于当时的情境(杨宜音,2000)。"自己人"尽管已未必有血缘或地缘关系,但并不妨碍我们继续用这个血亲色彩浓重的概念定义自己最亲近和信任的人,所谓"不是亲人",也可以"胜似亲人"。

研究者认为,看到这种界限的模糊与弹性,使我们对于中国人人际关系这个概念的理解可以从静态的既定格局的分类扩展到人们在相互交往中不断形成和变化亲疏远近关系的动态过程,后者对于我们理解中国人的人际行为是必不可少的。也就是说,在社会生活中,如果有需要,对于并无既定的信任的"外人",我们可以通过某种方式把他纳入"自己人"的圈子,从而建立起信任,所谓"自己人,好办事"。这就是一

个建立信任的过程。中国人建立信任的机制有何特点,有人已对此做过研究。

有研究表明,在西方社会,存在三种主要的信任产生机制,分别为声誉产生信任、社会相似性产生信任、和法制产生信任(Zucker,1986)。在这所指的法制是指广义的基于非个人性的社会规章制度,包括行政组织、专业资格和各种法规等。比如我以一个患者的身份见心理治疗师,尽管我过去并不了解他,但如果他是一个获注册资格的治疗师,我就会对他有基本的专业信任,因为他的专业资格和行业规范是对这种信任的保障。

然而有研究发现与西方社会不同,华人社会的信任主要是通过声誉和关系产生,而由法制产生的信任非常少见(Whitley,1991)。他发现在华人家族企业中,企业主通常通过与主要下属和生意伙伴建立私人关系,建立起彼此之间的信任关系。在此基础上,有学者提出,与西方人相比,中国人有自己特殊的建立人际信任的机制:关系运作。即建立、发展、维持和利用关系的活动(彭泗清,2001)。并且他认为,鉴于关系在中国社会中独特的重要性,可以认为,关系运作可能是中国人最主要的建立信任的机制。"

而信任之所以能通过关系的发展建立起来,还与一个重要的概念"报"有关。"报"是中国社会关系的基础(杨联升,1957),中国人历来强调"投桃报李",认为"来而不往,非礼也。"(《曲记》)。回报性的义务是关系的核心因素。关系意味着相互的义务,而义务感会使人做出值得信任的行为,否则就会"关系破裂",丧失面子和关系中包含的社会资源(Bian,1997)。因而,关系的主要功能在于它保证了交往各阶段所需的信任(杨中芳,2000)。

三、关系运作的方式

中国人在日常生活中如何与他人建立关系,与研究者做了大致的归纳与分类(乔健,1982),大致有以下六种:

袭：继承。这是先赋的关系而非后天建立，如出身和门第带来的人际关系；

认：主动寻找与他人的相交点，以建立联系，如认老乡；

拉：通过请客送礼等方式与并无关联的人建立或加强关系；

钻：设法接近与巴结有权势的人；

套：即"套交情"，"套近乎"，与"拉"相似，但较为曲折；

联：联络。从个人出发，通过其中的关联熟识更多的人群与网络。

通过各种不同的方式，人们可以从"陌生人"、"外人"逐渐变化为"熟人"甚至"自己人"，从而"办事"更"可靠"。事情所涉可以从"婚姻、生育、丧葬、入学、户籍"到"职业、出国、购物、住房、看病、交通、娱乐"等等，几乎无所不包，无孔不入(乔健，1982)。

四、关于本研究的反思

中国的现代化进程很大程度上是"西方化"的过程，我们引进西方发达国家与地区的先进技术、吸纳高科技产品，也引进了在西方发展成熟的市场经济体制和契约式的消费关系，包括各种专业服务的建立，都是在上世纪 80 年代实行改革开放政策后向西方学习的结果，心理治疗作为一种专业服务在中国是一种典型的"舶来品"。

首先要承认，在全球化日见其盛的大趋势下，这是一种社会的进步。但值得我们思考的是，在我们将现代的西方的服务与理念带到中国时，是否存在需要对其适用性进行分析和加以改造的地方。本研究的结果发现就是一个明显的例证。

在基督教文明的"普遍性信任"与"人人平等"的人文传统下，契约关系是患者与治疗师之间最根本的关系，治疗师的专业资格与职业规范而非私人性关系是彼此信任建立的基础。而在中国"差序格局"的传统人际观念中，人们对非私人性关系是没有足够的信任感，因此想方设法要与专业人员建立一种私人关系，成为一种普遍现象。在过去的探讨中，我们多把这种"拉关系"的行为视为对专业人员职业操守和伦理规范的挑战,本研究发现,对于 AN 临床工作领域的专业人员来说,由于 AN 所具有的疾病的特殊性以及患者家庭特殊的既往互动模式的特点,它不仅是对专业伦理规范的挑战,更直接威胁到患者的治疗动机水平,进而影响治疗效果。因此尤其需要引起特别的关注。

　　需要强调的是,尽管本研究结果表明父母"拉关系"的行为表现成为患有 AN 的女儿治疗动机提高的阻碍因素,但研究者认为,应对策略不是"对他们进行教育,告诉他们这样是不好的"那么简单。事实上,我们也不能用"对"与"错"、"好"与"坏"来简单判断这种行为模式。首先,这种模式不是个人化的模式,而是整个中国社会文化环境中的一部分,也是专业服务被移植到中国后赖以生存的土壤。如果它有水土不服,我们不可能彻底否定和替换掉所有的土壤,而只能努力对两者进行改造,以促进相互适应。其次,这种模式是在其社会生活中不断被强化的。事实上 Cindy 和 Fanny 的父亲是目前中国社会里成功人士的代表,他们都没有良好的家庭背景提供社会资源,而是靠自己的努力和从无开始的关系建立,逐渐从社会底层奋斗到如今在政界与商界的成功。因此,"关系"的建立是他们在社会生活中切实体验到的经验,并且在成功中不断被强化。所以,对这些很难一分为二的"对"与"错"来进行简单的价值判断,更不能就此对这些个人做这样的价值判断。

　　另一方面,我们也要看到,"关系本位"作为中国社会文化环境的一部分,治疗师也不能超脱其外。本研究所依托的专业团队中兼有来自香港和大陆两种不同地域背景的治疗师,当大家共同面对这种患者家长"拉关系"的行为时,差异就会浮现出来。香港的治疗师基于专业训练会甚为不解,并坚决拒绝;而对于国内的治疗师来说,要做到干脆拒绝未必如此容易。研究者本人在临床工作中作为治疗师在面临这种问题时的体验是,一方面知道肯定要拒绝,但同时会有压力和不安,担心拒绝是否会对对方造成伤害,是否会让他产生误解认为治疗师不接受是因为看不起他,不给他"面子"。正如一位从业多年的治疗师所说:"收了礼物伤治疗,不收礼物伤感情"。这是大多数在国内工作的治疗师共同面临的两难困境。而专业伦理规范的缺乏加剧了这个困境。尽管前面提到，有研究显示，专业资格与规范在西方是建立人际信任的重要机制，但在华人社会却不是如此奏效。很显然，在专业伦理规范已经建立起来的行业，人们对专业人员的可信度仍然可能会产生质疑，但如果没有专业伦理规范的存在，人们对专业人员的可信度一定会有疑问。因此，研究者认为伦理规范的建立并不是解决治疗师面对"关系"问题的两难困境的充分条件，却是解决这个问题的必要条件。而除此以外我们如何在"关系本位"的中国传统文化背景下处理好专业服务关系，则是需要汇聚集体智慧需做长期努力与探索的复杂问题。

第四节　动机是一个社会建构过程

一、女性审美观的社会建构

除了人际互动的影响，本研究结果发现影响 AN 患者治疗动机的另一个重要因素是"消瘦"为患者带来的社会认同（主要在同伴群体中）和因此带来的自我认同。这背后隐藏的是作为整体的社会关于女性"美"和"自我价值"的认知。而这些认知观念的形成与巩固，又是一个为社会文化所建构、又不断在社会文化环境中被强化的过程。从这个意义上说，AN 患者的动机水平的变化过程，也是一个社会文化不断参与建构的过程。

前面理论回顾部分就已经提到，关于 AN 的女性主义理论主要从两个角度论述了 AN 与父权的社会制度的关联：

1. 什么是"女性美"，不是一种客观实在，而是一种社会建构，是男性中心的社会为了控制女性的发展，维护男性的优等地位而建立的社会定义。两性地位的不等造成了女性只有通过讨好男性才能获得社会认同。（MacSween，1993；Hepworth，1999；Wang，2000）。因此，拼命节食以求纤瘦是女性自身对这种男性本位的审美观的附和。

2. AN 表达了女性在父权制度下对"自我"和"自我认同"的追求。作为男性消费品的女性没有主体性和个人化。女性为了避免被消费和被侵入,通过对自我表现需求的否定(拒绝食物)建构一个封闭而自主的自我。因此从某种意义上说,AN 是女性对不平等的两性关系的抗争和在这种不平等关系下对"自我"的追求与表达(MacSween,1993;Hepworth,1999;Orbach,1982;Lawrence,1984)。

这些女性主义角度的理论在本研究结果得到不同程度的呼应。

首先,我们看到盛行全球的"以瘦为美"的女性审美观在中国年青女性中几乎无一例外地被接受。本研究 10 位 AN 患者年龄跨度从 13 岁到 25 岁,教育阶段从初中到硕士研究生,都不同程度地表达了这种倾向,而在日常生活中"我太胖"/"我又长胖了"恐怕是我们最常听见的女性关于自己的抱怨和担心。对于"美"的追求无可厚非,但是在我们的研究中显示出什么是美和美的价值是什么,却值得我们进一步探讨。Scarlet 是本研究中因爱"美"而否认疾病拒绝治疗的典型代表。

与其他患者一样,她表达了对"漂亮"的追求,只不过表现得更为极端,为了瘦即便是"吞蛔虫也愿意"。她非常清晰地表达了为什么这么渴望"漂亮":第一,她"从小到大看尽了漂亮的好处",也就是说,女性只要漂亮,什么事情都好办,反之亦然。第二,漂亮更可能得到理想婚姻,由此而来获得优越生活和社会地位。因此,她觉得,漂亮是一个女性最首要的价值,而其他如内在修养等只是锦上添花的东西。

客观地说,Scarlet 的观念并非一种个人的认知歪曲,某程度上代表了从传统到当代中国社会普遍存在的对待女性的看法。理论回顾部分提到,春秋战国前后,"男尊女卑"的两性格局即已被文字记载,而随着儒家理论在中国封建社会意识形态领域统治地位的确立,它所规范的"三纲五常"、"三从四德"更是巩固了男性本位的社会制度与文化,女性的从属地位和客体化从此制度化。在这种背景之下,女性的"美"与价值唯有建基于对男性的取悦和对男性需要的满足,因此会有"楚王好细腰,宫中多饿死"的典故。因此,什么样的女性是美的,有价值的,并非由女性自主,而是由男性的需要决定的。

西方社会有更为系统的理论对这种女性地位进行呼应,集中体现在社会性别理论对于性别本质主义的批判。性别本质主义是性别问题上的生物决定论,认为两性及其特征是先定的,是由生理特点决定的,女性特征是肉体的、非理性的、温柔的、依赖的、主观的,缺乏抽象思维能力的;而男性特征是精神的、理性的、富于攻击性的、独立的、理智的、擅长抽象思维的。这种分类结构就是把女性归于较低的自然范畴,把男性归为较高的精神范畴,因此和中国社会一样,从性别结构上是男尊女卑的。在其理论预设中,女性的价值在于其美丽的身体及其为男性所用的使用价值,其精神世界是毫无价值的,女性的身体是男性宠爱的内涵(Featherstone,1982;章立明,2001)。

社会性别理论是对此理论的有力反击。西蒙娜·德·波伏娃是社会性别(gender)概念形成的先驱。早在 20 世纪 40 年代她在《第二性》中就指出:"女人并不是生就的,而宁可说是逐渐形成的。"妇女是被社会建构为他者(the Other)的人,妇女的劣势不是自然形成的,这个等级划分的二元体系是父权制的产物,是用来为巩固男性权力服务的。因此,女人不仅是一种社会建构的产物,而且是这个被建构的不对称、不平等的性别关系中地位较低的一方。

六七十年代以奥克利等为代表的女性主义理论家正式确立了社会性别的概念及相关理论。她将社会性别(gender)与生物学性别(sex)进行区分,她将性别定义为表示生物学意义上男性和女性的解剖学和心理学的特点,而社会性别是社会建构的男性气质和女性气质(Oakley,1972)。男性气质和女性气质不是由生物学性别所限定的,而是通过社会、文化和心理的影响形成的,这种影响在特定的社会和特定的时间中,在一个人成长为男人或女人的过程中无所不在。

由此可见,无论在东西方,女性以迎合男性眼光的标准对自己的形体进行调整,以更符合所谓理想的"女性气质",是以男性为中心的父权制度与文化的产物,而在男尊女卑的社会结构中,它似乎成了女性要获得社会地位与社会认可的唯一出路。所以 Scarlet 会坦言认同"女人干得好不如嫁得好"的观念,而事实上这个观念也被中国社会多数人所接受。

我们或许有质疑,现在已是二十一世纪,中国的封建社会制度早告终结,难道性别观念就从来就没有变过吗? 或者说,Scarlet 的认知观念,在我们当下的社会环境中,是否还存在支持性的社会文化因素?

我们对中国目前的大众文化消费做一简单的了解,便迅速可以体会到这种两性结构的存在及其根深蒂固。如 Scarlet 所说,现在是减肥广告满天飞的年代,无论是电视还是平面媒体,"翻开打开看到的都是一些瘦的不行的女模特,让你觉得自己再不行动就不行了"。有大陆研究者从大众传播学角度对国内的减肥行为与减肥广告进行研究(徐敏,钱宵峰,2002),发现:

1. 大众对减肥的盲目参与。研究者引用曾在北京进行的一项目调查数据,减肥人口中属于体重正常的占 33.8%,其中体重不足的占 3.8%。

2. 减肥广告的诉求通常定位于女性"苗条身材"与"真正的成功"和"获得男性的爱慕"之间的关联。尽管是在"知识"、"信息"、"高科技"时代,但如果你是女性,你就不能光靠头脑和工作实力取得成功,苗条身材才是一个不可或缺的条件。否则的话,即使你再有成就,再有名气,你也不会有自信,不会有真正意义上的成功——这是减肥广告中特别强调的一个主题。

更多的调查研究则证明减肥、整容、塑身等不同类型的对身体的再造在当代中国出现一个前所未有的热潮(章立明,2001;徐敏,钱宵峰,2002;姜秀花,2003)。而全世界范围内各种选美活动的层出不穷更印证女性作为一种消费对象的实质在现代并未有改变,而是表现得更冠冕堂皇。大众文化成为一种不断传递、塑造和强化女性的物化特征的手段。

吉登斯(Giddens,1991)曾经从现代性与自我认同的角度对 AN 疾病进行讨论。他认为,"社会持续地把女性排除在社会生活的完全参与之外"与 AN 在女性人群中发生有关。

> 今天的女性拥有名义上的机遇去追寻全部的可能性和机会;然而在男性主义的文化中,许多这样的路径仍是关闭着的。
>
> (Giddens, A., *Modernity and Self-Identity*, pp. 120)

儒家的"三纲五常"在现代中国的制度化层面已经被废除,那在我们的日常生活中是否已经有了真正意义上的男女平等,或者说,女性在社会生活中是否已经拥有了与男性同等的机会和选择性?大量调查研究结果表明,情况并非如此乐观,中国女性仍然在劳动就业、接受教育、职业发展等不同领域均遭受显性或隐性的性别歧视(周文莲,周群英,2006;王欣,2006;文东茅,2005;贾艳芹,陶莉,2007)。

吉登斯认为,晚期现代性使个体选择的多元性成为可能,而处于劣势的女性为了获得这些存在着的可能性和机会,不得不以一种比男人更为彻底的方式,抛弃其较为陈旧的刻板化的认同。她以一种渐进的有控制的限食方式,锻造与其自我认同有关的特别的生活风格。换言之,他认为 AN 是试图对传统的女性角色形象的颠覆,是女性为了获得自我认同和更多可能性而做的主动的努力(Giddens,1991)。这与近年西方关于 AN 的女性主义理论的阐述基本一致(Orbach,1982)。而在本研究中以 Scarlet 为代表的 AN 患者身上,我们看到她们执著追求的"自我"仍然是通过满足男性需求获得认同的"自我"。这两种自我在内涵上的不同以及背后的根源是什么,是另一个值得我们深入探讨的研究领域。

对于 Scarlet(或与她类似的很多人)来说,她有好的物质生活,就读国际学校,而且即将赴国外读大学,表面上她拥有她的祖辈无法想像的现代化生活模式和机遇。但她仍然有与祖辈类似的观念,仍然觉得作为一个女人别无选择:只有被男人欣赏,才是最终的归宿。我们可以从个体角度理解为这反映了一个女孩有了现代化的物质装备,而在精神层面却仍然停留在前现代阶段,所谓"有现代化的身体,却没有现代化的脑子"。但研究者认为,从社会文化角度来看,这反映了我们的社会尽管在不断蜕变,但是男性中心的父权制度与文化并未发生根本性的变化,因此社会建构的什么是女性美,什么是女性价值的观念仍然在超越时空地影响不同时代的女性,并不断在社会生活中被强化。

但这并不意味着女性的自我价值感的来源就是被决定而不可改变的。既然社会性别是被建构的,是通过社会文化的影响实现的,这就意味着它也可以通过新的社会建构加以改变。本研究中 Scarlet 在 Process 1 中的动机水平的变化,就与新的建构有关。当她从大众媒体、同伴群体和生活经验中感受到女性只有漂亮才能获得别人的尊重和优待,她就会固执地要保持消瘦而不愿接受治疗。但这些观念并不是不可改变的。在治疗互动和家庭互动的不断影响下,Scarlet 的既往经验中曾被她忽略的部分被强化,如她在校外培训班中因为好的性格备受欢迎,她不像现在这么瘦的时候曾游学加拿大,那里的朋友也对她很友好,觉得她很有魅力⋯⋯她从坚持认为只有瘦才有女性魅力,到逐渐开始考虑魅力是否还有其他的来源。她以主动性参与到这个建构过程,在互动中个体的体验和认知被重构。当然新的建构仍然有改变的可能,她赴海外留学后那一段我们目前还不清楚的经历导致 Process 2 动机水平的下降,即是一个可能的例证。这对我们的启示是,尽管父权社会的根本尚未改变,但无论是从微观的临床互动角度,还是从宏观的社会政策与社会行动,我们都有可能鼓励与协助 AN 患者重构那些不利于疾病康复的社会建构的认知观念。

二、精神病病耻感的社会建构

本研究结果表明,不愿成为被别人另眼相看的"精神病人",或者不愿让人知道自己接受心理治疗,都成为阻碍 AN 患者寻求或者继续心理治疗的重要因素。和"瘦就是美"、"漂亮是女性的最高价值"的观念一样,社会大众对精神疾病及其患者的偏见与歧视,以及患者本身将这种歧视内化后形成的病耻感(Stigma),也是一种社会建构的过程和结果。

1. 病耻感的概念

将精神疾病病耻感作为概念提出并加以重视的是社会学家 Goffman。他于 1963 年将病耻感定义为"外界对患者名誉造成的极大的玷污的特征"(Goffman,963,p9),其后引发了大量精神病学家和社会学家对这个问题的关注和研究。后有学者进一步把病耻感分为"感知的病耻感"(felt/perceived stigma)和"实际的病耻感"(enacted stigma)。前者指妨碍精神疾病患者谈论自身经历、寻求帮助的羞耻感和对歧视的预期感受;后者指患者遭受他人不公平对待的经历,即已经受到的歧视。

Link 的标签理论是对病耻感概念的发展。他提出,人们会根据对精神疾病消极的刻板印象给精神疾病患者贴上"标签"(Label),把精神疾病患者和一般人群区分,然后对他们产生贬低和歧视的信念。当公众普遍采用一种贬低或歧视的态度看待精神疾病患者时,患者便会对外界的贬低或歧视加以内化,产生羞耻感和自我贬低,形成病耻感,进而引发一系列消极影响(Link,1989)。标签理论呈现出"感知的病耻感"和"实际的病耻感"之间的内在关联,揭示了精神疾病病耻感如何在外界的建构和个体的内化的共同作用下形成。

2. 病耻感的来源

中外研究者普遍认为,社会的歧视观念是精神疾病病耻感产生的重要因素(Botton,2003;Lee,2005;Phillips,2002;高士元等,2001)。而这种观念有着深远的历史文化渊源,在精神病学作为一门学科还没出现之前,对精神疾病的偏见与歧视就早已存在。有研究者总结了有几种与这种社会歧见产生有关的假说(俞峻翰,肖泽萍,2005),研究者认为以下两种在本研究中均有充分体现:

1. 天谴说:圣经的出现使人们认为精神病人是魔鬼附身,精神疾病则被视为原罪的惩罚,这些说法因得到当时教会的认可而盛行。在中国古老的神秘文化传统中,人们也把他们所难以理解的精神疾病看作是前世或者祖辈造了什么罪孽而招致的老天的惩罚,是天谴和报应(Lin , Tseng,& Yeh,1995)。

　　这种观念在目前的中国仍然大有市场。本研究中 Karen 的祖母一直认为自己的孙女是"中邪",要 Karen 妈妈带她去找"仙姑"破解。Karen 母亲认为婆婆这么想意指家人中有人做了不仁义的事情,才会导致女儿"中邪",这种暗含的指责意味造成了婆媳两人的矛盾。而让Orange 备受困扰并因而犹豫是否要接受治疗的是人们常常对精神/心理疾病及其患者赋予道德判断,认为一定是做了什么坏事才有此报应。她一个密友的亲身经历则强化了她这种担忧:朋友的抑郁症在周围人的口耳相传中变成了她"疯"了,而且她之所以疯是因为先生在外面行为不检点。她在访谈中告诉研究者,这种担忧让她发病后很长时间都不敢去见心理治疗师,直至后来越来越严重,才决定冒险一试。而如果只是较轻的病情,大家可能都会选择不去,因为"风险太大,代价太大了"。

　　2. 认知说:错误地认为精神疾病是一种思想问题或意志力问题。对于躯体出现问题,人们常抱以同情,认为是"不幸";而对于精神疾病,人们则会认为是意志薄弱,不堪一击,因而对患者会有轻视。因此,这类观念对精神疾病患者的价值判断仍然常见,甚至存在于患者家庭内部。Orange 告诉我们,除了惧怕外人的歧视眼光外,她母亲的态度在她发病初期也是一个重要的阻碍她求治的因素。她告诉我们说:

　　　　她(母亲)在某程度上认为是一个人没有毅力才需要这种帮助,觉得西方人是以这种心理原因做借口,而不是去努力。人应该努力,有铁一般的意志,这种想法我妈……(比较接受),毕竟是"文革"年代过来的人,总觉得很多时候是个人意志的薄弱,所以这是一个主要的阻力……

（文本来源：Orange 研究访谈记录）

3.精神疾病病耻感的严重状况

自病耻感概念提出以来,有大量调查表明,无论是大众对此的歧视,还是病患者自己的羞耻感,精神疾病病耻感的严重程度显着高于其他的生理疾病(Link et al,1989;Schulze et al,2003;Phillips et al,2002;Yen,2005;陈熠等,2000;高士元等,2005)。而且对于有些人来说,这种观念可以从儿童期一直持续到成年,与文明进步和时代发展没有直接的关系(Green et al,1987;Weiss et al,1994)。上世纪九十年代英国一项目研究表明,公众对于精神疾病的看法,与十年前比并无显著差异,80％的人认为"多数人会被精神病患者弄得很难堪",而30％的人认为"我本人被精神病人弄得很难堪"(Huxley,1993)。

Phillips 等人曾对中国大陆 5 个精神卫生机构共 1491 位精神分裂症患者及其家庭进行访谈,发现 60％的患者曾经被社会歧视严重干扰自己的生活(Phillips et al,2002);高士元等在北京做的调查则显示225 例缓解期的精神分裂病患者中有 42％经历过所在工作机构的不公正待遇(高士元等,2005)。而另一项研究则发现精神病患者家庭出于病耻感而隐瞒病情的比例高达 88.9％(陈熠等,2000)。

我们可以看到,中国目前关于精神疾病病耻感的研究,主要指向精神分裂症患者。这可能与精神分裂症相对而言更易在大众中造成恐惧和误解的现实有关。但是我们注意到,无论是受到何种困扰,患者只要走进心理科,都普遍有遭受社会歧视的压力。本研究 10 位患者中有 7位者/家庭明确表示"不希望被人知道自己来过这里(南山医院深港家庭治疗中心)",2 位表示"别人要问起来我们不会否认,但不会主动说出来"。他们对他人知晓的后果有不同程度的担心,包括父母担心孩子以后在学校"抬不起头,没有朋友",或者"伤害她的自尊心",或担心自己在工作机构"被同事排斥,领导也会因此怀疑自己的能力,前途受影响",或者"我们自己知道这没什么,但只要你进的是心理科,人家就会觉得'不正常',是'有病'。在中国是人言可畏,众口铄金,别人不理解,我们也没办法改变"。因此可见,尽管社会的物质改变日新月异,然而观念中关于精神疾病的歧视与禁忌依然没有本质的变化。

4.病耻感对治疗动机造成的影响

有研究结果证实,病耻感的存在影响到患者疾病发展的各个阶段,从疾病的早期识别、治疗到康复,都产生消极影响(Eyrne et al,1997);而另有随访研究发现,在终止继续治疗的精神疾病患者中,有 50% 与病耻感的存在有关(Pang et al,1991)。

本研究中,病耻感以不同的方式对 AN 患者的治疗动机造成负性的干扰。

1. 直接影响求治动机。前面提及的 Orange 则属这种情况。对可能遭受的社会歧视的恐惧,成为她在发病后并没有立即求治的最重要的因素。只有当预期的疾病后果严重性到足以压倒病耻感带来的恐惧时,她才踏出治疗的第一步。这在某种意义上解释了我们在临床所见患者多数病情已相当严重的现象,与本研究中 AN 患者从发病到求治多数有半年到一年的时间间隔的情况也形成一定程度的呼应。

2. 对治疗安排造成限制,从而影响患者的治疗动机。Yanni 和 Karen 分别是上班族和中学生,这意味着她们要经常向工作机构/学校请假以持续接受治疗。每周一次的请假频率,让她们感到有压力向机构/学校提供理由,但由于他们不愿告知他人尤其是同事/同学自己的病情和求治经历,所以每一次预约治疗在某种程度上成了她们与治疗师之间的一个"秘密约定",如何安排出时间,她们都需要去考虑和应对。这在客观上增加了治疗的阻力,事实上两者后来的多次失约也大多与此有关。

5.社会经济地位与病耻感水平的关系

有研究发现,社会身份对精神疾病病耻感水平有显著影响。Angermeyer(1987)研究发现,社会经济地位较高的家庭更容易产生病耻感,这在本研究的相关结果中亦有体现。本研究中最为强调社会歧视对自己的求治动机的阻碍力量的是 Orange,而她也是 10 位患者中家庭的社会经济地位(SES)最高的。无论是从全家三口的教育背景、经济收入和社会地位来说,都显着高于其他 9 位患者家庭。也正因为这个原因,她对社会歧视的感知更为敏感。她在访谈中告诉研究者,在她个人和家庭的朋友中,地位越高的,经济条件越优越的,就越难踏出见心理治疗师的第一步,因为"会觉得舆论更关注自己,会留意你的一举一动;如果你是个比较平淡的人,别人的关注就会少。",而一旦别人知情,就会施以更大的歧视,"你都已经过得那么好了,你还有什么烦恼?你还有问题",潜台词则是"那我们怎么活? 你也太脆弱了吧……"研究者相信,当贫富悬殊的现象开始出现并逐渐加剧,"仇富心理"已经开始成为一个话题在电视与杂志中不断出现,当名人八卦已经堂而皇之地成为大众娱乐的重要内容,Orange 所说具有自圆其说的解释力。

国内有实证研究有类似的研究结果,发现教育程度较高的家庭病耻感水平较高,并由此认为病耻感的产生并不一定与对疾病的认识有关,而是取决于社会公众对于疾病的态度(陈熠等,2000)。但台湾一项研究则报告了相反的结果。该研究对台湾地区病耻感及其相关因素进行评估,发现 247 例抑郁症患者中 25.1% 有高水平的病耻感,患者的症状越重、教育水平越低,其病耻感越强(Yen,2005)。但这种差异未必需要用地域差别来解释,而更可能是由于两项研究在"病耻感"的操作定义上的差别所致。前者采用"家庭病耻感问卷(Family Stigma Interview)"进行定义个评估,包括"隐瞒病情"和"社会排斥"两个纬度,测量的是家庭感受到的社会歧视的强度;而后者研究把病耻感限定为患者对精神疾病刻板印象的认可态度。这两种定义存在细微的差别,因为患者及其家庭完全可能并不接受社会对精神疾病的刻板印象,尤其是在教育程度较高的个体中;但他们也有可能因为较高的教育程度和相应的社会经济地位,对社会歧视更为敏感,因而感受到更大强度的歧视。因此可以说,两个研究结果并没有根本性的冲突,只是反映了病耻感概念的复杂性。

第九章 讨论(二):中国精神卫生服务体系与 AN 患者心理治疗动机水平

第一节 现有精神卫生服务体系的不足

中国目前的青少年精神卫生服务体系建立自 1949 年建国后,期间还经历过十年"文革"的剧烈冲击。在这样的背景之下,我们应该肯定,它在精神疾病的预防、治疗与康复等各个环节所做的贡献与持续努力是可贵的。但本研究的相关结果显示,如果从对 AN 的治疗动机水平影响因素进行干预的角度看,它还存在以下不足:

一、政府对精神卫生服务的责任承担过小,缺乏对低收入阶层的照顾

本研究中的 AN 患者多数来自中上阶层的家庭,但即便如此,仍然存在因治疗费用问题而产生犹豫是否继续治疗的情况如 Yanni。这提示了我们,除了患者内在的认知等相关因素之外,是否有经济支付能力也是一个可以对治疗动机水平产生影响的外部环境因素。社会服务是否照顾到低收入人群的需要,也是我们在讨论如何提高 AN 患者治疗动机水平时需要关注的方面。前面文献回顾部分已经提到,在中国现有的精神卫生服务领域,政府对于医疗机构的财政补贴比率低(8.3%~29.3%不等),这就意味着绝大多数的医疗费用的负担通过市场机制放在患者个人身上。在这种情况下,会有大量居民因为经济能力所限而被拒绝于精神卫生服务的体系之外。所以尽管国家政策的表

述公民有同等享受医疗服务的权利,但是对于贫穷的人来说,这种权利名存实亡。因此,无法支付治疗费用,仍然可能成为阻碍 AN 患者寻求治疗的阻碍因素。本研究中的 Yanni 是已经进入医疗程序中的,还有多少未能来就诊的 AN 患者是因为经济的愿意而止步,我们就难以估计了。

二、缺乏有力的法律与政策改变社会对精神疾病的歧视

本研究结果表明,普遍存在的对精神疾病的社会歧视,同样会阻止 AN 患者走进治疗室以求尽快康复的脚步。正如 Orange 所告诉我们的,社会上对精神疾病患者的偏见与歧视不仅给患者带来负面的道德评价,而且还可能对个人职业发展造成实质性的影响。这种可能导致的严重后果会使得很多像她一样的患者对心理治疗望而却步。一个好的精神卫生政策会通过政策手段改变全社会对精神疾病及其患者的歧视(WHO,2001),这些政策可能跨越不同体系,如就业制度,教育制度,对大众传媒的管理和引导,只有社会生活的不同体系都消除了对精神疾病的歧视,才可以真正改变整个社会对精神疾病的偏见。这个层次上的工作是更根源性的,涉及多种制度的结构性改变,因此政府政策的介入必不可少。但是通过前面的相关文献回顾,我们看到,到目前为止,尽管学界的讨论始终未停止,但中国的精神卫生服务政策尚未见相关法律与政策的出台。这种情况的持续存在不仅不能消减针对精神疾病的社会歧视,随着经济体制的转型,甚至还会加剧这种歧视。在这种社会文化环境下,患者寻求治疗的阻力更大,而越回避治疗,精神病患者遭受的社会歧视与排斥就会越强烈,从此形成恶性循环。

三、专业服务仍集中于以医学服务为主的次级干预,欠缺初级和三级干预

如前所述,本研究中大部分患者是在发病 1~2 年后才寻求治疗。她们有各自不同的原因。Orange 出于对社会歧视的担忧,Summer 一

家是经过了多番打听才找到目前的治疗机构,此前他们对于这个疾病以及如何应付、可以到哪里寻求治疗等都是一片茫然;而在他们终于找到治疗途径后,仍然有多种阻力影响他们将治疗持续下去:Karen 的母亲感到家庭所在小区里的住户看到女儿时的怪异眼光让她倍感压力,出于同样的原因,因为难找到一个假的避免让人另眼相看的借口,Karen 为治疗向学校请假成了一件经常遇阻的事情,最终成为她中途退出的原因之一。这些不同的故事背后可以抽取出一个同样的背景:患者能获得的服务仅限于治疗室内;在疾病发生发展和治疗过程中,患者及其家庭缺乏来自外界的支持。这种支持可能是充足的信息提供,告诉他们可以在哪里找到专业服务;也可能是周围人群在观念上的开放与接纳,减轻患者及其家庭的顾虑与担心。这些发生在治疗机构之外的事情却与治疗的效果息息相关,但没有社会服务体系对此进行系统干预。这与中国目前精神卫生服务的主导模式与资源配置有关。资源投放主要集中于各临床医疗机构和疾病治疗环节,以社区为重点的预防与康复工作则被边缘化。与精神疾病有关的政策倡导与社会支持工作未见系统化的发展。导致结果则是以上所提的精神疾病病耻感持续存在、对家庭缺乏支持和精神卫生服务的可获得性降低:患者可能因病耻感而不愿就医,也可能想求治却不知道在哪里可以得到恰当的服务,甚至根本不了解精神卫生服务或者心理治疗是什么,这些情况的存在都有可能大大降低患者的治疗动机水平。

四、不同的服务体系之间相互分割,缺乏整合

Karen 因向学校请假难而对治疗心生退意的现象也提醒了我们从不同服务体系之间的合作的角度来探讨社会服务体系在患者动机水平变化过程中产生的影响。本研究中 10 位患者多数为在校就读的学生,学校是其重要生活场景之一。在我们的理论假设中,学校生活经验是参与青少年内心心理世界的重要部分。但如文献回顾部分所说,目前中国的专业治疗机构与患者所在的学校之间通常缺乏制度化的联系纽

带。本研究结果显示,这种沟通的缺乏,至少在以下几方面对临床工作造成障碍:首先,治疗师对患者生活世界的了解受限。如本研究中,治疗师了解患者学校生活经验的唯一途径是患者自己的描述或其家人的转述。再者,对治疗程序的顺利开展造成阻碍。不同机构有各自不同的运转机制,如果相互之间缺乏及时有效的沟通,很有可能因为制度的冲突而形成对对方的阻力。Karen 的情况恰好体现了治疗机构与学校之间缺乏配合之下产生的不良后果。最后,可能造成资源的重叠与浪费。前面已经提及,中国目前的青少年精神卫生服务所涉机构主要包括各医疗机构、共青团、学校与社区。这些机构分属不同的行政体系。它们共同开展青少年精神卫生服务,但彼此之间没有系统化的沟通渠道(如转诊体系)加以整合,这容易导致社会服务资源的浪费,因此无论是从更好地促进患者接受治疗的角度,还是优化资源配置的角度出发,建立不同服务体系之间的沟通机制,是中国精神卫生服务体系值得思考和改进的方面。

三、专业服务人员体系单一,尤其缺乏社工角色

本研究结果表明,医生与治疗师角色的兼顾可能成为 AN 患者动机水平下降的原因,如 Yuki 的动机水平曾有短时间的下降,是因为那段时间内的治疗师同时兼任医生的角色,而她对后一角色非常抗拒。这提示了临床工作团队中职业分工的重要性,也体现社会工作者的职业化的迫切性。通过前文回顾我们了解到,目前参与中国青少年精神卫生服务的人员构成主要是精神科/儿童精神科医生及护理人员、学校的心理健康教育老师/辅导人员以及民政工作者等。没有社会工作者的专业角色,临床工作缺乏多专业人员的分工与配合,医生经常兼任治疗师身份。而在 Caplan 的三级预防体系中,社工在其中尤其是初级预防和三级预防层次的作用是举足轻重的。社工角色的缺失直接导致了现有精神卫生服务体系中初级和三级预防工作的不足,而在次级预防体系中,社工的缺失也对包括动机水平激发在内的临床治疗工作造成

不利影响。近年来政府开始积极酝酿与运作中国社会工作者的职业化,无论是从宏观至精神卫生事业发展的角度,还是具体至提高 AN 患者心理治疗动机水平的角度来看,这都是值得期待的举措。

第二节　改善服务体系的建议:维持和提高 AN 患者的心理治疗动机水平

一、增加政府的责任承担,保障青少年精神疾病患者及其家庭的权力

政府应加大精神卫生服务事业的财政投入,承担起更大的责任,保障公民尤其是弱势人群如青少年群体可以享受基本的精神卫生服务。世界卫生组织建议国家可以通过税收调节、强制性社会保险或者商业保险等多种手段减少居民在寻求精神卫生服务时的现金支付水平。(WHO,2001)

二、通过政策手段或者媒体宣传等方式,加强精神疾病的保护性立法,消减精神疾病的社会歧视和病耻感;呼吁与推动女性在社会生活中平等参与权利的增加,推动大众建立肯定女性独立价值的社会文化观念。

如前所述,精神疾病的社会歧视与病耻感与 AN 患者的动机水平密切相关,并对疾病的发生、发展与康复造成深刻影响。社会服务体系应通过对政策制定的影响和推动,加快以保障精神疾病患者权益为目标的相关法律的出台,增加精神疾病患者在教育、就业、职业发展等各方面的平等机会和地位。同样,对于女性的制度性与观念性歧视的消减也需要借助社会行动,从法律层面和大众文化的塑造方面保障女性自我发展的均等机会。

三、加强社区的初级预防工作,加强居民对于精神卫生工作的了解和接受程度,改变社区居民对于精神疾病患者的歧视观念。

精神卫生服务的重点由机构化的治疗性服务转向社区为本的预防和康复服务,是国际精神卫生事业发展的总趋势。也是节约社会成本

的一个重要途径。中国政府在规划设计上应在保障公民获得基本的治疗服务的同时,促进社区精神卫生服务的发展。如加强现有的社区精神卫生服务机构,在职能权利、人员配置、财政投入等方面应给予政策上的倾斜,使它成为一个有支持基础的工作实体。在此基础上,逐渐实现由医院转向社区,由治疗性服务转向预防和康复为主的社会服务的工作中心的转移。

四、对不同的服务体系加强整合,建立体系之间相互沟通的模式和转诊体系。

AN 患者多为在校读书的女生。因此学校心理卫生工作体系与专业治疗机构之间保持稳定而畅通的沟通和转诊体系,有利于疾病的早期识别和及早治疗,也可以避免因为不同机构运作机制上的不同或者矛盾而导致患者不能及时治疗或者治疗动机水平下降,如 Karen 的情况。不仅是学校,社区精神卫生服务中心也应与学校和专业治疗性治疗机构之间建立常规的联络途径,形成快速便捷的转诊体系和信息沟通渠道。

五、增加专业服务人员体系专业的多元化,尤其是增加和加强职业社会工作者的角色。

以上工作的系统开展均以职业化社工队伍的存在为前提。因此,加快社会工作者的职业化进程是迫切任务。在维护 AN 患者的治疗动机水平方面,专业社工在以下方面的功能是其他专业人员难以替代的:

1. 为精神疾病患者争取权益,推动国家保护性政策的出台:精神疾病患者是社会的弱势群体,因此从社会公平的角度出发,其权益需予以特别关注和保护。社工可以通过与政府政策制定部门保持沟通,通过对政策的影响来为精神疾病患者争取权益,并通过对社会服务工作进行监督以保障精神病患者的权益得以落实。

2. 为患者寻求可获得的支持性社会资源;帮助他们适应社会生活:中国目前存在大量因无力负担治疗而中断或者未曾就医的精神病患者,其中就可能包括 AN 患者。社工可以透过专业信息网络为他在国家体制内(如民政系统)或体制外(如民间慈善组织或非政府组织等或私人捐赠)寻找实质的资助,或者组织社会活动,动员社会资源,为贫穷的精神病患者募集治疗资金。

3. 通过社区工作识别和鼓励需就医人士:在不同的文化中,"病耻感"是普遍存在的阻碍精神疾病患者就医的重要根源之一,也是造成中国目前医疗资源既供应缺乏又使用不足的矛盾情形的一种可能性原因。在发达国家和地区,社工常常通过在社区里的推广宣传和实地探查工作,识别并鼓励需要就医的人士,尤其对于那些因消息闭塞或者讳疾忌医使得医疗/辅导服务机构难以接触到(hard to reach)的人群,社工在其中所做的发动性工作是其他的专业人员很难做到的。

4. 在治疗中加强患者与治疗师团队之间的沟通,形成双方的良性互动。本研究结果表明,人际互动过程对 AN 患者的治疗动机水平产生重要影响,而家庭系统与专业治疗系统之间的相互作用更是直接影响到 AN 患者对于心理治疗和治疗关系的认识,从而影响其动机水平。社工角色的出现,可以在患者、家庭与医生/治疗师之间形成一个有益的缓冲地带,并用自己独特的工作角色促进患者与治疗师之间的良性互动。如社工可以通过信息传递让家庭了解什么是心理治疗,它的基本要求如何,治疗师为何不能接受家庭的馈赠,不能与家庭建立过于私人化的关系等等;而通过社工,治疗师可以了解患者及其家庭更为丰富的背景资料,便于做全面的评估与方案制定。

5. 对精神疾病患者的康复状况进行追踪随访:中国传统的精神卫生服务范围限定于工作机构之内,出了诊室或病房的门,病人会发生什么事情,会遇到什么样的障碍,已经与医院无关了。但是外面发生的事情又很大程度上会影响疾病的治疗和康复过程。专业的社工可以通过电话询问、社区活动和家访等不同方式对病人实行长期的追踪,了解患者的疾病进展和相关生活信息,为诊室内的专业治疗提供重要的背景性资料。

第十章 讨论（三）：本研究的贡献、限制与未来研究方向

第一节 本研究的贡献

一、本研究的理论贡献

1. 本研究发现人际互动是患者动机水平的重要影响因素，是对跨理论模型的扩展。

跨理论模型是本研究的理论参考中最核心的关于行为改变动机水平的理论，也是目前临床工作与研究领域最为广泛引用的理论模型。它基于经典的心理治疗理论发展而来，因此在视角上主要着重于个体内在心理过程的变化。尽管这种个体心理视角并不代表对人际互动角度的否定，但它没有就人际因素如何在其中产生影响作出系统论述。因此，本研究以跨理论模型为研究的概念框架的基本结构，辅以关于 AN 的各种经典理论和临床观察，提出人际互动是影响患者动机水平的一重要纬度，并以研究结果呈现包括家庭系统、专业治疗系统在内的人际系统如何对 AN 患者的动机水平产生影响，以及这些不同系统之间如何产生相互作用，从研究思路来说是一种创新，而研究结果发现更是对跨理论模型的一种理论上的补充与扩展，这在更全面和系统地理解临床工作中个体的治疗动机变化过程中是一个独特的理论探索过程。

2. 本研究以质性方法系统探讨 AN 患者动机水平的本土社会文化影响因素，在国内同类研究中具有开创意义。文献回顾部分提到，国

内目前的 AN 理论与研究基本仍以医学模型为主,少量的对社会文化因素的探讨也是采用问卷调查的方式,所涉问题多停留于减肥观念、同伴文化等概念上(肖广兰等,2001)。而对于什么因素对患者的治疗动机水平产生影响,又有哪些因素是中国本土特有的,几乎没有研究对此进行系统探讨。本研究以质性研究手段,通过对个案资料的纵向追踪与综合分析,系统呈现患者动机水平的变化过程,这在目前国内已公开发布的同类研究中尚属首例。特别是与特定中国社会文化观念有关的影响因素的探讨,如"拉关系"的现象与患者动机水平之间的关联,确立了本研究真正意义上的"本土化"特征。研究者并不认为本研究的结果发现没有任何可质疑之处,但它的完成可以为后面的研究提供研究思路与理论发展上的启发,能够起到"抛砖引玉"的作用,研究者就已经备感欣慰。

3. 本研究对 AN 患者的治疗动机的社会文化因素的探讨,为社会服务与社会工作者在中国精神卫生临床工作中的重要性与必要性提供了理论上的支持。专业社工角色与社会服务的缺乏是中国当前精神卫生服务体系的现状。本研究发现,临床领域的治疗动机问题,所关涉远远超越治疗室与医疗卫生体系,而与诸多的社会文化环境因素如社会歧视观念、女性价值观念、中国传统的人际交往模式与观念等息息相关,而涉及的系统也可能包括患者的各种生活系统如学校系统、社区、家庭系统、医疗系统。这些研究发现表达出强烈的信息,即既往的单一的医学模式主导的精神卫生服务体系不足以解决以上所有问题,而社会文化和不同生活系统之间的相互沟通与协调亟待社会服务体系的建立和职业化社工的参与。因此,对 AN 患者动机水平的社会文化因素的探讨与确认在理论上支持了在中国建立职业化社工队伍的必要性和迫切性。

二、研究的临床启示意义

本研究的发现对于 AN 的临床工作有诸多启示与提醒,而事实上,研究者本人也随着研究开展的进程不断对自己的临床工作进行反思。

1. 治疗师权威形象。治疗师在治疗室的形象可能是多变的。尽管大家普遍认为治疗师的亲切和非判断是良好互动的重要条件,也是提升患者治疗动机水平的积极因素(Miller,1998),但 AN 治疗中,治疗师常需因应情境的需要强调自己的专业权威形象,如在患者情况严重危险的状况下。然而本研究结果显示,我们不能把这个原则当成教条使用,对于有的患者如本研究中的 Yuki,效果则是适得其反。这与她的个人特质有关。她尽管年纪不大(15 岁),但自小思维的独立性和批判性远超越同龄人,这在她从小优异的学业和社会活动表现中可见一斑。在她尚未认可的前提下就表现出专家姿态的人,她会非常反感与排斥。因此在她 BMI 非常低的治疗初期,她对于以医生形象出现、向她严肃告知疾病后果的一位治疗师表现出明显的抗拒。这其中当然有治疗师的多重身份的因素在——前面已经对此加以讨论过——但对于我们来说仍然是一个重要的提示:治疗师何时采取不同的形象面对 AN 患者,不仅要视乎治疗进程的需要,还要参考患者具体的个人特质,这也恰恰呼应了心理治疗是一种双向的人际互动的特征。

2. 认知与生活空间的扩展胜于当下的多进食。本研究结果反复提示了 AN 治疗互动过程中与患者动机水平提升有关的积极特征:谈话内容不集中于吃和体重,而是扩展到患者的具体生活的方方面面。这个结果具有某种吊诡意义,越不强调吃,患者反而越愿意吃,反之亦然。这对于治疗师的提醒是,AN 患者对于治疗师来说,患者身份并不是第一位的,她首先是一个特定的"人",因此治疗师不要将治疗性谈话停留在表面的症状上,而是先要了解她作为一个独特的个体是一个什么样的人,她的生活是如何的。这既能帮治疗师更好地了解患者,也可以避免患者抵抗情绪的产生。当然,对于治疗师来说,面对 AN 患者要做到这点可能更难,因为她们通常有的骨瘦如柴的外形和父母高度的焦虑很容易将治疗师的关注引向进食与体重问题,而对于那些确实存在高度生命危险的患者,我们也不得不暂时将关注点放在进食问题的讨论上。因此,这是一个需要治疗师不断进行评估与反思的过程。

3. 需要建立本土的心理治疗专业伦理规范:本研究结果已经表明专业伦理规范的建立对于 AN 患者的动机水平亦会产生积极影响。更为重要的是,我们必须建立本土的伦理规范,这也是本研究带来的重要启示。心理治疗是起源于西方的职业,在进入中国的过程中,在实践层面上不断遇到本土化的挑战,而本研究发现中国传统的人际交往观念对于患者及其家庭对于心理治疗的认识产生重要影响,也提示了我们在建立中国的心理治疗专业伦理规范时也需考虑到"个人本位"的西方文化与"关系本位"的中国文化之间的差异及其对治疗关系的影响。如果照搬西方的职业伦理规范,显然在中国会产生观念上的接受障碍和操作上的困难,因为与患者一样,治疗师本人也是社会关系的产物,也是在同样的社会文化环境下成长与生活,用照搬的建立于"个人本位"人际观基础上的西方的专业伦理规范显然不足以帮助治疗师应对和解决临床工作中的职业伦理问题。

第二节　本研究的局限与未来研究方向

一、研究的限制

1. 质性研究的特征带来的研究结果概化(generalization)上的限制。本研究采取质性研究范式,在研究对象的选取上采用目标取样而非随机的大样本抽样,因为研究结果不宜进行统计概化,直接推论到 AN 患者的总体,而必须遵循理论概化的模式,即研究结果只可以在背景与特征相近的 AN 患者中进行推论,这显然限制了研究结果的推论范围。

2. 研究对象的资料追踪有少量缺失和未得确认。本研究采用小样本对 10 位 AN 患者的治疗动机水平进行纵向追踪。截止到本研究资料分析的结束,有个别目前属脱落状态的患者未能接受研究者的追访,因而可能造成少数资料的缺失或分析结果无法得到患者本人确认。如 Scarlet 在赴海外留学后发生了什么以至现在重又回到回避治疗与治疗师的状况,我们暂时无法得知。这对于本研究来说是一个遗憾,不过同时这也恰恰反映了 AN 患者本身动机水平反复变化的特点。

3. 研究者的双重身份可能产生的交互影响。在本研究中研究者本人同时也是部分研究对象的治疗师之一。双重身份有可能造成研究对象在对事关治疗过程的评价时因碍于"情面"而未能真实表达自己的看法,尤其是中国人尤其讲究要"给别人留面子"。因此即使研究者已经在研究开始前和资料分析过程中做过一些工作以尽量消减双重身份对研究过程可能产生的负性影响,如向被研究者详细说明研究的目的和与治疗的区别,资料收集与分析过程加强自我反思,但仍然有可能未能完全规避消极效应的存在。

4. 本研究的研究对象限于已经进入治疗程序的患者,而并不包括未曾就医的患者。后者可能有着与前者不同的心理过程,而从某种意义上说,对于后者动机过程的研究可能更富挑战性,但是对于社会工作与临床治疗的参考价值是有难以替代的价值的。或者可以说,如果没有对后者的研究,我们很难说对 AN 患者的治疗动机过程已有透彻的理解。

二、未来研究方向

1. 研究对象数量的扩展和累积和地域分布的多元化。本研究仅为 10 位 AN 患者的研究,研究所发现是否在其他 AN 患者身上同样得以体现,或者在其他患者身上我们有更多的新的发现,我们都尚未知。对患者的心理过程的理解不是一个实证的过程,而是一个逐渐增加和积累不同角度的发现的建构的过程。在后面的研究中,研究者可以通过研究对象数量上的扩展和积累对现有的研究发现加以进一步丰富或者修正,以逐渐接近对 AN 患者的动机过程的全面理解。参与本研究的全部是就诊于深圳的 AN 患者。尽管他们可能来自全国不同地方,但大部分均已经深圳生活多年,生活方式与认知观念或多或少带有深圳的地域色彩。由于各地的医疗卫生机构的设置和服务水平与风格以及民众的生活方式与习惯可能存在差异,了解这些差异会对当地的AN患者的动机水平造成什么影响,这种影响的模式与本研究结果又有何不同,将有利于研究者与临床工作者更全面地了解中国AN患者的动机水平变化过程。

2. 与学校与社区机构合作,对始终未曾求治的AN患者的动机过程进行研究。她们如何看待自己的疾病,如何看待心理治疗,是什么原因让她们不愿走进心理治疗机构,与寻求过治疗的患者相比,她们的心理过程有何异同,这是未来值得探讨的方向。

3. 进一步加深对与中国特定社会文化观念有关的AN患者动机水平的影响因素的探讨。基于各种限制,本研究结果只是从特定的"关系"的角度提示了社会文化观念与AN患者动机水平之间的关联。而更多的与人际交往、社会交换和家庭养育方式等有关的传统观念的不同方面,是否也会对其动机过程产生影响? 这是一个未来值得深入探讨的问题。已有香港学者在这方面做过探索,发现中国传统观念中的"孝道"对于AN患者的康复是一个积极的促进因素(Ma,2006),那么在与香港一桥之隔却有着不同的社会发展轨迹的大陆,是否会有同样的发现? 除此之外,我们的文化传统中还有哪些资源可以被发掘和利用以有效促进AN患者治疗动机水平的提升,这些探索无论对于本土理论发展和临床工作的促进,都将具有重要而独特的意义。

结　语

本研究结束之时,参与本研究的 10 位 AN 患者与疾病抗争的状况各不相同。Orange 顺利从海外某著名学府获得硕士学位,目前已是从事高挑战性职业的优秀专业人士。尽管仍不时因为其他的问题需要求助于专业治疗,但她基本从进食问题的困局中走出来,并愿意通过参与本研究的方式为更多尚受 AN 之苦的年轻人提供帮助;Yuki 恢复了中断达一年余的学业,并表现优异。尽管她的体重仍然偏轻,但稳定的情绪状态使她重新焕发出超越同龄人的理性的光彩,整个家庭亦因此成为相互支持与鼓励的系统;Cindy 与治疗师之间建立了没有父母参与的治疗关系,在坚持了一段时间的个体治疗后,重又出现不遵守治疗约定的情况。而最近主动联络治疗师希望求助表明她可能再次陷入另一种我们目前还未知的矛盾冲突中。Fanny、Karen、Winnie 和 Summer未再回来见治疗师,但我们陆续从其父母口中得知她们的身体状况在缓慢好转中;Lucy 亦在家乡找到新的工作,身体处于康复中;Yanni 和 Scarlet 则至今与我们失去联络,但是鉴于本研究结果显示的 AN 患者动机水平变化过程的复杂性,未来的某一天她们重新求助的可能性始终存在。

研究者同时以治疗师的身份见证了她们各不相同的与疾病抗争的过程,深切体会到她们以及她们的家庭在此过程中遭遇的艰辛与表现出来的勇气和智慧。这种艰辛不仅来源于对疾病本身的应对,还来源于因疾病带来的社会歧视和获得恰当的专业服务的艰难。种种艰辛之中他们并没有放弃,而是通过不同的方式试图改变现状,即使有的方式是不适宜甚至适得其反的,坚持努力中体现的意志力却值得我们尊敬。从某种意义上说,这些深受疾病之苦的患者及其家庭具有更为强大的内心力量与勇气,以及因此而激发出来的生活智慧,这在本研究结果中也能得到不同程度的印证。由此给研究者的启发是,这些被我们称为"患者"的个体,并没有因疾病的标签而成为没有能力的弱者,她们与千千万万暂时没有疾病标签的人一样,兼有个人化的优点与弱点。而当我们作为治疗师面对她们在治疗动机上的反复无常的变化时,不应对她们及其家庭进行指责和高高在上式的教育,而是要通过了解和探索他们遇到的来自内部与外在的阻碍,寻找患者及其家庭内在的资源与力量,激发和提升其克服阻碍、自我帮助的能力。在研究者看来,这种"自助"的结果才是患者与治疗师"相遇"(encounter)过程中最美丽的图景。

参考文献

Akister,J. & Reibstein,J. (2004). Links between attachment theory and systemic practice: Some proposals. *Journal of Family Therapy*, 26, 2—16.

Altheide, D. L. & Johnson, J. M. (1994). Criteria for assessing interpretive validity in qualitative research. In N. K. Denzin and Y. S. Lincoln (Eds.), *Handbook of qualitative research*. Thousand Oaks : Sage Publications.

American Psychiatric Association. (1994). *Diagnostic and statistics manual of mental disorders* (4th Edition). Washington, D. C. : Author.

Ametller, L. , Castro, J. , Serrano, E. , et al. (2005). Readiness to recover in adolescent anorexia nervosa: Prediction of hospital admission. *Journal of Child Psychology & Psychiatry & Allied Disciplines*, 46(4), 394—401.

Angermeyer,M. C. , & Link,B. G. . (1987). Stigma perceived by patients attending modern treatment settings: Some unanticipated effects of community psychiatry reforms. *Journal of Nervous Mental Disease*,175,4—11.

Angermeyer, M. C. , Matschinger, H. (2004). Public attitudes to people with depression: Have there been any changes over the last decade? *Journal of Affective Disorders*, 83, 177—182.

Babbie, E. (1998). *The practice of social research*. Belmont, CA : Wadsworth Publication.

Bian,Y. J. , & Ang,S. (1997). Guanxi networks and job mobility in China and Singapore. *Social Forces*,75,981—1005.

Beck, A. T. (1976). *Cognitive therapy and the emotional disor-ders*. New York: International University Press.

Beck, J. S. (1995). *Cognitive therapy: Basics and beyond*. New York: Guilford Press.

Bernard, H. R. (2000). *Social research methods: Qualitative and quantitative approaches*. Thousand Oaks: Sage Publications.

Best, M. (2004). Premature termination from adult psychother-apy: Can therapy-specific and contextual factors help predict who will drop out? *Dissertation Abstracts International: Section B: The Sci-ences and Engineerin*,65 (3—B).

Blake, W. , Turnbull, S. , & Treasure, J. (1997). Stages and processes of change in eating disorders: Implications for therapy. *Clinical Psychology and Psychotherapy*, 4(3), 186—191.

Blinder, B. J. , Freeman, D. M. , & Stunkard, A. J. (1970). Behavior therapy of anorexia nervosa: Effectiveness of activity as a reinforce of weight gain. *American Journal of Psychiatry*, 126, 1093—1098.

Bliss, E. L. , & Branch, C. H. (1960). *Anorexia nervosa: Its psychology and biology*. New York: Hoeber.

Blouin, A. G. , Zuro, C. , & Blouin, J. H. (1990). Family envi-ronment in bulimic nervosa: The role of depression. *International Journal of Eating Disorders*, 9, 649—658.

Bruni, J. L. (2005). Adolescents who reluctantly attended short-term psychotherapy: Their later thoughts and reflections on their psychotherapy experiences. *Dissertation Abstracts Internation-al: Section B: The Sciences and Engineering*, 65(7—B).

Bowlby, J. (1973). Attachment. In J. Bowlby (Ed.), *Attach-*

ment and loss, Vol. 1. London: Hogarth Press.

Bowlby, J. (1973). Separation: Anxiety and anger. In J. Bowlby (Ed.), *Attachment and loss*, Vol. 2. London: Hogarth Press.

Bowlby, J. (1980). Loss: Sadness and depression. In J. Bowlby (Ed.), *Attachment and loss*, Vol. 3. London: Hogarth Press.

Bruch, H. (1973). *Eating disorders: Obesity, anorexia nervosa, and the person.* Within: Basic Books.

Bruna, T. , & Fogteloo, J. (2003). Drug treatment. In J. Treasure, U. Schmidt, and E. V. Furth (Eds), *Handbook of eating disorders.* John Wiley & Sons Ltd. The Atrium.

Burrell, G. & Morgan, G. (1979). *Sociological paradigms and organizational analysis: Elements of the sociology of corporate life.* London: Heinemann.

Button, E. J. , & Warrant, R. L. (2001). Living with anorexia nervosa: The experience of a cohort of suffers from anorexia nervosa 7. 5 years after initial presentation to a specialized eating disorders service. *European Eating Disorders Review*, 9, 74—96.

Byng-Hall, J. (1995). Creating a secure base: Some implications of attachment theory of family therapy. *Family Process*, 34, 45 —58

Byng-Hall, J. (1999). Creating a coherent story in family therapy. In G. Roberts and J. Holmes (Eds.), *Narrative approaches in psychiatry and psychotherapy.* Oxford: Oxford University Press.

Chernin, K. (1994). *The obsession: Reflections on the tyranny of slenderness.* HarperCollins Publishers, Inc.

Chernin, K. (1985). *The hungry self: Women, eating, and identity.* HarperCollins Publishers, Inc.

Cockell, S. J. , Geller, J. , & Linden, W. (2003). Decisional balance in anorexia nervosa: Capitalizing on ambivalence. *European Eating Disorders Review*, 11(2), 75—89.

Cohn, D. A. , Silver, D. H. , Cowan, C. , et al. (1992). Working models of childhood attachment and couples relationships. *Journal of Family Issues*, 13, 432—449

Connors, M. , & Morse, W. (1993). Sexual abuse and eating disorders: A review. *International Journal of Eating Disorders*, 13, 1—11.

Colahan, M. , & Senior, R. (1995). Family patterns in eating disorders: Going round in circles, getting nowhere fasting. In G. Szmukler, C. Dare, and J. Treasure (Eds.), *Handbook of eating disorders: Theory, treatment and research*. England: John. Wiley & Sons Ltd.

Cooper, M. (1997). Cognitive theory in anorexia nervosa and bulimia nervosa: A review. *Behavioral and Cognitive Psychotherapy*, 25, 113—145.

Creswell, John W. (1994). *Research design: Qualitative and quantitative approaches*. London: SAGE.

Crisp, A. H. (1980). *Anorexia nervosa: Let me be*. London: Academic Press.

Crotty, M. (1998). *The founding of social research: Meaning and perspective in the research process*. Australia: Allen & Unwin.

Dallos, R. (2004). Attachment narrative therapy: Integrating ideas from narrative and attachment theory in systemic family therapy with eating disorders. *Journal of Family Therapy*, 26, 40—65.

Daly, K. (1992). The fit between qualitative research and characteristics of families. In J. F. Gilgun, K. Daly, and G. Handel (Eds.), *Qualitative methods in family research*. California: SAGE

Publications.

Dare, C. (1981). Psychoanalytic theories of the personality. In F. Fransella (Ed.), *Personality: Theory, measurement and research* (pp. 204—215). London: Methuen.

Dare, C., & Eisler, I. (1995). Family therapy. In G. Szmukler, C. Dare, and J. Treasure (Eds.), *Handbook of eating disorders: Theory, treatment and research*. England: John Wiley & Sons Ltd.

Davidson, R. (1998). The transtheoretical model: A critical overview. In W. R. Miller, and N. Heather (Eds.), *Treating addictive behaviors* (pp. 25—38). New York: Plenum Press.

Davila, J., Karney, B., & Bradbury, T. (1999). Attachment change processes in the early years of marriage. *Journal of Personality and Social Psychology*, 76, 783—802.

Denzin, N. K., & Lincoln, Y. S. (1994). *Handbook of qualitative research*. Thousand Oaks: Sage Publications.

Deviva, J. C. (2002). The effects of two training workshops in techniques for enhancing motivation in resistant or ambivalent clients. *Dissertation Abstracts International: Section B: The Sciences and Engineering*, Vol. 62(10—B).

Dunn, E. C., Neighbors, C., & Larimer, M. (2003). Assessing readiness to change binge eating and compensatory behaviors. *Eating Behaviors*, 4(3), 305—314.

Dunn, E. C. (2004). *Efficacy of a brief motivational interview add-on session to self-help treatment for binge eating*. Unpublished doctoral dissertation, University of Washington.

Dziegielewski, S. F., & Murray, J. D. (2002). Eating disorders: Anorexia nervosa. In F. D. Sophia (Ed.), *DSM—IV—TR in* action. New York : Wiley Press.

Eisler, I. , & Szmukler, G. I. (1985). Social class as a confounding variable in the eating attitude test. *Journal of Psychiat. Res.* ,19, 171—176.

Eisler, I. (1995). Family models of eating disorders. In G. Szmukler, C. Dare, and J. Treasure (Eds.), *Handbook of eating disorders: Theory, treatment and research.* England: John Wiley & Sons Ltd.

Eisler, I. , Dare, C. , Hodes, M. , et al. (2000). Family therapy for adolescent anorexia nervosa: The result of a controlled comparison of two family interventions. *Journal of Child Psychiatry*, 41, 727—736.

Eisler, I. , Grange, D. L. , & Asen, E. (2003). Family interventions. In J. Treasure, U. Schmidt, and E. V. Furth (Eds.), *Handbook of eating disorders* (2nd Edition). England: John Wiley & Sons Ltd.

Englewood Cliffs. NJ: Prentice Hall, 1963. Huxley,P. (1993). Location and stigma: A survey of community attitudes to mental illness: Enlightenment and stigma. *Journal of Mental Health UK* , 2, 73—80.

Espina, A. (2003). Alexithymia in parents of daughters with eating disorders: Its relationships with psychopathological and personality variables. *Journal of Psychosomatic Research* , 55, 553—560.

Fairburn, C. G. , Shafran, R. , & Cooper, Z. (1999). A Cognitive-behavioral theory of anorexia nervosa. *Behavior Research and Therapy*, 37, 1—13.

Feeney, J. A. (2003). The systemic nature of couple relationships: An attachment perspective. In P. Erdman and T. Caffery (Eds.), *Attachment and family systems*. New York and Hove: Brunner Routledge.

Felber, M. , Hagleitner, J. , Lang, M. , et al. (2005). Choosing psychotherapy: A study of psychotheray clients. *Psychotherapy Forum*, 13(2), 81—87.

Finch, J. (1986). *Research and policy: The use of qualitative methods in social and educational research*. Lewes: Falmer Press.

Fontana, A. , & Frey, J. H. (2005). The interview: From neutral stance to political involvement. In N. K. Denzin and Y. S. Lincoln (Eds.), *The SAGE Handbook of qualitative research* (3rd Edition). Thousand Oaks : Sage Publications.

Foucault, M. (1961). *Madness and civilization*. Translated by R. Howard. Routledge Classics.

Gard, M. C. E. , & Freeman, C. P. (1996). The dismantling of a myth: A review of eating disorders and socioeconomic status. *International Journal of Eating Disorders*, 20(1), 1—12.

Garfinkel, P. E. , & Garner, D. M. (1983). *Anorexia nervosa : A multi-dimensional perspective*. New York: Brunner/Mazel.

Garner, D. M. , & Bemis, K. M. (1982). A Cognitive-behavioral approach to anorexia nervosa. *Cognitive Therapy and Research*, 6, 123—150.

Garner, D. M. , & Garfinkel, P. E. (1980). Socio-cultural factors in the development of anorexia nervosa. *Psychological Medicine*, 10, 647—656.

Garner, D. M. , & Garfinkel, P. E. (Eds.) (1997). *Handbook of treatment for eating disorders* (2nd Edition). New York: Guilford Press.

Garner, D. M. (1985). Iatrogenesis in anorexia nervosa and bulimia nervosa. *International Journal of Eating Disorders*, 4, 701 −726.

Geller, J. , & Drab, D. L. (1999). The readiness and motivation interview: A symptom specific measure of readiness for change in the eating disorders. *European Eating Disorders Review*, 7, 259 −278.

Geller, J. , Cockell, S. J. , & Drab, D. L. (2001). Assessing readiness for change in the eating disorders: The psychometric properties of the readiness and motivation interview. *Psychological Assessment*, 13(2), 189−198.

Giddens, A. (1991). *Modernity and self-identity: Self and society in the late modern age*. Cambridge: Polity Press.

Gilbert, S. (1986). *Pathology of eating*. London: Routledge & Kegan Paul.

Gilligan, C. (1982). *In a different voice: psychological theory and women's development*. Harvard University Press.

Goffman, E. (1961). *Asylums*. Great Britain: Penguin.

Goffman E. Stigma: *Notes on the management of spoiled identity*. Great Britain: Penguin Books.

G. oldbloom, D. S. (2000). Eating disorders: Anorexia nervosa and bulimia nervosa. In E. Edward and B. Neville (Eds.), *Biological psychiatry*. JAI Press.

Goldner, V. , Penn, P. , Sheinberg, M. , et al. (1990). Love and violence: Gender paradoxes in volatile attachments. *Family Process*, 29, 343−364.

Gowers, S. G. , & Smyth, B. (2004). The impact of a motivational assessment interview on initial response to treatment in adolescent anorexia nervosa. *European Eating Disorders Review*, 12, 87—93.

Graham, L. C. (1989). *Children in family contexts*. New York: The Guilford Press

Green, D. E. , McCormic, I. A. , Wallkey, F. H. , et al. (1987). Community attitude to mental illness in New Zealand twenty-two years on. *Social Science Medicine*, 24, 417—424.

Green, D. E. , McCormic, I. A. , Wallkey, F. H. , et al. (1987). Community attitude to mental illness in New Zealand twenty-two years on. *Social Science Medicine*, 24, 417—424.

Guidano, V. F. , & Liotti, G. (1983). *Cognitive processes and emotional disorders*. New York: Guilford Press.

Guba, E. G. , & Lincoln, Y. S. (1981). *Effective evaluation*. San Francisco: Jossey-Bass.

Guba, E. G. , & Lincoln, Y. S. (1989). *Forth generation evaluation*. Newbury Park: Sage Publications.

Guba, E. G. , & Lincoln, Y. S. (1994). Competing paradigms in qualitative research. In N. K. Denzin and Y. S. Lincoln (Eds.), *Handbook of qualitative research*. Thousand Oaks, CA: SAGE Publications.

Gusella, J. , Butler, G. , & Nichols, L. , et al. (2003). A brief questionnaire to assess readiness to change in adolescents with eating disorders: Its application to group therapy. *European Eating Disorders Review*, 11(1), 58—71.

Hamburg, P. , & Herzog, D. (1990). Supervising the therapy of patients with eating disorders. *American Journal of Psychotherapy*, 44, 369—380.

Hasler, G. , Delsignore, A. , Milos, G. , et al. (2004). Applications of prochaska's transtheoretical model of change to patients with eating disorders. *Journal of Psychosomatic Research*, 57, 67—72.

Heider, F. (1974). Social perception and phenomenal causality. *Psychological Review*, 51, 358—374.

Herscovici, C. R. , & Bay, L. (1996). Favorable outcome for anorexia nervosa patients treated in argentina with a family approach. *Eating Disorders: The Journal of Treatment and Interventio*, 4, 59—66.

Hepworth, J. (1999). *The social construction of anorexia nervosa*. London: SAGE Publications Ltd.

Hoek, H. W. , & van Hoeken, D. (2003). Review of the prevalence and incidence of eating disorders. *International Journal of Eating Disorsers*, 34, 383—396.

Hoeken, D. , Seidell, J. , & Hoek, H. W. (2003). Epidemiology. In J. Treasure, U. Schmidt, & E. V. Furth (Eds.), *Handbook of eating disorders*. John Wiley & Sons Ltd. The Atrium.

Hoffman, L. (1990). Constructing realities: An art of lenses. *Family Process*, 29, 1—12.

Holloway, I. (1997). *Basic concepts for qualitative research*. Oxford: Blackwell Science.

Janesick, V. J. (1998). The dance of qualitative research design. In N. K. Denzin and Y. S. Lincoln (Eds.), *Strategies of qualitative inquiry*. Thousand Oaks, Calif. : Sage.

Jonathan, H. , & Ellen, S. , et al. (2003). The ecology of attachment in the family. *Family Process*, 42(2), 205—220.

Kalucy, R. S. , Crisp, A. H. , & Harding, B. (1977). A study of 56 families with anorexia nervosa. *British Journal of Medical*

Psychology, 50, 381—395.

Kaye, W. H. , Devlin, B. , et al. (2004). Denetic analysis of bulimia nervosa: Methods and sample description. *International Journal of Eating Disorders*, 35, 556—570.

Kent, I. S. , & Clopton, J. R. (1992). Bulimic women's perception of their family relationships. *Journal of Clinical Psychology*, 48, 281—292.

Kernberg, O. F. (2005). Object relations theories and technique. In E. S. Person, A. M. Cooper, and G. O. Gabbard (Eds.), *Textbook of psychoanalysis* (pp. 57 — 76). American Psychiatric Publishing, Inc.

Kobak, R. , & Cole, H. (1994). Attachment and meta-monitoring: Implications for adolescent autonomy and psychopathology. In S. C. Toth (Eds.), *Disorders and dysfunctions of the self*. Rochester, N. Y : University of Rochester Press.

Kohut, H. (1971). *The analysis of the self*. New York: International University Press.

Kozlowska, K. & Hanney, L. (2002). The network perspective: An integration of attachment and family systems theories. *Family Process*, 43, 285—312.

Krautter, T. , & Lock, J. (2004). Is manualized family-based treatment for adolescent anorexia nervosa acceptable to patients? Patient satisfaction at the end of treatment. *Journal of Family Therapy*, 26, 66—82.

Kuhn, T. S. (1970). *The structure of scientific revolutions*. Chicago : University of Chicago Press.

Lask. B. , & Bryant-Waugh, R. (2000). *Anorexia nervosa and related eating disorders in childhood and adolescence*. Hove : Psychology Press.

Lawrence, M. (Ed.)(1984). *The anorexic experience*. London: The Women's Press.

Lee, S. , & Lee, A. M. (2000). Disordered eating in three communities of China: A comparative study of female high school students in Hong Kong, Shenzhen, and rural Hunan. *International Journal of Eating Disorders*, 27, 317—327.

Lee, S. , Lee, M. T. Y. , Chiue, M. Y. L. , et al. (2005). Experience of social stigma by people with schizophrenia in Hong Kong. *British Journal of Psychiatry*, 186, 153—157.

Legard, R. , Keegan, J. , & Ward, K. (2003). In-depth interviews. In J. Ritchie and J. Lewis (Eds.), *Qualitative research practice: A guide for social science students and researchers* (pp. 138—170). SAGE Publications, Inc.

Le Grange, D. , Eisler, I. , Dare, C. , et al. (1992). Evaluation of family therapy in anorexia nervosa: A pilot study. *International Journal of Eating Disorders*, 12, 347—357.

Le Grange, D. , Louw, J. , Breen, A. & Katzman, M. A. (2004). The meaning of "self-starvation" in impoverished Black adolescents in South Africa. *Culture, Medicine and Psychiatry*, 28, 439—461.

Leung, F. , Lam, S. , & Sze, S. (2001). Cultural expectations of thinness in Chinese women. *Eating Disorders*, 9, 339—350.

Lin, T. Y. , Tseng, W. S. & Yeh, E. K. (Eds). (1995). *Chinese societies and mental health*. Hong Kong: Oxford University Press.

Link, B. G. , Cullen, F. T. , Struening, E. L, et al. (1989). A modified labeling theory approach to mental disorders: An empirical assessment. *American Sociological Review*, 54: 400—423.

Luepnitz, D. A. (1988). *The family interpreted: Feminist theory in clinical practice*. New York: Basic Books.

Ma, L. C. J(2000). Treatment expectations and treatment experience of Chinese families toward family therapy: Appraisal of a common belief. *Journal of Family Therapy*, 22(3), 296—308.

Ma, L. C. J. (2005). Family therapy for a Chinese family with an adolescent suffering from AN: A case study. *Family Journal*, 13 (1), 19—26.

Ma, L. C. J. (2007). Living in poverty: A qualitative inquiry of emaciated adolescents and young women coming from low-income families in a Chinese context. *Child and Family Social Work*, 12, 152 —160.

Ma, L. C. J., & Chan, C. Y. (2003). The different meanings of food in Chinese patients suffering from anorexia nervosa: Implications for clinical social work practice. *Social Work in Mental Health*, 2(1), 47—70.

Ma, L. C. J., Chow, M., Lee, S., & Lai, Y. C. K. (2002). Family meaning of self-starvation: Themes disconcerted in family treatment in Hong Kong. *Journal of Family Therapy*, 24, 57—71.

Maxwell, J. (1996). *Qualitative research design: An interactive approach*. Thousand Oaks, Calif.: Sage Publications.

McClelland, L., & Crisp, A. (2001). Anorexia nervosa and social class. *International Journal of Eating Disorders*, 29, 150 —156.

MacLeod, S. (1981). The art of starvation. London: Virago.

Macsween, M. (1993). *Anorexic bodies: A feminist and sociological perspective on anorexia nervosa*. London: Routledge Publications.

Mahler, M. (1968). *On human symbiosis and the vicissitudes of Individuation*. New York: International University Press.

Masterson, J. F. (1978). The borderline adolescent: An object relations review. *Adolescent Psychiatry*, 6, 344—359.

Martin, F. E. (1985). The treatment and outcome of anorexia nervosa in adolescents: A prospective study and five years follow-up. *Journal of Psychiatric Research*, 19, 509—514.

Mayer, R. D. (1994). *Family therapy in the treatment of eating disorders in general practice*. Unpublished MSc Dissertation, Birkbeck College, University of London.

McClelland, L. , & Crisp, A. (2001). Anorexia nervosa and social class. *International Journal of Eating Disorders*, 29, 150 —156.

Mechanic, D. (1989). *Mental health and social policy*. Prentice-Hall, Inc.

Minuchin, S. , Rosman, B. L. & Baker, L. (1978). *Psychosomatic families: Anorexia nervosa in context*. New York: Harvard University Press.

Moulding, N. (2003). Constructing the self in mental health practice: Identity, individualism and the feminization of deficiency. *Feminist Review*, 75, 57—74.

Nasser, M. , & Katzman, M. (2003). Sociocultural theories of eating disorders: An evolution in thought. In J. Treasure, U. Schmidt, and E. Furth (Eds.), *Handbook of eating disorders* (2nd Edition). Chichester: John Wiley & Sons Inc, Ltd.

Neuman, W. L. (1997). *Social research methods: Qualitative and quantitative approaches* (3rd Edition). Boston: Allyn and Bacon.

Nielsen, S. & Carril, N. B. (2003). Family, burden of care and social consequences. In J. Treasure, U. Schmidt, and E. V. Furth (Eds.), *Handbook of eating disorders* (2nd Edition). Chichester: John Wiley & Sons Inc, Ltd.

Noordenbos, G. (1992). Important factors in the process of recovery according to patients with anorexia nervosa. In W. Herzog, H. C. Deter, and W. Vandereycken (Eds.), *The course of eating disorders: Long-term follow-up studies of anorexia and bulimia nervosa* (pp. 304−322). New York: Spinger-Verlag.

Novick, J. (1980). Negative therapeutic motivation and negative therapeutic alliance. *Psychoanalytic Study of the Child*, 35, 299−320.

Oakley, A. (1972). *Sex, gender and society*. Oxford, Martin Robertson.

Odom, J, S. (1996). *Change in eating disorder patients as described by therapists*. Unpublished doctoral dissertation, The Union Institute, Ohio.

Ogrodnicauk, J. S., Joyce, A. S., & Piper, W. E. (2005). Strategies for reducing patient-initiated premature termination of psychotherapy. *Harvard Review of Psychiatry*, 13(2), 57−70.

O'Kearney, R. (1996). Attachment disruption in anorexia nervosa and bulimia nervosa: A review of theory and empirical research. *International Journal of Eating Disorders*, 20(2), 115−127.

Oppenheimer, R., Howells, K., Palmer, R. L., et al. (1985). Adverse sexual experience in childhood and clinical eating disorders: A preliminary description. *British Journal of Psychiatry*, 156, 699−703.

Orbach, S. (1982). *Fat is a feminist issue* (2nd Edition). New

York: Berkeley Books.

Orbach, S. (1986). *Hunger strike: The anorectic's struggle as a metaphor for our age*. London: Faber & Faber.

Orlinsky, D. E. , & Howard, K. I. (1994). Process and outcomes in Psychotheray. In S. L. Garfield & A. E. Bergin(Eds.), *Handbook of psychotherapy and behavior change*. (4ᵗʰ Edition. , pp. 311—384) . New York: Wiley.

Pace, E. R. (2006). Stage of change profiles in adolescent clinical treatment. *Dissertation Abstracts International: Section B: The Sciences and Engineering*, 66(10—B).

Palazzoli, S. M. (1974). *Self-starvation*. Jason Aronson Press.

Pang, A. H. , Lum, F. C. , Ungivari, G. S. , et al. (1996). A prospective outcome study of patients missing regular outpatient appointments. *Social Psychiatry and Psychiatric Epidemiology*, 31, 299 —302.

Patton, M. Q. (1990). *Qualitative evaluation and research methods*. Newbury Park: Sage.

Phillips, M. R. , Pearson, V. , Li, F. , et al. (2002). Stigma and expressed emotion: A study of people with schizophrenia and their family members in China . *British Journal of Psychiatry*, 181, 488—493.

Popper, K. (1969). *Conjectures and refutations: The growth of scientific knowledge*. London: Routledge & K. Paul.

Potter, W. J. (1996). *An analysis of thinking and research about qualitative methods*. New Jersey: Lawrence Erlbum Associates.

Prochaska, J. O. , & DiClimente, C. C. (1983). Stages and processes of self-change of smoking: Towards an integrative model of change. *Journal of Consulting and Clinical Psychology*, 51, 390

—395.

Prochaska, J. O. , Velicer, W. F. , DiClimente, C. C. , & Fava, J. (1988). Measuring processes of change: Applications to the cessation of smoking. *Journal of Consulting and Clinical Psychology*, 56, 520—528.

Prochaska, J. O. , Velicer, W. F. , Rossi, J. S. , et al. (1994). Stages of change and decisional balance for 12 problem behaviours. *Health Psychology*, 13, 39—46.

Rastam, M. & Gillberg, C. (1991). The family background in anorexia nervosa: A population-based study. *Journal of the American Academy of Child and Adolescent Psychiatry*, 30, 283—289.

Rieger,E. , Touyz,S. , & Beumont, P. (2002). The anorexia nervosa stages of change questionnaire (ANSOCQ): Information regarding its psychometric properties. *International Journal of Eating Disorders*, 2, 24—38.

Rosenvinge,J . H. , & Klusmeier, A. K. (2000). Treatment for eating disorders from a patient satisfaction perspective: A Norwegian replication of a British study. *European Eating Disorders Review*, 8, 293—300.

Rossi, P. H. & Berk, R. A. (1981). An overview of evaluation of strategies and procedures. *Human Organization*, 40(4), 287—299.

Rudi, D. (2003). Using narrative and attachment theory in systemic family therapy with eating disorders. *Clinical Child Psychology and Psychiatry*, 8(4), 521—535.

Russell, G. F. M. , Szmukler, G. I. , Dare, C. , et al. (1987). An evaluation of family therapy in anorexia nervosa and bulimic nervosa. *Archives of General Psychiatry*, 44, 1047—1056.

Russell, G. F. M. , Dare, C. , Eisler, I & Le Grange, P. D. F. (1992). Controlled trials of family treatment in anorexia nervosa. In K. A. Halm (Ed.) *Psychobiology and treatment of anorexia nervosa and bulimia* (pp. 237—261), USA: American Psychiatry Press.

Russell, G. G. (1995). *Human motivation: A social psychological approach.* California: Brooks/Cole Publishing Company.

Schmidt, U. H. , Tiller, J. M. & Treasure, J. L. (1993). Setting the scene for eating disorders: Childhood care, classification and course of illness. *Psychological Medicine*, 23, 663—672.

Schneider, W. , & Klauer, T. (2001). Symptom level, treatment motivation, and the effects of inpatient psychotherapy. *Psychotherapy Research*, 11(2), 153—167.

Schulz, H. , Lang, C. , Nubling, R. , & Koch, U. (2003). Psychometric evaluation of the short form of the psychotherapy motivation questionnaire—FPTM—23. *Diagnostica*, 49(2), 83—93.

Schulze, B. , & Angermeyer, M. C. (2003). Subjective experiences of stigma: A focus group study of schizophrenic patients, their relatives and mental health professionals. *Social Science and Medicine*, 56, 299—312.

Schwartz, D. , Thompson, M. , & Johnson, C. (1982). Anorexia nervosa and bulimia: The socio-cultural context. *International Journal of Eating Disorders*, 1, 20—36.

Self, R. , Oates, P. , Pinnock, H. T. , Leach, C. (2005). The relationship between social deprivation and unilateral termination from psychotherapy at various stages of the health care pathway. *Psychology and Psychotherapy: Theory, Research and Practice*, 78 (1), 95—111.

Serpell, L. , Treasure, J. , Teasdale, J. , & Sullivan, V.

(1998). Anorexia nervosa: Friend or foe? *International Journal of Eating Disorder*, 25, 177—186.

Shafran, R. , & Silva, P. (2003). Cognitive-behavioural models. In J. Treasure, U. Schmidt, and E. V. Furth (Eds), *Handbook of eating disorders* (2nd Edition). John Wiley & Sons Ltd. The Atrium.

Shorter, E. (1997). *Women's bodies: A social history of women's encounter with health, ill-health, and medicine.* New Jersey: Transaction Publishers, Inc.

Silva, P. (2003). Cognitive-behavioural models of eating disorders. In G. Szmukler, C. Dare, & J. Treasure (Eds.), *Handbook of eating disorders: Theory, treatment and research.* England: John Wiley & Sons Ltd.

Slade, P. (1982). Towards a functional analysis of anorexia nervosa and bulimia nervosa. *British Journal of Clinical Psychology*, 21, 167—179.

Sours, J. A. (1980). *Starving to death in a sea of objects.* New York: Jason Aronson.

Spencer, L. , Ritchie, J. , & O'Conner, W. (2003). Analysis: Practices, principles and processes. In Ritchie, J. , & Lewis, J. (Eds.), *Qualitative research practice: A guide for social science students and researchers* (pp. 199—219). SAGE Publications, Inc.

Srinivasagam, N. M. , Kaye, W. H. , Plotnicov, K. H. , et al. (1995). Persistent perfectionism, symmetry, and exactness after long-term recovery from anorexia nervosa. *American Journal of Psychiatry*, 152, 1630—1634

Steiner, H. , Mazer, C. , & Litt, I. F. (1990). Compliance and outcome in anorexia nervosa. *Western Journal of Medicine*, 34, 133

—139.

Strober, M. (1980). Personality and symptomatological features in young, nonchronic anorexia nervosa patients. *Journal of Psychosomatic Research*, 24, 353—359.

Sullivan, V. , & Terris, C. (2001). Contemplating the stages of change measures for eating disorders. *European Eating Disorders Review*, 9(5), 287—291.

Sullivan, P. F. (1995). Mortality in anorexia nervosa. *American Journal of Psychiatry*, 152, 1073—1074.

Swift, W. J. & Wonderlich, S. A. (1988). Personality factors and diagnosis in eating disorders: Traits, disorders and structures. In D. Garner, & P. Garfinkel (Eds.), *Diagnostic issues in anorexia nervosa and bulimia nervosa*. New York: Brunner/Mazel.

Szmukler, G. I. , & Patton, G. (1995). Socioculture models of eating disorders. In G. I. Szmukler, C. Dare, and J. Treasure (Eds.), *Handbook of eating disorders: Theory, treatment and research* (pp. 177—194). Chichester: John Wiley & Sons Ltd.

Szmukler. G. . , Dare. C. , & Treasure, J. (Eds.) (1995). *Handbook of eating disorders: Theory, treatment and research*. John Wiley & Sons Ltd. The Atrium.

Taylor, S. J. , & Bogdan, R. (1998). *Introduction to qualitative research methods: A guidebook and resource*. New York: Wiley and Sons.

Timmer, B. , Bleichhardt, G. , & Rief, W. (2006). Importance of psychotherapy motivation in patients with somatization syndrome. *Psychotherapy Research*, 16(3), 348—356.

Tolpin, M. (1971). On the beginning of a cohesive self. *Psychoanalytic Study of Child*, 26, 316—352.

Toth, S. C. (1994). *Disorders and dysfunctions of the self.* Rochester, NY: University of Rochester Press.

Treasure, J. , & Mynors-Wallis, L. (1990). Anorexia nervosa. In J. J. Studd (Ed.), *Progress in obstetrics and gynaecology*, Vol. 8. Edinburgh: Churchill Livingstone.

Treasure, J. , Todd, G. , & Szmukler, G. (1995). The inpatient treatment of anorexia nervosa. In G. Szmukler, C. Dare, and J. Treasure (Eds.), *Handbook of eating disorders: Theory, treatment and research.* John Wiley & Sons Ltd. The Atrium.

Treasure, J. ,Katzman, M. , Schmidt, U. , Troop, N. , et al. (1999). Engagement and outcome in the treatment of bulimia nervosa: First phase of a sequential design comparing motivation enhancement therapy and cognitive behavioral therapy. *Behaviour Research and Therapy*, 37, 405—418.

Treasure, J. , & Bauer, B. (2003). Assessment and motivation. In J. Treasure, U. Schmidt, and E. V. Furth (Eds.), *Handbook of eating disorders* (2nd Edition). Chichester: John Wiley & Sons Inc,Ltd.

Vandereychen, W. , & Vanderlinden,J . (1983). Denial of illness and the use of self-reporting measures in anorexia nervosa patients. *International Journal of Eating Disorders*, 2, 101—107.

Vitousek ,K. , Watson, S. , & Wilson, G. T. (1998). Enhancing motivation for change in treatment-resistant eating disorders. *Clinical Psychology Review*, 18(4), 391—420.

Vitousek, K. , Daly, J. , & Heiser, C. (1991). Reconstructing the internal world of eating - disordered individual: Overcoming distortion and denial in self-report. *International Journal of Eating Disorders*, 10, 647—666.

Vitousek, K. , & Hollan, S. D. (1990) The investigation of schematic content and processing in eating disorders. *Cognitive Therapy and Research* , 14, 191—214.

Vitousek, K. , & Manke, F. (1994). Personality variables and disorders in anorexia nervosa and bulimia nervosa. *Journal of Abnormal Psychology*, 103, 103—147.

Vitousek, K. (1996). The current status of cognitive-behavioral models of anorexia nervosa and bulimia nervosa. In P. M. Salkovskis (Ed.), *Frontiers of Cognitive Therapy*. New York: Guilford Press.

Wade, T. D. , Bulik, C. M, et al. (2000). Anorexia nervosa and major depression: Shared genetic and environmental risk factors. *American Journal of Psychiatry*, 157(3), 469—471.

Waller, G. (1991). Sexual abuse as a factor in eating disorders. *British Journal of Psychiatry*, 159, 664—671.

Wang, P. (2000). *Aching for beauty: Foot binding in China*. Minnesota: The University of Minnesota Press.

Ward, A. , Troop, N. , Todd, G. , & Treasure, J. (1996). To change or not to change: "How" is the question? *British Journal of Medical Psychology*, 69, 139—146.

Watson, J. B. (1925). *Behaviorism*. New York: North Holland.

Weber, M. (1915). *The religion of China: Confucianism and Taoism*. New York: The Free Press.

Weiss, M. F. (1994). Children's attitude toward the mental ill: An eight-year longitudinal follow-up. *Psychological Reports*, 74, 51—56.

Welch, S. L. & Fairburn, C. G. (1994). Sexual abuse and bulimia nervosa: Three integrated case control comparisons. *American*

Journal of Psychiatry, 151, 402—407.

White, J. M. , & Klein, D. M. (2002). *Family theories: Understanding families*. California: Sage Publications.

Whitley, R. D. (1991). The social construction of business systems in East Asia. *Organization Studies*, 12(1), 1—28.

Williams, M. , Tutty, L. M. , & Grinnell, R. M. (1995). *Research in social work: An introduction*. Itasca: F. E. Peacock Publishers.

Wilson, S. (1977). The use of ethnographic techniques in educational research. *Review of Educational Research*, 47 (1), 247 —243.

Winston, A. , & Webster, P. (2003). Inpatient treatment. In J. Treasure, U. Schmidt, & E. V. Furth (Eds.), *Handbook of eating disorders*. John Wiley & Sons Ltd. The Atrium.

Wolcott, H. F. (1995). *The art of fieldwork*. Walnut Creek: Altamira Press.

Woolfe, R, Dryden, W. , & Strawbridge, S. (2003). *Handbook of counseling psychology* (2nd Edition). London: SAGE Publications.

Wolff, G. . , & Serpell, L. (1998). A cognitive model and treatment strategies for anorexia nervosa. In H. W. Hoek, J. Treasure, & M. A. Katzman (Eds.), *Neurobiology in the treatment of eating disorders. Wiley series on clinical and neurobiological advances in psychiatry*. Chichester: John Wiley & Sons.

Yang, L. S. (1957). The concept of "Pao" as a basis for social relations in China. In: J. K. Fairbank(Ed.), *Chinese thought and institutions* (pp. 291—309), Chicago: University of Chicago Press.

Yen, C. F. , Chen, C. C. , Lee, Y. , et al. (2005). Self-stigma and its correlates among outpatients with depressive disorders. *Psychiatric Services*, 56,76—79.

Zucker, *L. G.* (1986). *Production of trust*: *Institutional sources of economic structure*, 1840 — 1920. *In B. M. Staw & L. L. Cummings(Eds.)*, *Research in organizational behavior*, 8, 53 — 111. Greenwich, CT: JAI Press.

白炳清:《心理治疗合并药物治愈神经性厌食症一例》,《天津中医学院学报》,2001 年第 2 期,第 34 页。

陈向明:《质的研究方法与社会科学研究》,北京:教育科学出版社 2000 年版。

陈玉龙、王霞:《米氮平治疗神经性厌食症的疗效对照研究》,《中国心理卫生杂志》,2005 年第 9 期,第 640～642 页。

陈薇、F. Leung、王建平、C. Tang:《香港华人少女进食障碍问卷的信度、效度与常模》,《中国临床心理学杂志》,2005 年 13 卷第 1 期,第 33～36 页。

陈熠、岳英、宋立升:《精神病患者家属病耻感调查及相关因素分析》,《上海精神医学》,2000 年 12 卷第 3 期,第 153～156 页。

戴王磊:《支持性心理治疗合并药物治疗儿童神经性厌食症疗效观察》,《中国行为医学科学》,2001 年第 3 期,第 219 页。

丁树明、胡赤怡:《神经性厌食症及神经性贪食症的认知行为治疗分析》,《健康心理学杂志》,2001 年第 3 期,204～205。

费孝通:《乡土中国》。北京:生活、读书、新知三联书店 1985 年版。

高士元、费立鹏:《不同人群对精神病的态度》,《中国心理卫生杂志》,2001 年 15 卷第 2 期,第 107～109 页。

高士元、费立鹏、王向群等:《精神分裂症病人及家属受歧视状况》,《中国心理卫生杂志》,2005 年 19 卷第 2 期,第 82～85 页。

韩美良:《神经性厌食症患者 2 例的认知分析及护理》,《解放军护理杂志》,2002 年第 3 期,第 80～81。

黄光国:《社会科学的理路》,台北:心理出版社 2001 年版。

黄光国、胡先缙:《面子:中国人的权力游戏》,北京:中国人民大学出版社 2004 年版。

贾艳芹,陶莉:《女大学生就业的性别歧视分析》,《当代教育论坛》,2007 年第 4 期,第 98～100 页。

梁漱溟:《中国文化要义》,香港:金城出版公司 1963 年版。

乔健:《关系刍议》。见杨国枢、文崇一主编:《社会及行为科学研究的中国化研讨会论文集》,台北:中央研究院 1982 年版,第 345～360 页。

彭泗清:《信任的建立机制:关系运作与法制手段》。见杨中芳主编:《中国人的人际关系、情感与信任:一个人际交往的观点》,台北:远流图书出版公司 2001 年版,第 315～333 页

孙立平:《"关系"、社会关系与社会结》,《社会学研究》,1996 第 5 期,第 20～30 页。

孙艳红:《1 例神经性厌食症患者的心理护理及营养支持》,《中华护理杂志》,2002 年第 12 期,第 944～945。

汪开国、李永清、迟书君:《深圳九大阶层调查》,社会科学文献出版社 2005 年版。

王飞雪:《跨文化比较与中国人的信任研究》。见杨中芳主编:《中国人的人际关系、情感与信任:一个人际交往的观点》,台北:远流图书出版公司 2001 版,第 315～333 页。

王心蕊,张伯全,李冰等:《森田疗法辅助治疗神经性厌食症 6 例》,《山东医药》,2005 年第 5 期,第 20 页。

文东茅:《我国高等教育机会、学业及就业的性别比较》,《清华大学教育研究》,2005 年第 10 期,第 16～21 页。

徐敏,钱宵峰:《减肥广告与病态的苗条文化:关于大众传播对女性身体的文化控制》,《妇女研究论丛》,2002 年第 3 期,第 22～29 页。

杨国枢:《中国人的社会取向:社会互动的观点》。见杨国枢、余安邦编:《中国人的心理与行为—理念及方法篇》,台北:桂冠图书公司1993年版,第87~142页。

杨国枢:《中国人的心理》,南京:江苏教育出版社2006年版。

杨宜音:《"自己人":一项有关中国人关系分类的个案研究》,《本土心理学研究》(台北),2000年第13期,第277~316页。

余峻瀚,肖泽萍:《精神疾病病耻感的精神动力学分析及对策》,《上海精神医学》,2005年第6期,第353~355页。

杨中芳主编:《中国人的人际关系、情感与信任:一个人际交往的观点》,台北:远流图书出版公司2001年版。

袁方主编:社会研究方法教程。北京:北京大学出版社1997年版。

袁家璐,孟霞:《神经性厌食症患者19例原因分析与护理干预》,《齐鲁护理杂志》,2005年第5期,第430~431。

章立明:《身体消费与性别本质主义》,《妇女研究论丛》,2001年第6期,第57~60页。

张大荣,孔庆梅:《EDI-1量表对神经性厌食症患者的初步测试》,《中国精神卫生杂志》,2004年第1期,第48~50。

张文忠、景洪华、田博:《利培酮合并心理治疗神经性厌食症18例临床观察》,《山东精神医学》,2003年第4期,第236~238。

张文忠、景洪华、田博:《维思通治疗神经性厌食症18例的疗效观察》,《四川精神卫生》,2004年第4期,第212页。

周文莲、周群英:《就业性别歧视的文化机制分析》,《重庆大学学报》(社会科学版),2006年第5期,第55~60页。

朱志高、缪金生:《氢化可的松拮抗剂治疗神经性厌食症8例报告》,《四川精神卫生》,2003年第4期,第212页。

后　记

本研究的开展获得香港政府大学拨款委员会研究基金资助(项目编号:CUHK 4090/99H),特此鸣谢。并对参与本研究的患者及其家庭致以深切的谢意。

在此要特别感谢我的导师马丽庄教授。她在本研究选题与实施上均提供了启发性的指导。在我与她不断的讨论与对话中,她丰厚的学术素养让我获益良多;她严格的学术要求尽管不时让我倍感压力,但也最大限度激发了我的潜力;她身体力行的"临床与研究并重"的理念和专业发展思路对我产生深刻的影响,不仅使我得以在理论与研究数据之间的反复碰撞中找到论文的方向,并为我未来职业发展提供一个榜样。

感谢我的论文评审委员会主席魏雁滨教授、委员刘玉琼教授和校外委员李慕仪教授,他们在研究设计和实施方面提出的宝贵建议保障了本研究的学术质量,他们对学生的倾力培养与热心扶助让我心生敬意。

感谢南山医院深港家庭治疗治疗中心工作团队中所有的成员,除了马丽庄教授和陈向一教授两位团队领导外,他们还包括来自香港中文大学的郁之虹、顾珉珉、罗建文以及来自南山医院心理科的多位工作人员。没有他们的协同工作和大力支持,本研究难以顺利开展。

北京大学的李茵、北京师范大学的毕彦超和香港中文大学的刘丹等多位好友,在论文写作过程中给予了我最朴素与真诚的支持与鼓励,在此深表谢意。

最后要感谢我在远方的父母亲人。他们未必会看到本文,却始终是我前行路上最初始的动力和最厚重的支柱。